Stephanie Dorka

Die Hoffnung ist lupinenblau

Stephanie Dorka

Die Hoffnung ist lupinenblau

BooD™
BOOKS on DEMAND

Bibliografische Information der Deutschen
Nationalbibliothek:
Die Deutsche Nationalbibliothek verzeichnet diese Publikation
in der Deutschen Nationalbibliografie; detaillierte bibliografische Daten sind im Internet über http://dnb.dnb.de abrufbar.

Lektorat/Korrektorat: Kim Heinz
Covergestaltung: Casandra Krammer
www.casandrakrammer.de

Herstellung und Verlag: BoD – Books on Demand, Norderstedt

ISBN: 978-3-7481-4849-4

Für die Version von mir,
die den Mut hatte,
dieses Buch zu veröffentlichen

Prolog

24. Dezember 2041

Kalt. Es fiel mir schwer an etwas anderes zu denken, außer an die Kälte, die sich von meinen Fingerkuppen über meine Arme und meinen ganzen Körper bereits ausgebreitet hatte. Meine Augen fühlten sich schwer an - ich war müde und schwarze Wimperntusche brannte in meinen Augen. Aber vielleicht war auch das nur eine Nebenwirkung der Kälte.

Ich kauerte schon seit Stunden hier. Unfähig mich zu bewegen und weiterzugehen. Das lag aber nicht nur an meinem körperlichen Zustand oder daran, dass ich schon mehrmals das Bewusstsein verloren hatte. Warum sollte man den Mut haben sich aufzuraffen, wenn man nicht wusste wohin man gehen sollte? Und genau das wusste ich nicht. Immer wieder wurde ich ohnmächtig. Wenn ich wieder aufwachte, glaubte ich oft, ich befände mich noch in einem Traum, nur um dann festzustellen, dass es leider keiner war.

Ich lag am Hafen auf einer Bank am Weihnachtsabend. Allein, mutterseelenallein. Schnee fiel unablässig und die Temperaturen waren weit unter null Grad. Seit Stunden hatte ich nur den einen Blick auf den Platz vor meiner Parkbank. Der Weg war unberührt und kein Fußabdruck war darauf zu sehen. Es war niemand da, der mir helfen konnte, oder auch nur wollte. Meine Brust schmerzte, als würde ein Messer darin stecken. Jeder Atemzug brannte in meinem Hals, wenn ich die eisige Luft tief einsog.

So lag ich also da und wartete darauf endlich nicht mehr aufzuwachen. Vor meinen Augen wurde es erneut unscharf und sie fielen langsam zu. Ein knirschendes Geräusch ließ sie nochmals flattern. Ein paar schwarze Schuhe standen vor meiner Bank und der Schnee darunter hatte das Geräusch verursacht. Nun hatten sie mich also doch gefunden. Eine Hand fasste nach meiner und wurde bei der Berührung sofort wieder zurückgezogen. War ich vielleicht schon tot?

Eine Weile später wurde ich von meinem Sterbebett hochgehoben und fortgetragen. Dann verlor ich erneut das Bewusstsein.

Eins

Für die Welt war es ein ganz normaler Tag vor Weihnachten. Unsere Nachbarn waren damit beschäftigt, die letzten Vorbereitungen für den Weihnachtsabend zu erledigen. Dekoration wurde aufgehängt und Plätzchen gebacken, Weihnachtsbäume über die schneebedeckte Einfahrt geschleppt und im warmen Wohnzimmer aufgebaut. Ja, die Welt freute sich darauf im Kreis der Familie das Weihnachtsfest zu feiern.

Ich liebte Weihnachten. Die Stille, die Besinnlichkeit und den Schnee, wenn er gerade frisch gefallen war und noch kein Auto ihn beschmutzt hatte. Aber für mich war es dieses Jahr kein normales Weihnachten. Es war zusätzlich der Tag vor meinem 18. Geburtstag. Morgen, am 23. Dezember, würde ich 18 Jahre alt werden.

Meine Mutter hatte mir einst erzählt, dass sich vor vielen Jahren die Jugendlichen auf diesen Tag gefreut hatten. Er bedeutete damals Volljährigkeit und Freiheit. Nun, die Sache mit der Volljährigkeit hat sich bis heute nicht geändert. Die mit der Freiheit ist schwieriger zu beantworten.

Jeder kannte die Geschichte, von dem Jungen, der vor zwanzig Jahren in der Nacht zu seinen 18. Geburtstag in einem Pub feierte. Als er und seine Freunde um Mitternacht den Countdown heruntergezählt hatten und die Uhr Null schlug, fing der Junge an zu schreien und fasste sich an den Unterarm. Dort erschien das Branding einer Flamme - eingebrannt in seine Haut. Im selben Moment begann alles, was der Junge anfasste, zu brennen. Zuerst war da nur ein Funke und dann eine große Flamme. Er wurde festgenommen und behandelt. Niemand weiß, was aus ihm geworden ist. Der Zwischenfall wurde als eine unbekannte tropische Krankheit deklariert und zu den Akten gelegt. Leider nur nicht sehr lange. Keine Woche später geschah es bei dem nächsten Jugendlichen - auch um Mitternacht an seinem 18. Geburtstag. Jeder dieser Jugendlichen hatte eine andere Fähigkeit. Die einen waren haptisch und man konnte sie anfassen und sehen, die anderen waren kognitiv. Vom Gedankenlesen über das Schmelzen von Eis war alles dabei. Alles war möglich und nichts mehr undenkbar.

Die meisten Jugendlichen kamen aus Nordamerika, aber auch auf den anderen Kontinenten gab es solche Vorkommnisse. Die Regierung wollte herausfinden, warum das geschah und verurteilte die Jugendlichen zu Versuchskaninchen.

Damit kein Jugendlicher der Regierung entwischen konnte, mussten alle 17-jährigen die Nacht zu ihrem 18. Geburtstag in einem extra für diesen Zweck erbauten Labor verbringen. Wenn bis zum Morgengrauen kein Branding erschienen war, konnte man unbehelligt gehen und sein Leben weiterleben. Als wäre nichts gewesen. Sollte man zu den Wenigen gehören, die mit solch einer Fähigkeit aufwachten, … naja ich kann nicht sagen, was mit diesen Jugendlichen passierte. Nie hat man einen von ihnen wiedergesehen. Von zehn Jugendlichen, welche die Nacht dort verbringen, kommen etwa neun wieder raus. Aber diese besonderen Jugendlichen, die normalerweise noch das ganze Leben vor sich hatten, waren eine Bedrohung für die Gesellschaft. Keiner konnte ihre Fähigkeiten kontrollieren, auch sie selbst nicht. So hat man es uns gelehrt.

Die Jugendlichen, auch Sparks, benannt nach dem ersten Jugendlichen, der entdeckt wurde, wurden nicht toleriert und die Gesellschaft musste vor ihnen beschützt werden. Meiner Meinung nach wurde das Thema nicht ausreichend diskutiert. Es schien mir, als hätten die Menschen Angst vor allem Neuem, aber das Neue musste doch nicht unbedingt schlecht sein? Keiner der Jugendlichen hatte jemals jemanden verletzt. Aber die eigene Meinung zählte hier nicht, sondern nur die der Allgemeinheit und die der Regierung. Und diese lautete, dass die Sparks gefährlich waren und weggesperrt werden mussten.

Es war mir also nicht zu verdenken, dass ich, als ich an diesem 22. Dezember die Augen aufschlug, keine Freudensprünge gemacht habe.

In meinem Zimmer war es schon hell. Ich hatte keine Jalousien und liebte das Gefühl der Morgensonne auf meiner Haut. So lag ich noch eine Weile da, spürte die Wärme auf meinem Gesicht und hörte den Nachbarskindern beim Schlittenfahren zu.

Wir wohnten schon seit drei Jahren in Seattle. Als mein Vater noch lebte, hatten wir ein Haus in Texas Hill County. Nach seinem Tod, wollte meine Mutter einen Neuanfang für uns und wir sind in die Nähe meiner Großeltern gezogen. Ich vermisste mein altes Zuhause, vor allem die Wildblumenteppiche, die von März bis zum Spätsommer die Highways verschönerten. Riesige Wiesen voller Wacholdersträucher, Süßhülsenbäume und Eichen.

Meine alte Schaukel im Garten und der Wind, der durch meine Haare flog. Endlos weit. Ich sog die Erinnerung auf und beruhigte mich damit.

»Ella! Frühstück ist fertig, komm runter!« Meine Mutter Elisabeth war immer vor mir auf und wuselte dann schon durch das komplette Haus. Seit dem Tod meines Vaters vor drei Jahren, schien sie mir noch rastloser zu sein. Sie bestand stets auf ein gemeinsames Frühstück und Abendessen. Das hieß für mich natürlich, dass ich aus meiner Komfortzone raus musste.

Ich schwang meine Beine aus dem Bett und stellte mich vor den Spiegel. Meine kleine blaue Kommode stand gegenüber meinem Bett, direkt neben dem Fenster. Hier befand sich alles, was ich brauchte, um mich zurecht zu machen. Meine Haarbürste und meine Wimperntusche lagen neben diversen Zopfgummis. Ich war noch nie um mein Aussehen bemüht gewesen. Meine haselnussbraunen Haare lagen wellig um mein Gesicht bis unter die Schulterblätter. Mit meinen knapp 1,65 cm war ich nicht sehr groß und nicht sehr klein. Ich war zwar schlank, aber nicht sportlich. Alles an mir schien weich zu sein. Ich war von Kopf bis Fuß durchschnittlich, was mir aber nichts ausmachte. Ich war am liebsten allein unterwegs. Diese Gespräche unter Mädchen nervten mich und ich interessierte mich nicht annähernd für die Dinge, die Mädchen meines Alters normalerweise taten. Das einzige Thema, welches es bei meinen Klassenkameradinnen gab, waren Jungs. Natürlich gab es Jungs, die ich attraktiv fand, aber irgendetwas fehlte immer. Ich konnte nie sagen was es war, hoffte aber es zu erkennen, wenn dieses Etwas irgendeiner mal haben sollte. Am liebsten saß ich Zuhause und spielte oben in der Galerie auf meinem Klavier. Dabei fühlte ich mich frei von allem und konnte die Welt um mich herum vergessen.

»Ella Stone! Wenn du nicht in zwei Minuten hier unten bist, komme ich rauf!« Das war die letzte Warnung meiner Mutter, das wusste ich. In Windeseile bürstete ich meine Haare und zog meine abgewaschene Lieblingsjeans und meinen azurfarbenen Kapuzenpullover an.

Auf dem Küchentisch standen schon meine Cornflakes und eine Tasse Tee. Meine Mutter versuchte mir immer wieder ihren heiß geliebten Kaffee schmackhaft zu machen. Ich kann nicht sagen, dass ich Kaffee überhaupt nicht mochte. Ich liebte den Geruch von Kaffee am Morgen und das heimelige Gefühl, das er verströmte. Trinken mochte ich ihn jedoch nicht. Ich blieb bei meinem Tee.

Meine Mutter war mir sehr ähnlich. Sie hatte die gleiche Haarfarbe wie ich und war ebenfalls schlank.

Nur die Augen unterschieden sich von meinen. Während meine türkis waren, strahlten ihre dunkelblau. Auch wirkten ihre Gesichtszüge etwas runder als meine. Sie sagte immer, dass ich meinem Vater sehr ähnele. Sie hielt sich tapfer nach seinem Krebstod und ich vermutete immer, dass sie stark für mich sein wollte. Sie war immer sehr in sich gekehrt, aber nie so sehr, dass sie nicht bemerkt hätte, wenn es mir schlecht ging. Ihre eigenen Gefühle behielt sie für sich, aber im Laufe der Jahre hatte ich gelernt, sie hin und wieder zu durchschauen - so wie ich es heute tat. Meine Mutter versuchte mich anzulächeln und mir damit sagen zu wollen: »Alles ist gut - du musst dir keine Sorgen machen!« Was jedoch dahinter steckte, war die blanke Angst. Ihr Lächeln berührte die Augen nicht und ihre Stimme brach während der belanglosen Gespräche immer wieder ab. Ich hätte sie gerne aufgemuntert, aber es gab kein Versprechen, das ich ihr geben konnte, welches ihr auf irgendeine Art und Weise weitergeholfen hätte. Also sagte ich nichts.

Der Tag schleppte sich von Stunde zu Stunde. Wir taten, was alle Welt tat. Schmückten den Baum, während eine moderne Weihnachts-CD im Recorder lief, und sahen uns einen Weihnachtsfilm an. Die meisten Mädchen in meinem Alter fanden solche Tage öde und belanglos. Für mich gab es nichts Schöneres. Ich liebte den Geruch der Plätzchen im Ofen und die dunkelblaue weiche Decke auf dem Sofa, in die ich mich schön einkuscheln konnte.

Mittags ging ich in die Galerie und setzte mich an mein Klavier. Schon im Alter von fünf Jahren hatte ich begonnen zu spielen. Seit wir hierhergezogen waren, war die Galerie mein Zufluchtsort. Die Wände waren anders als der Rest des Hauses – bis zum Boden verglast. Ich konnte von hier über die komplette Straße sehen und über die Dächer hinweg die große Kirchenuhr. Hier hatte ich die Kontrolle. Das Klavier stand mitten im Raum. Ich hatte es von meinem Vater zu meinem 13. Geburtstag bekommen und es war mir ein ganz besonderes Andenken an ihn. Hier war ich sicher. Und so spielte ich den ganzen Nachmittag mit geöffnetem Fenster. Die Nachbarn hatten sich noch nie über die Musik beschwert und ich vermutete, dass sie mein Spiel mochten. Notenlesen war einfach, doch am liebsten spielte ich mit geschlossenen Augen. Dann konnte ich jeden einzelnen Ton vor meinem inneren Auge sehen. Ich bestimmte über jeden Ton und wenn ich spielte, fühlte ich mich, als stände ich im Regen und lächelte dem Himmel entgegen. Unbeschwert und frei.

Mein Spiel wurde von den Schlägen der Kirchenuhr unterbrochen. Es war sieben Uhr abends. Die einzelnen Schläge der Glocke, ließen mich innerlich erschaudern. Was, wenn ich eine dieser Jugendlichen war? Panik überkam mich und meine Hände begannen zu zittern. Schweiß trat mir auf die Stirn und Tränen in meine Augen. Ich wollte nicht weg, wollte keine Bedrohung für die anderen Menschen sein und vor allem wollte ich nicht sterben. So saß ich da und sah hinaus in die Dunkelheit, die sich ganz still und heimlich über die Welt gezogen hatte, mit dem Gedanken an meinen eigenen Tod.

Mechanisch packte ich meine Schlafsachen in meine Tasche und verließ mit meiner Mutter das Haus. Das Gebäude, in das wir uns einfinden mussten, lag in Fort Lewis. Dies war früher ein altes Militärgelände und lag direkt am Waldrand, vorbei am Hafen der Stadt. Hier stand weit und breit kein anderes Haus. Es gab keine Nachbarn und keine Kinder, die Schlitten fuhren. Im Dunkel vor unserem Auto erhob sich ein einziger großer Komplex. Als wir die diversen Zäune und Sicherheitskontrollen passiert hatten, musste ich mich von meiner Mutter verabschieden. In meinem Blick musste Verzweiflung gelegen haben, denn sie nahm mich in den Arm und es fühlte sich an, als würde sie mich vor dem, was mir bevorstand, beschützen können. Sie hielt mich auf Armlänge von sich weg: »Mach dir keine Gedanken, mein Liebling! Es wird alles gut!« Sie flüsterte diese Worte mit solch einer Überzeugung, dass ich ihr fast geglaubt hätte.

Doch als ihr Auto das Gelände wieder verließ und ich allein am Eingang stand, war der Mut, den sie mir zugesprochen hatte, wieder weg. Schweigend und mit einem Kloß im Hals sah ich ihr nach, wie ihre Rücklichter langsam von der Dunkelheit verschlungen wurden.

Die Schiebetür hinter mir ging auf und eine großgewachsene Frau in einem weißen Hosenanzug bat mich, ihr zu folgen. »Schön, dass sie da sind. Wir haben auf sie gewartet. Das andere Mädchen ist bereits da und Edward Cunningham möchte seine Begrüßung an sie beide vorverlegen, da er danach noch einen weiteren Termin hat.« Nett! Über mein künftiges Leben sollte heute Nacht entschieden werden und er hatte noch einen Termin. Edward Cunningham war der Leiter der Abteilung Jugendanalyse. Schöner Name für die Aussortierung von Sparks. Seine Aufgabe bestand darin, vor der Presse gut auszusehen und die Jugendlichen am Abend ihrer Ankunft im Labor zu begrüßen.

Die Dame führte mich durch einige hell erleuchtete Gänge. Nach einer endlos langen Zeit und etwa einem Dutzend Sicherungstüren, die per Fingerabdruck geöffnet wurden, waren wir in einem Schlafzimmer. Dort befanden sich zwei Betten. Auf dem einen saß bereits ein Mädchen mit langen blonden Haaren und einer Zahnspange. Ihr blasses Gesicht hob sich kaum von den Wänden ab. Für mich sah sie noch nicht aus wie achtzehn, sondern eher wie fünfzehn. Die Haare hatte sie zu zwei Zöpfen geflochten und der Pyjama, den sie trug, wies eine große Anzahl kleiner Kätzchen auf. Ihre Augen waren gerötet und ich vermutete, dass sie den ganzen Tag geweint hatte. In diesem Moment schwor ich mir, dass egal wie diese Geschichte für mich enden sollte, ich mich nie erniedrigen lassen würde.

Ich setzte mich auf das andere Bett und wusste nicht, was ich sagen sollte. Sie tat mir leid, aber wieder wusste ich nicht, mit welchen Worten ich es besser gemacht hätte. Und so saßen wir da. Sie schniefte und ich versuchte weder sie, noch die Frau am Eingang zu beobachten, die sich wie eine Wache davor positioniert hatte. Stattdessen versuchte ich mich mit dem Zimmer vertraut zu machen. Es hatte einen weißen Fliesenboden und weiße Fliesen an den Wänden. War alles in diesem Komplex weiß? Am hinteren Ende des Raumes

befand sich eine Tür mit der Aufschrift »Badezimmer«.
Vor allem fielen mir aber die zahlreichen Kameras auf.
Vermutlich befand sich sogar auf der Toilette eine. Bei
diesem Gedanken musste ich unweigerlich das Gesicht
verziehen. Ich würde wohl erst wieder Zuhause auf
die Toilette gehen. *Oder nie*, flüsterte mir meine kleine
innere Stimme zu.

Als hinter ihr die Tür aufging und ein großgewachsener, korpulenter Mann mit blondem Haar und braunen Augen das Zimmer betrat, wusste ich, dass es
Cunningham war. Er trug einen dunkelblauen Anzug,
der im Kontrast zu dem Weiß in diesem Gebäude
stand. Lächelnd sah er uns an, als wären wir die Ehrengäste auf seiner Party und er hätte schon stundenlang sehnsüchtig auf uns gewartet. »Willkommen! Ich
freue mich außerordentlich, dass sie beide heute den
Weg zu uns gefunden haben und sich damit ihrer Bürgerpflicht zum Wohl der Gemeinschaft stellen.« Er trat
einen Schritt näher und schien das verweinte Gesicht
des Mädchens neben mir überhaupt nicht wahrzunehmen. Es ist erstaunlich, wie schnell ein Mensch
beschließen kann, den Anderen nicht zu mögen. So
ging es mir zumindest mit Cunningham.

»Die kommende Nacht werden sie beide hier verbringen. Sie werden rund um die Uhr von meinen Mitarbeitern überwacht -

Sie müssen sich also keine Sorgen machen. Es passiert Ihnen nichts.« Ein Lächeln huschte ihm über das
Gesicht, als fände er die Ironie, in diesem vermutlich
täglich gesagten Satz, immer noch witzig. »Um Mitternacht kommt ein Ärzteteam und untersucht sie auf

eventuelle Veränderungen an ihrem Körper. Anschlie-ßend können sie in Ruhe weiterschlafen. Fühlen sie sich ganz wie Zuhause. Morgen früh, werden sie dann wieder von ihren Eltern abgeholt. Haben sie noch Fragen?« Das Mädchen blickte mich fragend an und ich schüttelte nur den Kopf. Natürlich hatte ich Fragen, aber ich wusste, dass keine davon wahrheitsgemäß beantwortet werden würde. Also konnte ich sie mir genauso gut sparen. »Wunderbar. Ich wünsche Ihnen eine erholsame Nacht! Und denken Sie daran, dass Sie nicht allein sind. Auf der ganzen Welt gibt es Jugendliche, die in diesem Augenblick in Ihrer Haut stecken.« Mit diesen Worten verließen er und die Dame den Raum. In der Tür knackten Raster und es hörte sich an, als würden zehn Sicherungsbolzen den Ausgang verriegeln. Im nächsten Moment wurde das Licht gedimmt. Wohl ein Zeichen dafür, dass man von uns erwartete, schlafen zu gehen.

»Mein Name ist Mandy!« Das Mädchen mit der Zahnspange schenkte mir ein Lächeln, packte eine Tüte Chips aus und bot mir welche davon an. Da ich beim Abendessen kaum etwas runtergebracht hatte, nahm ich das Angebot nur zu gerne an. Sie erzählte mir von ihrem kleinen Bruder, der bitterlich geweint hatte, als sie fahren musste und erkundigte sich nach meiner Familie. Als ich ihr vom Tod meines Vaters erzählte, sah sie ehrlich betroffen aus - obwohl sie mich nicht kannte. Als sie nach einer Weile wieder anfing zu weinen, gab ich mir einen Ruck und setzte mich zu ihr ans Bett.

»Mach dir keine Gedanken. Ich bin mir sicher, dass du morgen früh wieder bei deiner Familie bist!«, sagte ich und hoffte, dass ich mich nicht zu weit aus dem Fenster lehnte.

Stunde um Stunde vergingen und die Ziffern auf meiner Armbanduhr bewegten sich immer mehr Richtung Mitternacht. Unweigerlich musste ich an Cunninghams Worte denken. Es war richtig, dass in diesem Augenblick Jugendliche in der ganzen Welt mit mir zitterten. Trotz all der Jahre Forschung und dem Fortschritt der Wissenschaft konnte nicht ermittelt werden, warum einige Jugendliche Fähigkeiten hatten und andere nicht. Es war nicht erblich und es lag nicht an der geografischen Lage, denn Kinder in aller Welt waren betroffen. Pharmaunternehmen machten einen Haufen Geld mit angeblich präventiven Tabletten entgegen der Mutation. Ich hielt das alles für Volksverdummung. So hing ich meinen Gedanken nach, bis es soweit war.

Wir saßen beide wie gebannt auf dem Bett. Starr vor Angst und unfähig uns zu bewegen. Meine Finger krallten sich um die Bettdecke. Die Uhr an der Wand zeigte Mitternacht an. Gebannt wartete ich darauf, etwas zu spüren. Ein Brennen, einen Schmerz, irgendetwas. Ich scannte meinen Körper. Suchte ihn ab nach einem Branding. Jede einzelne Zelle war dazu bereit, sich in der nächsten Sekunde vor Schmerzen zusammenzuziehen. Ich fühlte mich wie jemand, der genau wusste, dass er von hinten eins übergebraten bekommt. Doch es geschah nichts. Weder bei mir noch bei Mandy. Die Minuten vergingen und ich konnte mir nur vorstellen, wie die Menschen auf der anderen Seite der Kamera uns beobachteten.

Dann wurde plötzlich das Licht eingeschalten und vier in, wer hätte es gedacht, weiß gekleidete Ärzte betraten den Raum. Zwei von ihnen nahmen sich meiner an und untersuchten jeden Millimeter meines Körpers. Das gleiche geschah mit Mandy auf ihrem Bett. Nach einer gefühlten Stunde nahm einer der Ärzte seinen Mundschutz ab und erklärte, dass wir morgen früh wieder nach Hause fahren durften. In diesem Moment fiel eine Last von meinen Schultern, die tief in mir geschlummert hatte. Mandy hüpfte und tanzte auf ihrem Bett auf und ab und es war unmöglich sich nicht von ihrer Freude anstecken zu lassen.

Die restliche Nacht plapperte sie wie ein Wasserfall und erzählte mir von dem Adventsbasar, den sie am Weihnachtsmorgen besuchen würden und bat mich, sie zu begleiten. Eigentlich waren solche Veranstaltungen nichts für mich. Aber ich fühlte mich mit Mandy verbunden. Die letzten Stunden hatten wir die gleichen Ängste ausgestanden und ich hatte angefangen sie zu mögen. Also stimmte ich zu. Wir verabredeten uns für den Weihnachtsmorgen auf dem Markt neben der Schule. »Versprich mir, dass du mitkommst!«, sprach sie leise und ihre Augen vielen bereits zu. »Versprochen!«, beteuerte ich. Danach schliefen wir beide erschöpft ein.

Als ich das Gebäude verließ, sah ich, dass es die ganze Nacht geschneit haben musste. Es lagen mindestens zehn Zentimeter Neuschnee und die Welt sah aus wie in Watte gepackt. Als das Auto meiner Mutter in Sichtweite kam, und sie ausstieg um mich zu begrüßen, fiel ich ihr vor Freude in die Arme. Die Angst sie nie mehr sehen zu können, hatte mich doch mehr belastet, als ich mir selbst eingestanden hatte. Sie streichelte mir über das Haar und lächelte mich an.

»Nun ist es vorbei!«, schniefte ich.

»Ja, das ist es«, erwiderte sie lächelnd, doch das Lachen erreichte nicht ihre Augen. Dies registrierte ich aber nur flüchtig, da im gleichen Augenblick Mandys Familie ankam und sich schluchzend in die Arme fiel. Bevor wir fuhren, erinnerte mich Mandy nochmal an unser Treffen. Zum Abschied winkte ich ihr und wir fuhren los. Nach Hause. Im Nachhinein kam es mir lächerlich vor zu glauben, dass ein durchschnittliches Mädchen wie ich jemals solch eine besondere Eigenschaft haben sollte. Durchschnittlich zu sein hatte immer mehr Vorteile. Ein Lächeln umspielte meine Augen und den Rest des Weges schaute ich aus dem Fenster.

Wir fuhren am Hafen vorbei und in der Ferne konnte ich die Outremer sehen. Diese kleinen Inseln vor Seattle, die nicht bewohnt waren, faszinierten mich immer wieder. Spät abends, wenn ich am Hafen joggen ging, glaubte ich manchmal ein Licht auf einer der Inseln zu sehen. Aber da ich nicht die Sportlichste war, konnte es auch sein, dass mir meine dehydrierten Sinne einen Streich spielten.

»Schokoladenkuchen! Danke, Mum!« Zuhause wartete ein riesiger Geburtstagskuchen auf mich. Meine

Mutter wusste, wie sehr ich Schokoladenkuchen mochte. Zusammen aßen wir je ein Stück davon. Wieder beschlich mich das Gefühl, dass sie sich nicht so freute, wie es sein sollte. Aber ich machte mir klar, dass die letzte Nacht nicht einfach für sie gewesen sein musste. Vermutlich hatte sie sich vorgestellt, wie es gewesen wäre, wenn ich nicht wiedergekommen wäre und der Kuchen unberührt hier auf unserem Küchentisch stehen würde. Allein die Vorstellung verursachte mir einen Kloß im Hals. Ich wusste, dass meine Mutter mich brauchte. Sie hatte nur noch mich und ich hatte nur noch sie. So saßen wir in der kleinen Küche und frühstückten meinen Kuchen.

Ich hatte bis dahin schon viele Geburtstage gefeiert, aber an keinem hatte ich mich freier gefühlt wie heute. Ich spielte den ganzen Tag an meinem Klavier und überlegte das erste Mal, wie ich mir meine Zukunft vorstellte. Alle Möglichkeiten standen mir offen. Vielleicht könnte ich professionelle Pianistin werden. Glücklich und erschöpft von der vergangenen Nacht schlief ich früh am Abend ein in Erwartung meines neuen Lebens am nächsten Tag.

Zwei

Feuer. Ich träumte von Feuer. Ich stand in einem Wald und um mich herum war ein Feuerring. Es war heiß und meine Haut brannte unter der Hitze. Außerhalb des Rings hörte ich jemanden nach mir rufen.

»Ella!«

Es war weniger ein Rufen, als vielmehr ein Schreien. Der Schrei meiner Mutter. Ich rannte auf das Feuer zu, durch den Feuerring hindurch. Das Feuer musste mich an der Hüfte erwischt haben, denn den Schmerz, den ich empfand, war stärker als alles andere, was ich je gespürt hatte. Er brannte sich in mein Becken und fühlte sich an, als würde ein Messer darin stecken und sich bei jeder Bewegung drehen. Ich schrie. Tränen liefen mir über das Gesicht.

Als ich meine Augen wieder öffnete, war der Feuerring weg und meine Mutter beugte sich über mich. Ich war in meinem Zimmer.

»Es war ein Traum. Nur ein Traum!«, versuchte ich mich zu beruhigen. Aber der Schmerz an meiner Hüfte war noch immer da. Zwar nicht mehr so stark, aber noch deutlich spürbar. Immer noch benommen sah ich, dass meine Mutter Tränen in den hellwachen Augen hatte.

»Mum, es ist alles OK! Ich habe nur schlecht geträumt.« In meinem Zimmer brannte meine Nachttischlampe und erhellte den Raum ein wenig, die Uhr zeigte 00:03. Meine Mutter sah mich an: »Du hast geschrien und dir an den Hüftknochen gefasst.« In ihrer Stimme schwang eine Angst mit, die ich nicht verstehen konnte.

Viele Kinder hatten Albträume und nachdem, was ich gestern mitgemacht hatte, fand ich, war mir das in meinem Alter noch gestattet.

»Ja, ich habe geträumt ich hätte mich an der Stelle verbrannt.« Meine Mutter verengte die Augen, griff mit ihren zierlichen Händen nach der Decke und schob sie beiseite. Dann hob sie mein Shirt und krempelte den Bund meiner Shorts etwas herunter.

»Nein, nein, nein! Das kann nicht sein!«, flüsterte ich. Auf meiner Haut zeichnete sich deutlich ein Branding ab. Zwei Hände, die aneinander lagen und in der Mitte ein blutendes Herz hielten. »Das kann nicht sein! Das ist unmöglich. Ich bin schon 18. Das muss ein Fehler sein!« Ich sprang auf und lief in meinem Zimmer hin und her.

Minutenlang sprach ich mir zu und versuchte, mir einen Reim darauf zu machen, was passiert war. Ich wurde untersucht. Ich konnte keine Sparks sein. Als ich aufsah, bemerkte ich, dass meine Mutter noch immer an meiner Bettkante saß und auf die Stelle starrte, auf der ich eben noch gelegen hatte.

»Mum?« Ich ging langsam zu ihr, setzte mich und nahm ihre Hände in meine. Auch das hatte ich von meiner Mutter. Wir hatten beide unglaublich zierliche Hände. Es war das Einzige, was mir an meinem Körper gefiel. Sie sahen elegant und feminin aus. Und so saßen wir da. Sie blickte auf das Bett und ich auf unsere Hände.

»Weißt du, in der Nacht, in der du geboren wurdest, lag genauso viel Schnee wie heute.« Meine Mutter starrte aus dem Fenster und ihre Augen blinzelten nicht ein einziges Mal während sie sprach. Sie schien ganz woanders zu sein. Irgendwo in einer Erinnerung, die nur sie kannte.

»Dein Vater und ich waren hier deine Großeltern besuchen und hatten ein Hotelzimmer am Hafen genommen. Als dann die Wehen am späten Abend einsetzten, wollte dein Dad mich sofort in das Krankenhaus bringen. Aber ich bestand darauf im Zimmer zu bleiben. Dein Dad wusste natürlich warum.« Sie sah mich an und an meinem verständnislosen Blick muss sie erkannt haben, dass ich vermutlich nicht so schlau wie mein Dad war. Ich fand es aktuell nur unpassend, um über die Wehen zu reden, die sie in meiner Schwangerschaft hatte.

»Wären wir in ein Krankenhaus gefahren, wäre der Tag, die Stunde, die Minute und die Sekunde deiner Geburt aufgezeichnet worden. Aber wenn wir allein waren und es als Sturzgeburt bezeichneten, könnten wir an deinem eventuellen Los drehen.«

»An meinem Los?« In meinem Kopf begann es zu rattern und langsam wurde mir klar, was sie meinte.

»Ich hatte gestern nicht Geburtstag«, hauchte ich.
Meine Mutter schüttelte in Zeitlupe den Kopf und eine
Haarsträhne blieb an ihrer tränennassen Wange kleben.

»Ich brachte dich um 00:02 Uhr am 24.12.2023 zur
Welt. Du bist also seit knapp zehn Minuten 18 Jahre
alt.« Die Gewissheit traf mich wie ein Blitz. Ich war
eben erst 18 geworden und ich hatte plötzlich ein
Branding, welches ich vor dem Schlafengehen definitiv
noch nicht hatte. »Ich bin eine von ihnen. Ich bin eine
der Sparks!«, schluchzte ich.

Meine Mutter nahm mich in den Arm und erzählte
mir, dass sie nach meiner Geburt in das Krankenhaus
gefahren waren und behauptet hätten, dass ich am
23.12. um 23:45 Uhr zur Welt gekommen wäre. Da ich
ein Neugeborenes war, und nicht auf die Stunde genau
festgestellt werden konnte, wann ich geboren wurde,
musste man ihnen glauben. Meine Eltern schworen
sich, dass sie niemals ein Wort darüber verlieren würden - auch zu mir nicht. Die Gefahr, dass es jemand
erfahren könnte, war zu groß.

»Als dein Vater im Sterben lag, musste ich ihm versprechen, auf dich aufzupassen, wie wir es geplant
hatten.« Sprachlos hörte ich zu, ohne dass ihre Worte
meinen Verstand zu erreichen schienen. Konnte es
sein, dass mein komplettes bisheriges Leben eine Lüge
war? Eine Träne kullerte über meine Wange und landete lautlos auf der Bettdecke, während es draußen
erneut zu schneien begann.

Wir lagen uns in den Armen bis die Sonne aufging.
Jeder hing seinen eigenen Gedanken nach. Meine Mut-

ter dachte vermutlich an meinen Vater und daran, dass er nicht hier war um uns zu helfen. Ich dachte an mich. Vielleicht klingt das egoistisch, aber ich fragte mich, welche Gefahr ab sofort von mir ausging. Konnte ich Dinge in Brand stecken?

»Was nun?«, fragte ich, wie ein kleines Kind, in der Hoffnung, von der Mutter alle Antworten zu bekommen, die ich brauchte.

»Nun machen wir weiter als wäre nichts gewesen! So hatten dein Vater und ich es besprochen. Du darfst dein Branding niemandem zeigen. Keiner wird davon erfahren. Wenn wir wissen welche Fähigkeit du hast, wirst du lernen sie zu kontrollieren.«

»Mum, man kann das nicht kontrollieren. Das haben die Beispiele der Vergangenheit gezeigt!«

»Man kann alles kontrollieren. Man muss nur den Mut, den Willen und die Möglichkeit haben es zu versuchen. Und all das hast du jetzt! Wir schaffen das zusammen!« In ihrer Stimme schwang eine Überzeugung mit, die mich mitriss. Konnte es wirklich sein, dass ich ein ganz normales Leben führen konnte? In diesem Augenblick, der voller Hoffnung war, wussten wir beide noch nicht, wie absolut falsch wir lagen.

Das Frühstück verlief wie immer und war aus exakt diesem Grund unnatürlich. Es schien als wären wir beide immer auf der Hut. Auf der Hut vor mir. Als es dann kurz vor zwölf war, fiel mir ein, dass ich mit Mandy verabredet war. Meine Mutter war gerade einkaufen und ich schrieb ihr einen Zettel. »Hi Mum, ich bin mit Mandy auf dem Adventsmarkt verabredet. Bin gegen Abend wieder da. Mach dir keine Sorgen...« Ich hängte den Zettel mit einem der großen Magneten an unseren Kühlschrank und verließ das Haus.

Es schneite wieder und fühlte sich kälter an als gestern. Mit meinen Winterstiefeln stapfte ich zu meinem Auto und überprüfte nochmal die Schneeketten an den Rädern, die ich fast den ganzen Winter darüber hatte. Mein Auto war ein alter Chrysler und hatte die besten Jahre schon hinter sich. Seine dunkelblaue Farbe blätterte an den Türen ab und zum Vorschein kam der Rost, der sich vermutlich schon durch das komplette Fahrwerk zog. Für mich war es aber mehr als genug. Zumindest musste ich nicht mit dem Bus oder der U-Bahn fahren. Ich hasste es U-Bahn zu fahren. Es schien mir immer, als käme man damit nie an das Ziel. An jeder Ecke war eine Haltestelle an der gestoppt wurde. Menschen drängten sich an andere und der Geruch vom Schweiß der Arbeiter und der Alkoholfahne anderer Mitfahrer mischte sich zu einem explosiven Cocktail, der in meiner Nase unerträglich war. Also fuhr ich Auto, so oft es ging. Nur hin und wieder, wenn es zu glatt draußen war, bestand meine Mutter darauf, dass ich die U-Bahn nahm.

Als ich geparkt hatte und auf den Adventsmarkt zulief, sah ich Mandy schon an einem Glühweinstand stehen.

»Da bist du! Ich freue mich so!« Sie fiel mir in die Arme und begrüßte mich, als wären wir schon seit Ewigkeiten Freunde. Ich mochte sie sehr. Zusammen spazierten wir über den Markt und das erste Mal in meinem Leben fühlte ich mich wie ein normales Mädchen, das mit einer Freundin unterwegs war. Ich musste mir eingestehen, dass ich es gar nicht schlimm empfand, wie ich immer dachte. Vor dem Tod meines Vaters war ich geselliger gewesen und hatte einige Freundinnen. Doch als er starb und ich eine Weile nicht weggehen wollte, hatte ich das Gefühl den Anschluss verpasst zu haben. Zu Beginn hatten alle versucht mich aus dem Haus zu locken. Ohne Erfolg. Irgendwann hatten sie es aufgegeben.

Ich denke, dass Teenager nur eine begrenzte Geduld für Menschen haben, die trauern und sich nicht am lockeren und ausgeglichenen Leben beteiligen. Später zogen wir dann weg und ich habe nie wieder etwas von ihnen gehört.

»Lass uns Lebkuchen essen gehen!« Mandy zog mich zu einer kleinen Hütte, aus der es köstlich nach dem süßen Gebäck duftete.

»Eine Tüte Lebkuchen bitte!«, bestellte ich und gemeinsam standen wir an einem Stehtisch und beobachteten die Schneeballschlacht, die sich weiter hinten gebildet hatte. Der Markt war noch nicht so überlaufen wie es heute Abend der Fall sein würde, wenn die Lichter den Platz in einen weihnachtlichen Schein tauchen würden. Hier und da waren Familien an den Ständen. Kinder fuhren Karussell und etwas weiter hinten sang ein Chor ein traditionelles Weihnachtslied.

»Oh! Dass muss weh getan haben!«, quickte Mandy und riss mich aus meinen Beobachtungen. Ein Junge in unserem Alter hatte einen Schneeball direkt ins Gesicht bekommen. Da es sehr kalt war, vermutete ich, dass der Schnee vereist war.

»Oh ja, das glaube ich auch. Der liegt am Boden und hält sich nur noch die Wange!« Schallend lachte sie, bis ihr die Tränen kamen. Der Junge musste das mitbekommen haben, denn als nächstes griff er sich einen Schneeball und warf ihn mit der Wucht eines Baseballspielers so schnell auf Mandy zu, dass ich nicht mehr die Möglichkeit hatte, sie zu warnen.

Der eisige Ball traf sie am Hinterkopf und der Aufprall machte das dumpfe Geräusch eines Basketballs, der auf dem Hallenboden gedribbelt wurde. In diesen Sekunden passierten drei Dinge.

Der Ball klatsche an Mandys Kopf.

Sie fasste sich mit der Hand an die getroffene Stelle und hatte Blut an den Händen, zuckte jedoch nicht mit der Wimper.

Im gleichen Moment durchfuhr mich ein Schmerz an meinem Hinterkopf, der mich zusammensacken lies.

So lag ich da. Der Junge musste angenommen haben, dass er Mandy nicht richtig getroffen hatte und warf den nächsten Ball, der mitten in ihrem Unterleib landete. Der Ball prallte an ihrer Jacke ab und sie blieb immer noch stillstehen als wäre nichts passiert. Ich hingegen bekam Schmerzen in der Magengrube, die mich an meine Blinddarmentzündung in der vierten Klasse erinnerte.

Damals hatte ich schon den ganzen Abend Bauchschmerzen gehabt und in der Nacht waren sie so schlimm geworden, dass ich geschrien hatte.

So schrie ich heute. Mein Kopf dröhnte, mein Magen drehte sich um und mir wurde übel. Einige Erwachsene kamen herbei und knieten sich zu mir auf den Boden. Ich hielt mir immer noch den Bauch und konnte mich nicht richtig bewegen, nicht atmen. Was war nur los? War ich etwa auch von einem Schneeball getroffen worden? Mandy sah von oben auf mich herab. Sie sah immer wieder von ihrer blutigen Hand zu mir und versuchte, genau wie ich, zu verstehen was los war.

»Mein Bauch! Er tut weh!«, schrie ich und bereute es sofort. Die Budenbesitzerin packte meine Jacke, öffnete den Reisverschluss und schob meinen Pullover hoch, um mir zu helfen. Nur, dass sie damit das genaue Gegenteil tat.

Plötzlich wurde es still um mich herum. Ein Raunen ging durch die Menge und ich wusste, was sie gesehen hatten. Mein Branding. Da es verboten war sich Brandings machen zu lassen, konnte meines nur eines bedeuten. Ich war eine Spark.

Mandy war erstarrt und blickte mich mit ungläubigen Augen an, als plötzlich ein Mann rief: »Wir müssen sofort die Polizei verständigen!«

Das schien Mandy aus ihrer Erstarrung zu befreien. Sie griff mit ihrer blutverschmierten Hand nach meiner und zog mich auf die Beine. Sie hielt mich an der Schulter fest, sah mir in die Augen und flüsterte: »Lauf!«

Mandy drehte mich um und gab mir einen kleinen Schubs in die Richtung, in der keiner der Leute stand.

Ich tat was sie sagte. Ich lief. Ich lief um mein Leben. Einige Menschen rannten mir hinterher und versuchten mich einzuholen.

Je weiter ich vom Ort des Geschehens entfernt war, desto besser wurden die Schmerzen. Ich rannte über den Adventsmarkt, vorbei am Chor, der unbehelligt weiter sang. An Karussellen mit kleinen Pferdchen vorbei und an einem Konzert der Sternsinger.

Es war schon dunkel, als ich mein Auto erreichte und die Zündung drehte. Der Motor ratterte und erstarb. Nein, nicht jetzt. Ich drehte den Schlüssel erneut und versuchte zu starten. Der Motor erstarb nach einigen Versuchen wieder. »Verdammte Karre!« Im Rückspiegel sah ich die Budenbesitzerin auf mein Auto zukommen. In ihrer Begleitung waren zwei bewaffnete Polizisten. »Oh nein, oh nein, oh nein!« Panisch und mit zitternden Fingern drehte ich den Schlüssel nochmal um. Ich wusste, mehr als diesen einen Versuch hatte ich nicht mehr, denn das hustende Geräusch meines Motors machte die drei auf mich aufmerksam und sie näherten sich mit schnellen Schritten. »Komm schon!« Meine Haut spannte über meinen Fingerknöchel. Plötzlich schnurrte der Motor wie gewohnt und ich trat auf das Gas. Im Rückspiegel sah ich die Budenbesitzerin und die Polizisten zurückbleiben.

Was war da nur passiert? Konnte es wirklich sein, dass ich den Schmerz von Mandy empfunden habe, obwohl sie getroffen wurde? Und es war offensichtlich, dass sie getroffen wurde, denn sie hatte stark geblutet. War das meine Fähigkeit? Aber warum hatte ich den Schmerz des Jungen nicht gespürt, der den Ball in das Gesicht bekommen hatte? Stand er zu weit weg? Ich erinnerte mich zurück an den Moment, in dem ich den Schneeball auf Mandy zufliegen sah. Ich hatte Angst um sie, weil ich sie mochte. Das unterschied sie von dem Jungen. Er war mir egal, aber ich wollte nicht, dass sie verletzt wurde.

Ich hielt in einer Seitenstraße an und umklammerte das lederne Lenkrad.

»Soll es das sein? Ich kann nichts in Brand stecken? Ich kann keine Gedanken lesen? Ich muss den Schmerz von geliebten Menschen ertragen? Soll das meine außergewöhnliche Fähigkeit sein?«

Ich drehte meinen Kopf in Richtung Himmel, als ob ich von dort eine Antwort erhalten würde. Nichts. Es blieb still. Die nächsten Minuten erlaubte ich mir, mich in Selbstmitleid zu baden. Immer wieder fragte ich mich warum. Aber darauf hatte die ganze Welt keine Antwort. Warum gab es diese Fähigkeiten? Warum nur bei Jugendlichen? Warum zum 18. Geburtstag? All diese Fragen konnten nie geklärt werden. Es war Zufallsprinzip und konnte jeden treffen.

Ich legte den Gang wieder ein und fuhr nach Hause. In der Küche brannte Licht und ich wusste nicht, wie ich meiner Mutter beichten sollte, dass alles, wofür sie und mein Dad die vergangenen 18 Jahre gekämpft hatten, von mir in nur wenigen Stunden vernichtet wurde.

Ich stieg die Stufen zu unserem Haus hinauf und betrat das Wohnzimmer. Der Weihnachtsbaum stand darin und leuchtete. Aus der Küche kam der Duft von unserer Gans und meine Mutter sang ein Weihnachtslied mit, das gerade im Radio gespielt wurde.

Ich betrat die Küche. Elisabeth drehte sich um und verstummte in der Liedzeile, als sie mich sah.

»Mum! Ich habe es verbockt«, brachte ich hervor. Sie ließ den Löffel fallen, mit dem sie eben noch in der Füllung gerührt hatte, und nahm mich in den Arm.

Ich erzählte ihr unter Tränen was passiert war. Als ich fertig war, stieß sie sich von der Anrichte ab und eilte die Treppe hinauf.

»Mum!« Ich stolperte ihr hinterher. Sie lief in mein Zimmer, nahm den Rucksack, der in meinem Zimmer lag, und fing an Kleider darin zu verstauen. »Mum, was tust du da?«, stammelte ich.

Unbeirrt packte sie weiter: »Du kannst nicht hierbleiben. Sie werden dich holen kommen!«

»Nein Mum. Sie kennen mich nicht und Mandy wird ihnen nichts verraten. Sie können mich nicht finden!«

»Ach ja! Und das Nummernschild? Ella denk doch nach! Mandy hat auch Familie und die Regierung wird nicht zögern die zu bedrohen. Sei nicht dumm!«, zischte sie. »Sie werden schon auf dem Weg hierher sein. Du musst sofort weg!« Sie sah mich an und mir kamen die Tränen. Ihr Gesichtsausdruck wurde etwas weicher. Sie zog mich in ihre Arme und streichelte mir über das Haar.

»Ella, es ist nicht deine Schuld. Es ist meine Schuld. Ich hätte nicht verlangen dürfen, dass du tust, als wäre alles wie zuvor. Du musst jetzt stark sein und mutig!«

Sie blickte mich an, schob mich wieder von sich weg und ging in ihr Schlafzimmer. Kurz darauf kam sie mit einem Bündel Geldscheine wieder heraus.

»Nimm das. Geh und nimm dir ein Hotelzimmer. Sag mir nicht wo!«, drängte sie. Sie zog mir die dünne Winterjacke aus und stülpte mir mehrere Pullover übereinander darüber. Dann zog sie mir die Jacke wieder an. Ich fühlte mich wie eine Puppe, unfähig mich zu bewegen. Mum nahm mein Gesicht in ihre Hände: »Lauf zum Hafen. Nimm das nächste Schiff und verlass Seattle. Die Bahnhöfe und Flughäfen werden sie überwachen. Geh nicht zum Bahnhof, hörst du mich!« Ich nickte wie in Trance.

»Ich liebe dich mein Schätzchen. Sobald es sich beruhigt hat, werde ich mich auf die Suche nach dir machen. Halte immer die Augen nach mir offen. Wir werden bald wieder zusammen sein!« Tränen traten in ihre Augen. Ich umarmte sie und wollte nie wieder loslassen.

»Bitte schick mich nicht weg. Bitte komm mit. Bitte lass mich nicht allein!«, bettelte ich, während sie mich die Treppe herunterführte.

»Ich komme dir nach, mein Schätzchen, sobald ich sie davon überzeugt habe, dass du tot bist!« Ich blickte sie an und der Schock stand mir ins Gesicht geschrieben.

»Sie werden nie aufhören mich zu suchen, wenn sie nicht denken ich wäre tot«, stellte ich fest, den Blick auf meine Schuhe gerichtet.

»Ja, so ist es!« Mum blickte mich an. »Nun geh. Nimm nicht den Wagen. Geh nicht auf der Hauptstraße, sondern nimm die Nebenstraßen. Die letzte Fähre für heute geht in einer Stunde und«, sie stockte mitten im Satz. Vor dem Haus hörten wir ein Auto parken. »Geh hinten raus! Ich liebe dich!«

Sie schob mich zur Hintertür raus. Schloss sie ab, blickte mich noch ein letztes Mal durch das Fenster in der Tür an und ging dann zur Haustür. Ich beobachtete, wie sie sich von mir abwandte und es fühlte sich an, als würde ich sie nie wiedersehen. Ich stand in unserem Garten und schaute auf unser Haus. Oben in meiner Galerie brannte ein kleines Licht und durch die Glasscheiben konnte ich mein Klavier sehen. Schmerz erfüllte mich und ich schluckte einen Kloß herunter, als ich mich umdrehte und zwang nicht zurückzublicken.

Ich ging mit schnellem Schritt durch unsere Straße und bog in die nächste Seitengasse Richtung Hafen ab. Ich musste mich beeilen. Bis zum Hafen waren es zu Fuß gut 45 Minuten und ich musste noch ein Ticket kaufen. Instinktiv umklammerte ich mit meiner Hand das Geld in meiner Jackentasche. Mein Weg führte mich an duzenden Häusern vorbei, immer darauf bedacht nicht aufzufallen. Der Schnee verursachte bei jedem Schritt ein knirschendes Geräusch unter meinen Schuhen. Jedes Auto, das an mir vorbeifuhr, erfüllte mich mit Panik.

Doch die Autos hielten nicht an. Vor einem kleinen Häuschen blieb ich auf dem Gehweg stehen und schaute vom Gartenzaun aus wie gebannt durch die große Fensterscheibe ins Wohnzimmer. Darin saß eine

Familie mit zwei kleinen Kindern im Grundschulalter. Sie aßen das köstliche Essen und lachten gemeinsam. Im Hintergrund war der Weihnachtsbaum zu sehen und ein Feuer brannte im Kamin. Ich stand hier draußen. Es war eisig kalt und trotz der vielen Schichten, die meinen Körper warmhalten sollten, fror ich. Ich hatte Hunger. Hier draußen wurde mir bewusst, was ich in den letzten zwei Stunden alles verloren hatte. Ich war völlig allein.

Und so stand ich da, während mir der Schnee auf die Haare fiel. Ich weiß nicht mehr wie lange ich dort stand, aber ich wurde aus meiner Erstarrung durch die Kirchenuhr geweckt. Sie schlug viertel vor acht. In einer viertel Stunde legte die letzte Fähre ab und ich hatte noch gute zwei Kilometer zu laufen. Also rannte ich los. Ich rannte um mein künftiges Leben und mit jedem Schritt ließ ich mein altes hinter mir.

Ich konnte schon die Lichter des Hafens sehen und als ich um die letzte Ecke bog, blieb ich abrupt stehen. Was ich gesehen hatte, waren nicht nur die Lichter des Hafens, sondern auch die Blaulichter der Polizeiwagen, die jeden einzelnen Passagier der die Fähre betreten wollte durchsuchte. Ich zog mich wieder in die Gasse zurück und beobachtete die Szene. Mindestens zehn Polizisten hielten nach etwas Ausschau. Nicht nach etwas. Nach jemandem. Mir wurde klar, dass ich keine Chance hatte unerkannt das Schiff zu betreten. Ich schaute auf die Uhr. Acht. Es war zu spät. Ich sah wie die Fähre ablegte und damit meine letzte Chance hier weg zu kommen.

Der Wind pfiff durch mein Haar und ich lehnte mich an die mit Graffiti beschmierte Wand. Was sollte ich jetzt tun? Langsam kauerte ich mich hin scherte mich nicht mehr darum, ob man mich gleich finden würde. Ich war durchgefroren und mir war kalt. Ich wollte nur, dass das alles endlich vorbei war. Nach einer Weile hörte ich den Schnee unter Autoreifen knarren und beobachtete, wie die Polizei davonfuhr.

Der Hafen war verlassen und in fast komplette Finsternis gehüllt. Nur einzelne Straßenlaternen erleuchteten einige Stellen. Der Wind frischte auf und kämpfte sich durch meine Kleiderschichten hindurch. Ich setzte meine dunkelblaue Wollmütze auf und ging hinunter ans Ufer zu einer Parkbank. Ich legte mich hin und schaute auf das Wasser zu den Outremer.

Wieder hatte ich das Gefühl, dass dort ein Licht war. Am ganzen Körper zitternd, rollte ich mich wie ein Kind im Mutterleib zusammen. Sollten sie mich finden, würde ich mich nicht wehren. Ich hatte nichts mehr und wusste nicht, was mit meiner Mutter passieren würde. Ausgesprochen hatte sie es nicht, aber sie ahnte genau wie ich, dass sie mehrere Fragen beantworten werden müsste, wenn die Polizei ankam.

Was sie jetzt wohl gerade tat? Der Wind pfiff über meinen Körper und ich begann meine Finger nicht mehr zu spüren. Das war der Augenblick, in dem ich das erste Mal das Bewusstsein verlor.

Drei

Ich träumte von meiner alten Schaukel in Texas County.

Ich war noch ein Kind und jemand schaukelte mich von hinten an. Ich trug mein gelbes Kleid, das ich von meinem Vater zum Geburtstag bekommen hatte. Die endlos weiten Wildblumenwiesen erstreckten sich vor mir. Ich holte Schwung und wollte immer höher hinauf, dem Himmel entgegen.

Als ich hinter mich sah, stand da niemand, der mich schaukelte. Ich wollte anhalten, aber schaukelte einfach weiter. Hin und her. Mir wurde schlecht. Die Sonne verdunkelte sich und es wurde kalt. Innerhalb weniger Sekunden war die Wiese weg und ich schaukelte im Dunkeln. Nicht wissend was sich unter mir, über mir und hinter mir befand. Ich wollte anhalten. Schrie, dass irgendjemand die Schaukel anhalten solle. Mir war schlecht. Plötzlich war alles vorbei.

»Wach auf!« Ich schlug die Augen auf und sah einen jungen Mann über mir stehen. Er hielt mich mit festem Griff an den Armen.

»Es war ein Traum! Du bist hier sicher!« Panisch sah ich mich um und stelle fest, dass ich auf einem Bett lag. Sofort riss ich mich los und kauerte mich an das Kopfende des Bettes.

»Bitte lassen sie mich gehen!«, wimmerte ich. Ich erinnerte mich daran, was ich mir im Labor versprochen hatte - meine Würde nicht zu verlieren. Aber die Angst, die ich in diesem Moment hatte, überwiegte alles. Meine Finger zitterten und lagen ineinander verschränkt, um sich gegenseitig festzuhalten.

»Ella! Du bist hier in Sicherheit. Niemand wird dir etwas tun!« Der junge Mann hatte freundliche braune Augen und rückte mit erhobenen Händen ein Stück von mir ab.

»Wo bin ich?«

»Du bist auf Blake Island.«

»Blake Island? Das kann nicht sein. Blake Island ist eine unbewohnte Insel der Outremer.«

»Ja, das wollen wir euch glauben machen. Aber du bist wirklich auf Blake Island - auf der Insel der Sparks. Mein Name ist Lucas.« Er reichte mir seine Hand zur Begrüßung.

Was hatte er da gesagt? Bei den Sparks? Das konnte nicht sein. Es gab keine Sparks. Oder wenn es welche gab, dann im Labor der Regierung und nicht hier auf einer Insel. Ich schaute auf seine Hand und sah, dass sich auf seinem Unterarm ein Blitz abzeichnete. Ein Branding.

»Du bist ein Spark?«, ich starrte auf seinen Arm, ohne es zu wagen seine Hand zu nehmen. Wo war ich hier? War das ein anderes Labor der Regierung, in

42

dem die Sparks untersucht wurden? Das würde mein Zimmer erklären, das wie das eines Krankenhauses eingerichtet war. Das Fenster zeigte mir, dass es mitten am Tag sein musste, denn es war hell draußen. Vor dem Fenster konnte ich hohe Bäume erkennen, deren Äste unter der Last des Schnees nach unten zeigte. Hatte ich die komplette Nacht hier geschlafen? In meinem Arm steckte eine Nadel, deren Schlauch zu einer Infusion führte.

»Was macht ihr hier mit mir? Bitte bringt mich um, aber erspart mir eure Versuche!«

Lucas sah mich mitleidig an. »Hör zu. Du bist hier nicht bei der Regierung. Alle Sparks, die es schaffen der Regierung zu entkommen und den Weg zu uns finden, leben hier, bis sie ihre Fähigkeiten unter Kontrolle haben. Dir passiert hier nichts. Du kannst jederzeit gehen, wenn du möchtest.«

Er stand vom Bett auf, trat beiseite und öffnete die Tür. »Siehst du, sie ist nicht abgeschlossen. Du bist frei. Du wirst hier zu nichts gezwungen.«

Lucas stand an der Tür, die Hand an der Klinke. Ich betrachtete ihn. Er hatte blonde Haare, die ihm in die Stirn fielen. Seine braunen Augen strahlten Sicherheit und Vorsicht aus. Er war schlank und dezent muskulös. Durch seine knapp 1,80 Meter sah er für mich aus wie ein Riese. Seine Figur schien, als würde er etwas Sport treiben, weil es eben nötig war, aber Spaß machte es ihm nicht so sehr, als dass er es öfter als unbedingt notwendig treiben würde. Er wirkte nett, das musste ich mir eingestehen. Und er war wie ich.

»Woher kennst du meinen Namen? Kannst du hellsehen?« Er grinste und kam zurück zum Bett.

»Nein, das kann ich nicht. Aber ich kann lesen und du hattest einen Ausweis in deinem Rucksack.« Lucas saß auf der Bettkante und zwinkerte mir zu. Jetzt kam ich mir blöd vor. Nicht alles musste einen übernatürlichen Grund haben.

»Kein Grund rot zu werden - ist ja nicht so, dass es total undenkbar wäre, stimmt's?« Er lachte. »Hör zu, ich muss gleich weiter. Du warst stark unterkühlt, als Liam dich gefunden und mit dem Boot hierhergebracht hat.«

Das würde meine Übelkeit erklären. Seit ich mich erinnern konnte, wurde mir auf Schiffen immer übel. Ich dachte an einen Ausflug mit meiner Mum letzten Sommer. Wir wollten eine Hafenrundfahrt machen und das Einzige, was ich die zwei Stunden gesehen hatte, war die Schiffstoilette. Im Nachhinein war das wirklich eine ganz schlechte Idee gewesen. Die Erinnerung schmerzte und ich versuchte die Tränen, die sich in meinen Augen gebildet hatten, wegzublinzeln.

»Die Infusion enthält ein paar Mineralstoffe um dich wieder auf die Beine zu bringen. Bleib also bitte noch etwas liegen und sei eine brave Patientin. Ich schaue später nochmal nach dir und zeige dir unser Zuhause. Wenn du dich dann entschieden hast zu bleiben, bringe ich dich in dein Zimmer.« Er tätschelte mir die Hand und lies mich allein zurück.

Ich weiß nicht, wie lange ich auf meinem Bett lag und meine Gedanken im Kopf Karussell fuhren, aber ich musste eingeschlafen sein, denn als ich wieder aufwachte, war es draußen dunkel. Ich richtete mich auf und fühlte mich schon viel besser. Die Nadel steckte nicht mehr in meinem Arm - irgendjemand musste nach mir gesehen und sie entfernt haben. Vorsichtig stand ich auf und ging zum Fenster. Draußen war es stockdunkel. Kein Licht erhellte die Umgebung. Ich öffnete das Fenster und ein frischer Wind wehte herein. Sofort begann ich wieder zu frieren. Die Haare auf meinem Arm stellten sich auf und ich schloss es sofort wieder. Was sollte ich nur tun? Sollte es stimmen, dass das eine Siedlung mit Sparks war? War ich hier zumindest in Sicherheit? Doch meine Mutter würde mich hier niemals finden. Andererseits hatte ich keine andere Wahl. Resigniert und frustriert, dass ich keine Möglichkeit fand, wie ich meine Mutter treffen konnte und gleichzeitig in Sicherheit war, wollte ich wieder zu Bett gehen.

»Du bist wieder wach!« Ich drehte mich um und sah, dass Lucas in der Tür stand.

»Ja, danke. Ich fühle mich schon viel besser.«

Er betrachtete mich und es schien, als ob er abwägen würde, ob ich mich wirklich schon viel besser fühlte. Ich versuchte ein Lächeln zustande zu bringen, was ihn vermutlich dazu brachte, mir zu glauben. Er betrat vorsichtig das Zimmer und streckte mir seine Hand entgegen. »Also, nochmal. Mein Name ist Lucas.«

Ich mochte ihn und hatte nicht das Gefühl, dass er mir etwas Böses wollte. Seine Hand, die viel größer war als meine, war angenehm warm. »Ich heiße Ella.«

Er grinste mich an: »Ich weiß.«

»Wie bin ich nach Blake Island gekommen?« Ich musste wissen was passiert war und alle Verunsicherung schwang in meiner Stimme mit. Wieso konnte ich mich nicht unter Kontrolle halten? So konnte jeder immer gleich wissen was ich dachte oder wie ich mich fühlte.

»Ich erzähle dir alles. Aber zieh dir erstmal was an. Deine Tasche liegt da hinten. Deine anderen Sachen, die du anhattest, waren nass und ich habe sie zum Trocknen gebracht.« Ich sah an mir herunter und stellte fest, dass ich ein luftiges Krankenhaushemd trug. Darunter nichts. Beschämt schaute ich auf: »Wer hat mich denn umgezogen?«, stammelte ich. Lucas begann schallend zu lachen.

»Keine Sorge. Ich hätte das natürlich auch selbst gemacht, aber ich wollte keinen Ärger haben. Hailey hat das erledigt.« Er zwinkerte mir zu und verließ den Raum.

Ich zog mir ein gelbes Shirt und eine Jeans über und kontrollierte, ob das Geld noch in meiner Jacke war. Als ich das Bündel in der Tasche fühlte, wurde ich etwas ruhiger. Sollte hier etwas schiefgehen, hatte ich zumindest genügend Bares, um es von hier wegzuschaffen.

Naja, falls ich ein Boot finden würde, schnell lernen konnte, wie man mit Paddeln umgeht und es tatsächlich bis an den Hafen schaffen würde ohne an meinem eigenen Erbrochenem zu ersticken. Keine rosige Aussicht. Verdammte Insel.

Ich verlies das Zimmer und Lucas führte mich über einen schmalen Gang. Alle paar Meter waren Zimmertüren. »Das hier ist das Krankenhaus«, erklärte er. »Naja, wenn man es so nennen kann. Es war das ehemalige Lazarett des Militärs und ist entsprechend ausgestattet mit Betten und Zimmern. Wenn einer von uns verletzt wird, oder krank ist, kommt er hier her und wird behandelt. Das sind alles Krankenzimmer. Im Moment sind aber nicht viele Patienten hier.«

Wir gingen weiter und erreichten einen etwas größeren Raum, aus dem wir nach draußen traten. Es war stockdunkel.

»Ich kann nichts sehen. Wie findest du dich hier zurecht? Ich kann meine eigenen Füße nicht sehen.« Und prompt fiel ich auch schon hin. Ich musste über die Wurzel eines Baumes gestolpert sein. Lucas zog mich hoch und klopfte den Schnee von meiner Jacke. Dann nahm er eine Taschenlampe aus seinem Rucksack und machte einen winzig kleinen Lichtstrahl an.

»Die Menschen wissen nicht, dass wir hier leben und das soll so bleiben. Deshalb können wir hier im Dunkeln nicht so viel Licht anmachen, wie wir möchten. Halt dich an meiner Jacke fest und folge mir.« Er ging voraus und leuchtete mit der Taschenlampe in die Dunkelheit.

»Manchmal dachte ich, ich hätte vom Hafen aus ein Licht auf dieser Insel gesehen,« sinnierte ich. Lucas drehte sich zu mir um: »Unmöglich. Da musst du dich getäuscht haben!« Er formulierte es nicht als Frage, sondern als Feststellung. Lucas war sich ganz sicher - ich mir nicht mehr.

Um uns herum war ein dichter Wald. Die Bäume waren mit Schnee bedeckt und vor uns erstreckte sich ein schmaler Pfad fort vom Krankenhaus.

»Niemand weiß, dass ihr hier seid?« Ich konzentrierte mich darauf nicht wieder hinzufallen und ihn mitzureißen.

»Naja, fast niemand. Die Allgemeinheit weiß es nicht. Die Regierung schon.«

Ich blieb wie angewurzelt stehen. »Und sie lassen zu, dass ihr hier lebt?« Panik machte sich in mir breit. Das konnte nicht sein. Jeder wusste, dass die Regierung die Sparks nicht tolerierte. Wenn sie wüssten, dass sie hier lebten, würden sie diese Insel sofort vernichten. Lucas sah mir in die weit aufgerissenen Augen und blickte mitleidig.

»Du bist immer noch verängstigt.« Er nahm meine Hand und zog mich weiter.

»Vor vielen Jahren schafften es einige Jugendliche der Regierung zu entkommen. Auf die ein oder andere Weise lässt sich das beste System täuschen. Du musst es wissen, ansonsten wärst du nicht hier!« Er drehte sich im Gehen zu mir um und zog eine Augenbraue hoch. Sollte ich ihm erzählen, warum ich im Labor nicht entdeckt wurde?

»Sagen wir, es gab ein kleines Missverständnis mit dem Datum meines Geburtstags. Irgendjemand scheint sich da um einen Tag vertan zu haben.«

Er lächelte mich an. «Siehst du. Und so gibt es viele, die der Regierung entkommen sind, auch vor zwanzig Jahren schon. Sie siedelten hier über. Blake Island war früher ein alter Militärstützpunkt. Das bedeutete, dass es fast alles gab, was man zum Überleben brauchte. Unterkünfte, Strom, Leitungswasser, ein Krankenhaus. So wurden es immer mehr. Die Regierung weiß davon, toleriert es, aber - sie haben Angst!« Er lächelte mich schelmisch an. Ich mochte ihn wirklich und hatte das Gefühl, dass wir gute Freunde werden konnten. Ich zweifelte nicht einen Moment daran, dass er mir nicht die Wahrheit sagte.

»Wieso haben sie Angst?«

»Naja, zum einen, und das ist der geringere Grund, wissen sie nicht, welche Waffen hier noch lagern. Als die Insel nicht mehr als Militärstützpunkt genutzt wurde, hat niemand die Mühe auf sich genommen und eine Inventarliste gemacht.« Er kicherte vor sich hin. »Zum anderen, und das ist wohl der schwerwiegendste Grund, haben sie keine Ahnung, welche Fähigkeiten wir haben. Unwissenheit ist die größte Schwäche des Menschen. Sie lähmt einen und das ist unser Vorteil!«

Ich ließ mir seine Worte durch den Kopf gehen und musste ihm recht geben, denn auch ich hatte Angst. Was würde mich erwarten? Achtzehn Jahre lang hatte ich gelernt, die Sparks zu fürchten, und nun sollte ich mitten unter ihnen leben und einer von ihnen führte mich gerade durch einen dunklen Wald.

»Auf jeden Fall wurden wir immer mehr.« Lucas durchbrach meine Gedanken und fuhr mit seinem Vortrag fort. »Die Sparks, die hier lebten, lernten ihre Fähigkeiten zu kontrollieren. Einige von ihnen gehen zurück zu den anderen Menschen, andere bleiben hier und arbeiten auf der Insel.«

»Sie gehen zurück? Wieso das?« Ich konnte mir keinen Grund vorstellen, mich wieder in eine solche Gefahr zu bringen. Außer einen.

»Sie wollen wieder in der normalen Welt leben. Auch wenn sie nicht zurück zu ihren Familien und Freunden können, ist es möglich, als jemand Unbekanntes in einer neuen Stadt einen Neubeginn zu versuchen. Das wünsche ich mir auch irgendwann!«

Lucas blieb stehen. Vor uns stand ein großes Haus aus roten Backsteinwänden. Vermutlich war es damals eine Lagerhalle gewesen. Es gab keine Fenster. Wir stiegen die wenigen Stufen zu der Tür hinauf und traten ein.

Lucas und ich standen in einem kleinen Vorraum. »Wir gehen in das Haupthaus. Es ist unterteilt in die Trainingshalle und den Aufenthaltsraum. Hier werden die Neuen körperlich und geistig trainiert. Außerdem treffen sich hier alle. Ist sowas wie ein großer Gemeinschaftsraum. Stell dir deine Schulkantine vor, die etwas größer ist.«

Er öffnete die Tür und ein riesiger, hell erleuchteter Raum erstreckte sich vor uns. Darin waren gefühlt hundert junge Menschen. Ich blieb stehen und wagte es nicht, über die Schwelle zu treten. »Wieviel Sparks leben auf Blake Island?«, brachte ich hervor.

»Im Moment sind es 199,5. Falls du dich entscheidest zu bleiben, sind wir 200, aber im Moment bist du nur halb hier.« Hingerissen von seinem eigenen Witz, lachte er schallend und hielt sich den Bauch. Damit zog er die Aufmerksamkeit einer kleinen Gruppe auf uns, die an einem der vielen Tische im Raum saß. Sie starrten mich an und tuschelten.

»Na komm, du musst keine Angst haben!« Er zog mich hinein und führte mich mitten durch die Halle. Unbeholfen stolperte ich hinter ihm her. Nun wusste ich, wie sich ein Model auf dem Laufsteg fühlte.

»Wieso gucken die den alle?«, flüsterte ich Lucas zu.

»Es geht ihnen wie dir. Eine Mischung aus Neugier und Angst vor deinen Fähigkeiten, die sie noch nicht kennen. Mach dir keine Gedanken!« Er zog mich weiter bis zur Mitte der Halle und führte mich dann eine Metalltreppe hinauf, die auf einer Übersichtsplattform endete.

Von hier aus hatte man den kompletten Überblick über den ganzen Raum. Ich schätzte, dass er ungefähr so groß wie ein Fußballfeld war. Links aus der Richtung, aus der wir gekommen waren, standen mehrere Tische. Die Leute saßen dort zusammen, lachten und aßen. Es hatte wirklich etwas von der Atmosphäre meiner Schulkantine. Alles wirkte normal. Ich beobachtete sie eine Weile.

»Das da rechts ist der Trainingsbereich. Jeder Spark muss lernen, sich selbst zu verteidigen. Deshalb ist Ausdauertraining, Kraftsport und Kampfsport hier ein Pflichtprogramm.«

Die Richtung, in die Lucas mit einem Kopfnicken hinwies, war meine persönliche Hölle. Ich war noch nie sportlich gewesen. Klar, ich joggte gerne, aber das tat ich nicht schnell. Kraftsport und vor allem Kampfsport gehörten absolut nicht zu meinen Vorzügen. Durch eine etwa zwei Meter hohe Trennwand, abgeschirmt von den Tischen, gab es einen Boxring. In dem befanden sich gerade zwei Personen, die miteinander trainierten. Das war es aber nicht, was meine gesamte Aufmerksamkeit in Anspruch nahm. Außen am Ring stand ein Junge. Nein, kein Junge. Ein Mann.

Er trug eine dunkle Jeans und ein schwarzes eng geschnittenes Shirt. Darunter zeichneten sich deutlich seine Bauchmuskeln ab und die Ärmel spannten über seine Oberarme. Er wirkte sportlich und muskulös, aber nicht so aufdringlich wie die Jungs aus dem Fitnessstudio bei uns um die Ecke. Er hatte dunkelbraune Haare, die er kurz geschnitten trug. Seine Augen waren braun und starrten mich direkt an. Nicht wie die anderen zuvor, die neugierig waren. Er sah mich an, als hätte er einen Geist gesehen. Nicht freundlich und nicht unfreundlich, sondern mit einem durchdringenden Blick. Irgendwie leidend. Hatte ich ihm was getan?

»Lucas, wer ist das da unten?« Lucas drehte sich in die Richtung, in die ich wies, und der Mann blickte sofort weg.

»Ah das! Das ist Liam. Er ist der Kampfsporttrainer und bildet unter anderem die Neuankömmlinge aus. Außerdem hat er dich gefunden.«

Ich erinnerte mich schwach an meine letzten Momente auf der Bank am Hafen. An die Schuhe und an die Hand, die zurückgezogen wurde, als sie meine berührte.

»Er hat mich hergebracht?«

»Ja, lass uns runtergehen. Du willst dich doch sicher bedanken!« Es schien eine rhetorische Frage gewesen zu sein, denn Lucas wartete nicht meine Antwort ab,

52

sondern ging schnurstracks die Metalltreppe wieder hinunter auf den Ring zu. Mir blieb also nichts anderes übrig, als ihm zu folgen.

»Hey Liam. Schau, wen ich mitgebracht habe!« Liam drehte sich zu uns um und kam auf uns zu.

«Hey Lucas.« Er gab ihm die Hand und drehte sich zu mir um. Wieder blickte er mich komisch an. So langsam fand ich es unhöflich. Klar, ich sah im Moment nicht unglaublich toll aus. Meine Haare hatte ich zu einem Pferdeschwanz gebunden und ich war immer noch etwas bleich um die Nase. Aber das war noch lange kein Grund mich anzuglotzen. »Du hast sie gestern gefunden!«, versuchte Lucas die Situation aufzulockern. Vermutlich hatte er die angespannte Stimmung bemerkt.

»Ja, ich erinnere mich. Schön, dass es dir gut geht.« Er brachte ein Lächeln zustande, bei dem mir ganz warm wurde. Er sah unglaublich gut aus. Liam hatte nicht so dunkle Augen, wie es von meinem Aussichtspunkt aus ausgesehen hatte. Sie waren eher hellbraun und warm. Ich musste mich zusammenreißen, schließlich war ich an der Reihe etwas zu sagen. »Äh ja, ich wollte mich noch bedanken… also danke, dass du mich gefunden hast. Du hast mir das Leben gerettet!«

Ich reichte ihm die Hand: »Ich bin Ella.« Er schaute auf meine Hand. Ergriff sie und sah mir wieder direkt in die Augen.

»Du solltest besser auf dich aufpassen, Ella!« Ich nickte und konnte die Augen nicht abwenden.

Keiner von uns sagte etwas und keiner ließ die Hand des anderen los. Seine Hand fühlte sich warm an und war viel größer als meine, sodass sie meine fast komplett umschloss. Es fühlte sich sicher an...

»Äh ja. Aufpassen. Das sollten wir alle. Besonders, wenn man nicht hierbleiben will.« Lucas Stimme schien aus einer anderen Welt zu kommen und ich reagierte nicht auf das, was er gesagt hatte. Liam jedoch schon.

Er kniff die Augen zusammen, ließ meine Hand aber noch immer nicht los.

»Du willst nicht bleiben?«

»Doch, ich denke ich bleibe erstmal hier.« Hatte ich das gesagt? Wann hatte ich das entschieden?

»Na prima!«, jubelte Lucas euphorisch.

»Prima!«, grinste auch Liam.

Hinter uns gab es einen Rumps. Liam hielt noch immer meine Hand und drehte nur den Kopf zu dem Ring. »Eric! Nicht in den Rücken treten! Wie oft habe ich dir das schon gesagt, verdammt!« Ich zwang mich von seinem Gesicht aufzuschauen und sah in dem Ring einen Jungen mit dem Fuß auf dem Rücken des Anderen, der auf dem Boden lag.

»Schon gut, schon gut. Der Kampf ist sowieso schon lange vorbei. Ich habe es nur noch etwas hinausgezögert.«

Der Junge, der Eric zu heißen schien, schwang sich aus dem Ring und landete direkt vor mir auf den Füßen.

»Hi, ich bin Eric, und du Süße?« Eric stand vor mir und streckte mir seine Hand entgegen. In dem Moment ließ Liam meine Hand los. Wehmut überkam mich. Ich ergriff Erics Hand.

»Hi, ich bin Ella«, stellte ich mich vor.

»Ich werde deinen Namen nicht vergessen, Süße«.
Eric war etwas kleiner als Liam, aber trotzdem mindestens 1,80 Meter.

Warum waren denn alle hier so groß? Ich war mit
Abstand die Kleinste und das nicht nur, weil mir zwei
drei Zentimeter fehlten. Nein, jeder der hier rumstand,
war einen Kopf größer als ich. Frustrierend. Was ich
jetzt erst bemerkte, war Erics Brust. Nicht, dass mich
das stark gekümmert hätte. Eric sah gut aus und war
der typische Schönling. Braune Haare, strahlendblaue
Augen, muskulös - fast schon ein bisschen zu übertrieben - und die Augen der umliegenden Mädchen waren
fast nur auf ihn gerichtet. Auf ihn und auf Liam, wie
ich bereits bemerkt hatte. Irgendwie störte mich das -
was mich wiederum ärgerte, schließlich war Liam
nicht sonderlich nett zu mir gewesen.

Aber was mir an Erics Brust wirklich die Sprache
verschlug, war sein Branding. Er trug kein Shirt und
ich konnte es gut erkennen. Viele kleine Sterne bedeck-
ten den oberen Teil seiner rechten Brust und führten
bis zu seinem Hals hinauf. Er verfolgte meinen Blick
und kam sich vermutlich geschmeichelt vor.

»Weißt du, Süße, die Dunkelheit macht mir nichts
aus. Wir könnten einen nächtlichen Spaziergang machen und du zeigst mir dann dein Branding. Du müsstest natürlich deine Sachen dann ausziehen, durch
Klamotten kann ich leider nicht durchsehen.« Verschmitzt grinste er.

Ich ließ seine Hand los und schaute ihn grimmig an. Ich hatte nichts dagegen, wenn er mich an-flirtete, aber das ging dann doch etwas zu weit.

»Danke, aber Lucas leiht mir bestimmt seine Taschenlampe. Ich komme dann gut allein im Dunkeln zurecht!«, sagte ich so süß wie möglich. Lucas neben mir prustete los.

»Tja, Eric. Such dir eine Andere, der du deine Sterne zeigen kannst. Ella, komm wir gehen. Ich zeig dir wo du wohnst.« Lucas schob mich wieder zurück zum Ausgang.

Als ich mich noch einmal umdrehte, sah ich, dass Liam mir nachblickte. Rückblickend war das wohl der Moment, in dem ich mich in Liam verliebt hatte.

Lucas führte mich wieder durch den Wald, bis nach etwa zehn Minuten vor uns zwei alte Häuser erschienen. »Auf der Insel gibt es mehrere Häuser, die von uns bewohnt sind. Im Inneren wurden sie komplett umgebaut, sodass es mehrere einzelne Zimmer sind. In diesem hier wohnen etwa dreißig Mädchen. Es ist wirklich gemütlich. Der einzige Nachteil sind die Gemeinschaftsduschen. Zu wenig Privatsphäre!« Er zwinkerte mir wieder zu und schob mich in das Haus.

Von außen sah es aus wie die große Trainingshalle. Die Wände bestanden aus roten Backsteinen. Links daneben stand ein identisches Haus und in der Mitte war eine Art Vorplatz, auf dem ein kleiner runder Brunnen stand. Das Haus besaß zwei Stockwerke. Im unteren Teil war eine Art offener Aufenthaltsraum mit einem Kamin. Darin brannte ein Feuer, was den Raum in ein angenehmes Licht tauchte. In der Mitte stand eine Sofagruppe und ein Fernseher. Es machte den Anschein eines ganz normalen Hauses einer Studentenverbindung. Rechts und links ging eine Wendeltreppe hinauf, auf die Lucas zusteuerte.

Ich folgte ihm und betrachtete die vielen Bilder an der Wand. Es waren Fotos von Sparks. Ich erkannte es daran, dass man bei dem ein oder anderen das Branding sehen konnte. Die Bilder waren alle sehr verschieden. D eine zeigte eine Gruppe beim Training, ein anderes ein Bild einer Party. Wieder schien mir das Haus wie das einer Studentenverbindung. Lucas führte mich in einen Flur und zeigte auf eine Tür.

»Das ist das Badezimmer, das du dir mit zehn anderen teilst.« Ich zog die Augenbrauen hoch. »Ich weiß, das ist nicht toll. Wärst du auf Erics Werben eingegangen, könntest du bei ihm duschen. Er hat ein eigenes Badezimmer direkt im anderen Haus nebenan«, grinste er mich an.

»Ach, so schlimm wird es nicht werden«, neckte ich zurück. Wir gingen weiter, bis wir eine andere Tür erreichten. Innen befand sich ein Bett aus hellem Holz, ein Schrank und ein Schreibtisch. Außerdem gab es ein Fenster mit Blick auf den Wald. Auf dem Bett lag mein Rucksack.

»Hailey hat deine Sachen schon hergebracht. Sie wird dich morgen früh hier abholen und dich zu Wade bringen. Sie ist gleichzeitig die Ansprechpartnerin für dich, falls was ist. Aber du kannst natürlich auch jederzeit zu mir kommen!« Lucas sagte das ganz ohne Hintergedanken und anzügliche Ansichten.

»Also, ich geh dann. Schlaf gut.« Er drehte sich um und wollte gerade das Zimmer verlassen, als mir seine Worte nochmal durch den Kopf gingen.

»Zu Wade? Wer ist das?«, rief ich ihm im Flur zu.

»Wade ist unser Boss. Er beurteilt deine Fähigkeit und wie gefährlich sie für die anderen Sparks ist. Außerdem entscheidet er, welche Aufgabe du auf der Insel übernehmen kannst. Mal sehen, vielleicht hilfst du mir bald im Krankenhaus!« Er lächelte und ging fort.

Wieder allein. Ich stand in meinem Zimmer und sah mich um. Alles war fremd. Das Bett, der Schrank, der rote Teppich, die Decke, das Fenster. Außerdem gab es kaum ein Licht. Nur wenn die Jalousien unten waren, konnte ich die kleine Nachttischlampe anknipsen.

Ich setzte mich auf das Bett und öffnete meinen Rucksack. Während ich auspackte, wurde mir schmerzhaft bewusst, dass all die Sachen, die ich herausnahm, zuletzt meine Mum eingepackt hatte. Zwischen meinen Shorts zum Schlafen fand ich ein gerahmtes Foto von meinen Eltern und mir. Es wurde in Texas aufgenommen.

Ich saß auf der Schaukel und hinter mir sah man die grenzenlose Wiese mit den Wildblumen darauf. Meine Eltern knieten rechts und links neben mir und lächelten in die Kamera. Obwohl ich noch ein Kind war, als das Foto aufgenommen wurde, konnte ich mich an den Moment erinnern. Ich war glücklich. Wusste noch nichts von der Welt und meinem Schicksal. Vielleicht hatte Lucas doch nicht recht. Wenn ich das Bild betrachtete, hatte ich das Gefühl, dass Unwissenheit auch gut sein konnte.

Ich zog mich um und legte mich unter die dicke Bettdecke, sodass ich aus dem Fenster blicken konnte. Es schneite wieder. Die Flocken fielen leise auf das Fensterbrett. Im Zimmer war es kühl und ich vermutete, dass es nicht beheizt war. Ich dachte an meine Mutter und an Liam. Daran, wie er meine Hand gehalten hatte. Das war nicht normal. Kam es mir nur so vor, oder hatte es tatsächlich unendlich lange gedauert, bis er sie losgelassen hatte? Und wie kam es, dass ich jetzt am liebsten wieder unten in der Halle stehen würde, nur um mich wieder an ihm festzuhalten? Es fühlte sich an wie ein Halt in der Dunkelheit. Was wohl seine Fähigkeit war. Damals hatte ich darauf gewettet, dass er den Mädchen einfach so den Kopf verdrehen konnte. Anders konnte ich mir es nicht erklären. Heute weiß ich, dass ich damals schon hoffnungslos in ihn verliebt war.

Vier

Es klopfte an meiner Tür. Ich war schon früh morgens
aufgestanden um duschen zu gehen. Ich hatte keinerlei
Interesse daran gleich am ersten Tag mit fremden
Menschen unter der Dusche zu stehen. Also war ich
um sechs Uhr aufgestanden und in die Gemeinschaftsdusche gegangen, die ihrem Ruf alle Ehre machte.

Keine Trennwände zwischen den Duschköpfen.
Weiße Fliesen, die ihre besten Jahre mit Sicherheit
schon hinter sich hatten und Spiegel, von denen kaum
einer keinen Riss hatte. Zumindest gab es abgeteilte
Toiletten. Ich kämmte mir meine nassen Haare und
ließ sie an der Luft trocknen. Ich hatte zwar einen kleinen Fön dabei, aber ich mochte den Duft meiner feuch-
ten Haare, wenn sie frisch gewaschen waren. In meinem Zimmer trug ich ein wenig Wimperntusche auf.
Mehr brauchte es bei mir nicht. Das Gute an meiner
Abstammung aus Texas war meine immerzu leicht
braune Haut, als hätte die Frühlingssonne mich schon
geküsst. Mein Gesicht hatte noch nie einen Pickel gesehen und deshalb verzichtete ich auf Make-up. Als es

dann schließlich an der Türe klopfte, saß ich schon parat auf dem Bett. Jeder Muskel war angespannt.

Durch den Türspalt streckte ein Mädchen meines Alters den Kopf hinein. Sie trug ihre glatten schwarzen Haare zu einem Bob und ihre grünen Augen stachen als Kontrast zu ihrem hellen Teint und den dunklen Haaren heraus. Sie betrat das Zimmer und ich stellte erleichtert fest, dass sie kaum größer war als ich. Vielleicht ein oder zwei Zentimeter, aber das zählte nicht. Sie trug ein blaues T-Shirt und ihre festen Arme zeichneten sich deutlich ab. Zusammengefasst sah sie unglaublich toll aus. Und sie lächelte mich an. Nicht so ein Lächeln wie das von Lucas, verschmitzt und fröhlich, sondern offen und ehrlich.

»Oh, du bist schon fertig!« Sie kam herein und setzte sich zu mir auf das Bett. »Mein Name ist Hailey. Ich begleite dich heute und die kommenden Tage, bis du dich etwas auskennst. Mein Zimmer liegt direkt neben deinem, du kannst also jederzeit kommen, wenn was ist. Auch mitten in der Nacht.« Sie sah mich mit einem wissenden Blick an und ich erkannte, dass sie mich letzte Nacht weinen gehört haben musste. Sofort wurde ich rot.

»Oh Mäuschen, du musst dich nicht schämen. Das ging uns allen so in den ersten Tagen!« Sie drückte meine Hand. »Glaub mir, es wird besser werden!« Sie sah mich an und ich brachte ein Lächeln zustande.

Hailey hatte eine Art an sich, die ich sehr mochte - liebevoll und etwas mütterlich. Sie schien mir aufrichtig und ehrlich. Mir war es lieber, man sprach die Dinge direkt an, so wie sie es getan hatte, anstatt um den heißen Brei herum zu reden.

»Ich bin Ella.« Ich grinste sie an.

»Also gut, Ella. Heute ist ein wichtiger Tag für dich. Gleich gehen wir zu Wade. Er ist sozusagen unser Boss. Vor ihm musst du deine Fähigkeit offenlegen und er wird entscheiden, wie du am besten lernst sie zu kontrollieren. Außerdem wird er dir eine Aufgabe zuteilen. Jeder der hier lebt muss seinen Beitrag leisten.«

Sie erklärte mir, dass manche im Krankenhaus halfen und andere auf dem Festland nach anderen Jugendlichen Ausschau hielten, um sie sicher auf die Insel zu bringen.

»Ist das auch Liams Job?«, platze es aus mir heraus. Vermutlich hatte sie die Aufregung in meiner Stimme gehört, denn sie grinste. »Nein, Liam ist für die Ausbildung im Kampfsport zuständig. Er war zufällig in Seattle als er dich halb erfroren am Hafen fand. Normalerweise hat er es nicht mit Fremden und es wundert mich, dass er überprüft hat, ob du eine von uns bist«.

In meiner Erinnerung sah ich wieder die Schuhe im Schnee vor mir und eine Hand nach mir greifen. Ich konnte mich nicht daran erinnern, dass er meine Jacke hochgeschoben hatte. Aber vermutlich war ich schon wieder bewusstlos gewesen. Wenn Hailey ahnte was ich dachte, behielt sie ihre Gedanken für sich. Ich spürte, dass wir gute Freunde werden konnten.

»Wie ist dieser Wade so?«, fragte ich sie während wir durch den Flur liefen.

»Oh, er ist klasse. Auf den ersten Blick etwas zurückhaltend und hart. Aber das tut er nur um keine Schwäche zu zeigen. Er hat die Verantwortung hier und nimmt diese sehr ernst. Er ist schon etwa sieben Jahre hier und damit einer der Älteren. Die meisten verlassen die Insel nach einiger Zeit wieder um in der Wirklichkeit zu leben. Er ist sehr nett, wenn man ihn besser kennt.« Sie schwärmte von ihm und auf ihrem Gesicht zeigte sich ein strahlendes Lächeln.

»Und wie lange seid ihr schon zusammen?«, rutschte es mir heraus. Hailey blieb stehen und drehte sich zu mir um. Sie sah mich an, runzelte sie Stirn und lächelte dann. »Du bist sehr aufmerksam. Wir werden uns gut verstehen. Aber man ist nicht mit Wade zusammen. Du erinnerst dich, dass er keine Schwäche zeigen darf und eine Beziehung ist der Inbegriff der Schwäche.« Das Lächeln war verschwunden, sie drehte sich um und ging weiter.

Wir überquerten den Hof und gingen in das benachbarte Haus.

»Hier wohnen alle Ausbilder und wichtige Personen für die Sparks. Personen mit nützlichen Fähigkeiten für die Gruppe.«

Das Haus war im Inneren genau gleich aufgebaut wie das der Frauen. Wir stiegen die Treppe hinauf und liefen dann in den linken Flur. Am hinteren Ende befand sich ein riesiges Zimmer mit einem eigenen Kamin, in dem ein Feuer flackerte. Angrenzend konnte ich ein eigenes Badezimmer sehen. Ein Traum! Vor dem Sofa an dem Kamin stand ein Mann und schaute zu uns herüber.

Er war, wer hätte es erwartet, viel größer als ich. Mindestens 1,90. Seine schwarzen Haare und seine blauen Augen harmonierten gut mit seiner gebräunten Haut. Sein Teint kam meinem sehr nahe und sein Dreitagebart machte ihn sehr attraktiv. Was mir aber am meisten auffiel war seine Statur. Er war unglaublich muskulös und strömte allein dadurch eine Autorität aus, die ohne nur ein Wort sagen zu müssen klar machte, wer hier der Boss war.

»Hallo Ella. Mein Name ist Wade Mason. Bitte setz dich zu mir!« Er machte eine ausladende Handbewegung in Richtung des Sofas und setzte sich selbst darauf. Hailey nickte mir aufmunternd zu und setzte sich selbst auf das Fensterbrett. Das Sofa war sehr bequem und weich. Viel weicher als mein Bett hier und fast so weich wie mein echtes Bett daheim.

»Ich bin Ella. Ella Stone.«

Er lächelte mich an und zum ersten Mal seit ich den Raum betreten hatte, wirkte er freundlich. Ich konnte in seinem Lächeln etwas von dem Mann erkennen, den mir Hailey beschrieben hatte.

»Ich weiß. Sowas spricht sich hier schnell rum. Du hast bestimmt noch Fragen, aber zuerst bin ich an der Reihe.« Er sah mich prüfend an. »Liam hat mir erzählt, dass du dich entschlossen hast hier zu bleiben.« Liam. Er hatte also mit ihm über mich gesprochen. Was er wohl sonst noch über mich gesagt hatte?

»Ich weiß nicht wo ich stattdessen hingehen könnte«, flüsterte ich und die Wahrheit meiner eigenen

Worte trafen mich unvermittelt. Ich blinzelte eine Träne weg.

»Du kannst so lange bleiben wie du möchtest!« Er schaute mir tief in die Augen und seine Worte waren so aufrichtig, dass ich wusste, dass er es ernst meinte und dass ich ihm vertrauen konnte.

Wade wollte wissen, wie ich es geschafft hatte zu entkommen und wie ich an den Hafen gekommen bin. Ich erzählte ihnen vom Labor und von dem Geheimnis meiner Mutter, dass sie meinen Geburtstag verschoben hatte. Ich sprach von Mandy und dem Adventsmarkt. »Mandy bekam einen Schneeball ab und sie blutete am Kopf. Aber sie verzog nicht einmal das Gesicht. Stattdessen hatte ich schlimme Kopfschmerzen und als sie einen Ball in den Magen bekam, tat mir auch der Bauch weh. Als die Leute mir helfen wollten, sahen sie mein Branding. Ich bin nach Hause geflohen und meine Mutter hat mich weggeschickt. Ich wollte mit dem nächsten Schiff die Stadt verlassen, aber dort war schon die Polizei. Ich schlief später auf der Bank ein und als ich wieder aufgewacht bin war ich hier.«

Ich ließ aus, dass ich mich schwach an Liam erinnerte. Wade schwieg und sah mich an. »Kann ich bitte dein Branding sehen?« Sofort errötete ich. »Es ist wichtig. Ich muss es mir ansehen um erkennen zu können, was es genau bedeutet und ob du eine Gefahr für uns andere bist.« Hilfesuchend sah ich mich zu Hailey um, doch sie schien seiner Meinung zu sein und nickte ernst.

Ich stellte mich aufrecht hin, zog mein Shirt ein Stück nach oben und meine Hose etwas nach unten.

Seit es aufgetaucht war, hatte ich es mir selbst nicht mehr angesehen. Irgendwie hatte ich vielleicht gehofft, dass wenn ich es nicht sehe, es auch nicht da ist.

Aber da war es. Nicht zu leugnen. Die beiden Hände mit dem blutenden Herz in der Mitte. Wade sah es sich eine ganze Weile an.

»Und du sagst, dass du nur Schmerzen hattest, als deine Freundin getroffen wurde. Die Treffer auf die unbekannten Jungs haben dir nichts ausgemacht?« Ich nickte energisch mit dem Kopf. Er lehnte sich zurück und ich ließ mein Shirt wieder sinken.

»Ich habe schon viele Brandings gesehen und kann sie gut einschätzen. Das Herz ist ein Symbol für die Menschen, die dir wichtig sind. Die Hände wollen das Herz schützen. Hast du dir die Hände genauer angesehen? Jede Vene daran ist angespannt. Das Herz blutet zwar, aber den Schmerz tragen die Hände. Du bist keine Gefahr für uns. Eher für dich selbst.« Wade sprach aus, was ich schon selbst vermutet hatte. »Du scheinst den Schmerz, wenn du ihn siehst, zu absorbieren. Schmerz entsteht im Kopf. Die Wunde ist physisch und wird nicht übertragen.« Versuchte er mich aufzumuntern?

»Das heißt ich werde immer, wenn ein geliebter Mensch verletzt wird, seinen Schmerz spüren? Ich habe keine Kontrolle darüber und es kann jederzeit passieren?« Ich sah in das Feuer und hatte die Hände zu Fäusten geballt. Es machte mir nichts aus, den Menschen, die ich liebte, den Schmerz zu nehmen, auch wenn das bedeutete, dass ich ihn tragen musste. Aber was mir Sorgen bereitete war, dass ich das Gefühl hatte die Kontrolle über mein Leben zu verlieren. Ich hatte innerhalb eines Tages nicht nur mein Zuhause und meine Mutter verloren, sondern zusätzlich die Kontrolle über meinen Körper.

Wade sah mich lange an, dann stand er auf und zog sein Shirt aus. Ich sah sofort beschämt zu Boden. Damit hatte ich nicht gerechnet.

»Sieh her, Ella!« Ich musste tomatenrot gewesen sein, denn ich hörte, wie Hailey im Hintergrund ein Kichern unterdrückte. Als ich Wade wieder ansah, stand er mit dem Rücken zu mir. Auf seinen muskulösen Schultern waren zwei riesen große geschlossene Augen eingebrannt. Sonst war da nichts. Die Augen schienen verlassen auf den Schultern zu liegen. Obwohl sie geschlossen waren, hatte ich nicht das Gefühl, dass der Besitzer der Augen nicht schlief.

»Was bedeutet es?« Wade drehte sich um und zog sein Shirt wieder an.

»Ich zeige es dir, aber du darfst dich nicht erschrecken.«

Ich nickte und obwohl ich Angst hatte, war die Neugier größer. Er kam auf mich zu und berührte mich am Arm. Ganz sanft und kaum zu spüren. Doch in dem Moment, in dem seine Finger meine Haut berührten, wurde alles dunkel.

Ich konnte nichts mehr sehen. Das Feuer im Kamin war weg. Wade und Hailey waren fort. Ich war allein in der Dunkelheit.

Panisch riss ich mich los und hoffte, dass ich so wieder sehen konnte. Doch es blieb dunkel.

»Hab keine Angst. Es ist gleich vorbei!« Jemand packte mich wieder am Arm und schob mich auf das Sofa. Es vergingen Minuten. Keiner von uns sagte etwas. Mein Atem ging schnell wie ein Luftgewehr. Plötzlich konnte ich ein Licht sehen. Es war unbeständig und ich musste mich anstrengen, um es zu fokussieren. Es war das Kaminfeuer. Als nächstes konnte ich wieder Umrisse erkennen und dann wurde der Vorhang von meinen Augen gelüftet und ich sah wieder alles ganz klar.

»Oh Gott!« Ich sah Wade an und rutschte etwas von ihm weg. Ich hatte furchtbare Angst er könnte mich wieder anfassen.

»Ich kann allen Menschen, die ich berühre, für einige Minuten das Augenlicht nehmen«, erklärte Wade.

»Ja, das ist mir nicht entgangen.« Ich versuchte zu grinsen.

»Aber ich kann es kontrollieren. Wenn ich es nicht will, dann passiert es nicht. Als ich achtzehn wurde, konnte ich niemanden anfassen. Aber heute, kann ich es bewusst steuern. Wenn ich nicht will, dass jemand erblindet, tut er es nicht. Und so kannst du auch lernen deinen Schmerzen zu kontrollieren. Du musst es nur wollen!«

»Und ich helfe dir!« Das erst Mal meldete sich Hailey zu Wort. Sie sprang von dem Fensterbrett hinunter und kam zu uns getänzelt. »Bin sozusagen Profi!«, sie grinste mich an. Wade sah sie einen Moment nachdenklich an und wandte sich dann wieder mir zu.

»Es gibt Regeln hier, wenn du bleiben möchtest, und diese werden streng durchgesetzt.« Wades Freundlichkeit war mit einem Mal weg.

»Regel Nummer Eins: Du darfst niemandem erzählen wo wir leben. Regel Nummer Zwei: Du darfst niemals und damit meine ich unter keinen Umständen erzählen, welche Kräfte wir besitzen. Regel Nummer Drei: Jeder hier hat eine Aufgabe und du wirst auch eine übernehmen müssen. Bist du dazu bereit?« Er sah mich eindringlich an.

»Ich würde niemals jemandem etwas über euch verraten!«, erwiderte ich etwas missmutig. Wie konnte er nur glauben, ich würde sie ans Messer liefern?

»Auch nicht, wenn dein Leben davon abhinge?«, drängte er.

»Nein!«, beharrte ich und meinte es ehrlich.

»Und auch nicht, wenn das Leben deiner Mutter davon abhinge?« Mir blieb der Mund offenstehen. Das war gemein. Wie konnte er nur meine Mutter da hineinziehen und von mir eine Wahl verlangen. Ich liebte meine Mutter. Ich schwieg und sah wieder ins Feuer. Ich konnte nirgendwo hin. Ich hatte keine Wahl. Ich musste vorerst mein altes Leben hinter mir lassen und damit auch meine Mutter.

»Ja«, hauchte ich und schluckte eine Träne hinunter. Es blieb noch eine Weile still. Jeder hing seinen Gedanken nach.

»Also gut. Du kannst bleiben. Aus nahestehenden Gründen kommt die Arbeit im Krankenhaus nicht in Frage. Du wirst dich zu den Spähern gesellen. Sie sind dafür zuständig in Seattle nach unseresgleichen zu suchen und sie, wenn möglich, hier her zu bringen. Eric wird dir alles Weitere erklären.«

Eric, der Tag wurde immer schlimmer.

»Außerdem muss sich jeder von uns verteidigen können. Das bedeutet, dass du ein bisschen fitter werden musst. Du wirst täglich bei Liam trainieren. Er bildet uns aus!«

Es konnte doch noch schlimmer werden. Nicht nur, dass ich mit diesem Schmierlappen auf Patrouille gehen musste. Nein, ich musste mir noch die Demütigung vor Liam im Ring geben.

»Hailey wird dich gleich zu Eric bringen.« Wade wandte sich ab und wollte den Raum verlassen.

»Warte!«, rief ich ihm nach. Er drehte sich zu mir um. »Ich habe noch eine Frage!« Ich hatte nicht gewusst, dass ich das fragen würde, bis zu dem Moment, in dem ich ihm nachrief. »Warum gibt es diese Fähigkeiten?«

Wade kam ein paar Schritte zurück auf mich zu, die Hände hinter dem Rücken verschränkt. »Du stellst die falsche Frage«, sagte er trocken. »Warum können wir Liebe empfinden? Warum Trauer? Es gibt viele Dinge, die man nicht erklären kann, das ist also nicht die richtige Frage«. Er sah mich an und machte wieder Anstalten zu gehen.

»Warum ich und warum diese Kraft?« Er drehte sich nicht um, sondern blieb im Gehen stehen. »Das ist die Eine-Million-Dollar-Frage. Wenn du es weißt, sag Bescheid!« Damit verließ er den Raum. Hailey kam an meine Seite und nahm meine Hand.

»Was er eigentlich damit meint ist, dass wir es nicht wissen. Wade sucht schon lange nach einer Erklärung. Warum es nicht alle Menschen trifft. Warum zu einem bestimmten Zeitpunkt. Warum diese Fähigkeiten. Ich kann dir deine Fragen leider nicht beantworten. Nur eines. Wir vermuten, dass sich die Fähigkeit aus einer zuvor bestehenden starken Eigenschaft ableitet. In deinem Fall, müsstest du schon vorher mit geliebten Menschen mitgelitten haben?«

Sie formulierte es eher wie eine Frage als eine Feststellung. Ich dachte an meine Mum und wie ich sie nachts allein im Zimmer weinen gehört hatte, nachdem mein Vater gestorben war. Ich hätte alles gegeben, um sie wieder glücklich zu machen. Ich hatte sogar einem Umzug zugestimmt. Weg von meinen Freunden und unserem Haus und damit wissend in Kauf genommen selbst unglücklich zu werden. Mehr, als ich es eh schon war. Ich nickte stumm. »Komm, ich bring dich jetzt zu Eric.« Sofort verzog ich das Gesicht. Ich hoffte inständig, dass er nicht wieder so aufdringlich war, wie am Abend zuvor.

»Versuch ihn zu ignorieren. Je mehr er merkt, dass es dich nervt, desto mehr fühlt er sich angespornt. Wenn du mit ihm schlafen würdest, wärst du ihn los. Er verliert dann meist das Interesse«, plapperte sie vor sich hin.

»Im Leben nicht. Den fass ich nicht mit der Kneifzange an!«, lachend verließen wir das Zimmer und als ich um die Ecke bog, prallte ich mit jemandem zusammen. Liam stand vor mir.

Fünf

Liam trug ein dunkelblaues Shirt und sah mich nicht ganz so überrascht an, wie ich vermutlich ihn. Hatte er mit mir gerechnet? Ich wurde schon langsam verrückt. Er hatte mich gerettet und das war alles. Was da gestern war, das hatte ich mir eingebildet. Zumindest redete ich mir das nun ein, um nicht komplett den Verstand zu verlieren.

»Hi Liam, gehst du zum Training?« Hailey unterbrach die Stille.

»Ja und wo wollt ihr hin?« Er sprach mit Hailey, sah mich aber an. Irgendjemand musste ihm dringend sagen, wie unhöflich das wirkte.

»Ella war eben bei Wade. Sie wird sich Eric und seinen Leuten anschließen. Ich wollte sie gerade zu ihm bringen.« Hailey sah Liam an, der die Augen zusammenkniff.

»Zu Eric also?« Er ließ die Worte einige Sekunden in der Luft hängen. »Ich muss sowieso in die Richtung. Ich bring sie hin. Lucas wird sich schon fragen wo du bist.« Hailey sah ihn an, als wollte sie herausfinden, was er dachte.

»Das ist ja nett. Hast du das gehört, Ella? Er bringt dich zu Eric. Wir sehen uns dann heute Abend beim Essen.« Sie legte die Hand auf meine Schulter, drückte sie und verschwand dann den Flur hinab.

»Wollen wir?« Wir liefen nebeneinander her und keiner von uns sagte ein Wort. Er führte mich die Treppe hinunter und wir verließen das Haus. Die Stille war unerträglich, ich musste etwas sagen. »Also, warst du zufällig vor Wades Zimmer?« Kreativ war ich noch nie gewesen, wenn es darum ging ein Gespräch in Gang zu bringen. Er grinste mich an. »Nein, nicht zufällig. Mein Zimmer liegt direkt neben seinem.«

Wenn ich wirklich gedacht hatte, dass er auf mich gewartet hatte, dann wusste ich jetzt, dass das ein Irrtum war. Er war nur aus seinem Zimmer gekommen. Auf dem Weg zum Training. Und er wollte nur nett sein und Hailey Arbeit abnehmen. In Gedanken versunken lief ich ihm weiter hinterher.

Wir gingen eine ganze Weile durch den Wald. Um uns herum waren nur Bäume zu sehen und der Pfad war sehr schmal. Kaum zu erkennen. Ich starrte immer auf den Boden, um nicht wieder hinzufallen. Das musste nicht auch noch sein. Plötzlich blieb Liam stehen. Als ich aufsah, erkannte ich, dass wir den Waldrand erreicht hatten. Unten am Ufer stand eine Hand voll Personen. Ich erkannte Eric unter ihnen. Liam blieb stehen und blickte zum Ufer. Wie gerne hätte ich gewusst, was er dachte. Er hatte diesen Ausdruck in den Augen, den ich nicht richtig deuten konnte. Liam drehte sich zu mir um und sah mich eindringlich an

»Wenn du auf dem Festland bist, solltest du gut auf dich aufpassen. Du wirst heute nicht auf die Suche nach anderen Sparks gehen, sondern Lebensmittel besorgen. Halte dich fern von Orten, an denen man dich erkennen könnte. Und halte dich an Eric. Er ist zwar ein Arsch, aber er kann dich beschützen, wenn du doch erkannt wirst.« Er fuhr sich mit der Hand durch die Haare.

»Warum kümmert dich das?« Wieder hatte ich ausgesprochen, was ich dachte. Eine Strähne fiel mir ins Gesicht und ich strich sie hinter mein rechtes Ohr. Als ich die Hand wieder sinken ließ, ergriff er sie.

»Versprich es mir einfach!« So standen wir da. Ich nickte stumm und wusste, dass ich auf meine Frage keine Antwort mehr bekommen würde. Das war mir aber egal. Er hielt meine Hand und ich fühlte mich wieder geborgen. Vom Strand her rief Eric uns etwas zu. Liam reagierte nicht, sondern sah mich weiter an. Der Wind rauschte durch die Bäume und wehte den Schnee von den Blättern. Jetzt erst wurde mir klar, wie verdammt kalt es war. Plötzlich stand Eric neben uns.

»Ella, Süße. Wie schön, dass du hier bist. Ich hatte schon gehofft, dass du zu uns stoßen würdest. Wir wollen gleich los!« Eric zerstörte den Moment zwischen uns. Er holte uns, wie gestern, wieder zurück in das Hier und Jetzt.

»Ella, geh doch schon zu den anderen zum Boot. Ich muss noch kurz mit Eric sprechen.« Liam ließ meine Hand los und wies in Richtung Boot.

Ein Boot. Oh nein. Sofort erinnerte mich mein Magen an meine Abneigung gegen Boote und das Wasser, auf denen sie schwammen. Trotzdem nickte ich und ging hinunter.

Am Ufer standen vier weitere Personen. Zwei Mädchen und zwei Jungen. Die Jungs stellten sich mir als Daniel und Taylor vor. Sie waren nett und halfen mir in das Boot, fragten mich allerlei über mein Zuhause und wie es mir ginge. Jedoch fragte mich keiner nach meiner Fähigkeit. Das hatte auch Lucas nicht getan. Vielleicht war das hier sowas wie ein Verhaltenskodex. Die beiden Mädchen saßen uns gegenüber und beobachteten uns. Die eine von ihnen war etwa so groß wie ich und hatte lange braune Haare, die sie kunstvoll zu einer Flechtfrisur hochgesteckt hatte. Sofort musste ich an meine Haare denken. Sie waren noch nicht ganz trocken, da ich sie nicht geföhnt hatte und es war eisig kalt. Ich musste aussehen wie ein begossener Pudel.

Das andere Mädchen war der Inbegriff von Schönheit. Sie war größer als ich, mindestens einen halben Kopf. Ihre blonden Haare fielen ihr schwungvoll um die Schultern. Ich wusste zwar nicht wie die aktuellen Modelmaße lauteten, wenn ich aber hätte raten müssen, hätte ich auf ihre getippt. Sie war super schlank und sah sehr sportlich aus. Alles an ihr schien perfekt zu sein. Das Einzige was mich störte, waren ihre Augen. Natürlich waren sie auch perfekt, das war es nicht.

Sie waren strahlend blau und funkelten mich böse an. Ich hatte sie noch nie zuvor gesehen, also konnte ich sicher sein, dass ich ihr nichts getan hatte. Ich nahm all meinen Mut zusammen und stellte mich vor. »Mein Name ist Ella. Ich bin erst seit gestern hier.« Na, das war doch nicht schlecht. Höflich und offen. Das brünette Mädchen gab mir die Hand und stellte sich als Caren vor. Sie war zwar freundlich, aber zurückhaltend. Das andere Mädchen gab mir nicht die Hand, sondern sah mich nur an.

»Ich bin Charlotte White«. Die Stimmung war beklemmend und ich wusste nicht warum. In dem Moment kam Eric zu uns. Ich schaute zum Waldrand. Liam war schon weg. Eine Traurigkeit überkam mich, die ich zuletzt gespürt hatte, als ich mein Zuhause verlassen hatte.

»Also der Plan sieht heute wie folgt aus. Charlotte, du gehst mit Daniel zum Flughafen und hältst Ausschau nach einem Jungen. Rötliche Haare und zierliche Statur. Nach unserem Informanten versucht er aus der Stadt zu kommen. Dürfte nicht schwer sein ihn zu finden. Taylor, du gehst mit Caren am Hafen entlang und suchst dort nach ihm. Ella und ich werden ein paar Dinge aus der Stadt besorgen gehen.« Eric sprach mit einer großen Autorität und Routine. Ich vermutete, dass er täglich solche Ansprachen hielt. Während er das tat, kam kein einziger Witz über seine Lippen. Er war voll bei der Sache und schien sich für die Truppe verantwortlich zu fühlen.

»Welpenschutz für die Neue?«, Charlotte grinste mich hämisch an. Sie mochte mich nicht. Dazu musste ich nicht ihre Gedanken lesen. Es stand ihr ins Gesicht geschrieben. Eric sah sie scharf an.

»Ja, genau den gleichen, wie ihn jeder von uns hier genossen hat. Einschließlich dir! Kapiert?« Das saß. Charlotte sah weg und nickte steif. Eric war mir zwar außerordentlich unsympathisch, im Moment dankte ich ihm aber im Stillen für seinen Einsatz.

Das Boot setzte sich in Bewegung und wir fuhren Richtung Hafen. Auf der kompletten Überfahrt versuchte ich den Rat meiner Mutter zu beherzigen und einen festen Punkt zu fixieren. Das Wasser schwappte unter uns und der Wind pfiff mir durch die Harre. Es war eisig kalt. Das Boot hatte einen Elektromotor, der sehr leise war. Kurz dachte ich darüber nach unter Deck zu gehen, wohin sich die anderen beiden Jungs verzogen hatten. Jedoch war mir an der frischen Luft bereits übel und ich war mir sicher, dass keiner scharf darauf war zu sehen, wie es mir unter Deck bei der abgestandenen Luft ginge.

Das Boot war dunkelblau mit einem weißen Längsstreifen am Bauch entlang. Das Deck war ca. 5 Meter lang und an der einen Seite war ein Liegestuhl befestigt. Ich konnte mir vorstellen, wie man im Sommer darauf liegen und den Wellen lauschen konnte.

Wir fuhren nicht an den normalen Hafen, sondern an eine alte Anlegestelle einige Kilometer vom eigentlichen Hafen entfernt. Er war verlassen und wurde nicht mehr genutzt.

Als wir den Steg nach etwa einer Stunde Fahrt betraten, rannte ich ihn entlang und übergab mich in den nächsten Mülleimer. Ich schämte mich, war aber froh, dass ich es bis an Land geschafft hatte und die Sauerei nicht im Boot veranstaltet hatte. Ich stütze mich mit beiden Händen am Mülleimer ab und traute mich nicht aufzuschauen. Im Augenwinkel sah ich, wie mir jemand ein Taschentuch reichte. Ich nahm es und wischte mir den Mund ab.

Eric stand neben mir und versuchte ein Grinsen zu unterdrücken, was sein Gesicht zu einer Grimasse formte. »Du bist nicht so der maritime Typ?« Jetzt lachte er schallend los. Da war er wieder. Der gleiche Eric, den ich gestern kennengelernt hatte. Die anderen waren nirgends zu sehen.

»Komm Schätzchen. Wir haben einiges zu tun! Es ist schon bald Mittag und wir wollen um vier zurück sein.« Er stapfte los und ich taumelte ihm noch ein bisschen benommen hinterher.

»Was müssen wir hier tun?«, fragte ich ihn. Ich wusste, dass wir nicht den Jungen suchen würden, sondern in die Stadt gingen. Hatte Liam dafür gesorgt? Eric nahm meinen Arm und hakte ihn bei sich ein. Als ich ihm diesen wieder entziehen wollte, klemmte er ihn ein.

»Süße, wir brauchen hier Deckung. Wir sind ein verliebtes Paar, das einen Einkaufsbummel macht!« Er zwinkerte mir zu und so gingen wir Arm in Arm in Richtung Stadt. Eric erklärte mir, dass es mehrere Teams gab, die auf dem Festland unterwegs waren und für die einzelnen Häuser Besorgungen machten.

»Essen, Medikamente und Alkohol wachsen bei uns nicht auf den Bäumen.« Er erzählte, dass die Sparks, die die Insel verließen, sie mit Spenden versorgten, sodass sie ein gutes Leben führen konnten. Wir betraten die U-Bahn und fuhren Richtung Innenstadt. Vorbei an der Station Lexington Road, bei der ich immer ausgestiegen war um nach Hause zu gehen, bevor ich vor zwei Jahren ein Auto bekam. Zu wissen, dass meine Mutter und mein Zuhause nur ein Bahngleis entfernt lagen, ließ mir das Herz schwer werden. Wir fuhren weiter, stiegen an der Elm Street aus und waren damit mitten in der Stadt.

Panik erfasste mich. Ich begann zu zittern und Eric schien das zu bemerken. Er zog mich in seine Arme und flüsterte mir ins Ohr. »Hab keine Angst. Dir wird nichts passieren. In dieser Stadt leben mehrere Millionen Menschen und ich weiß was ich tue!« Damit ließ er mich wieder los und reichte mir wieder grinsend seinen Arm.

»Lust auf einen Einkaufsbummel, Schätzchen?« Unschlüssig, aber nicht mehr ganz so verunsichert nahm ich seinen Arm, aber nicht ohne meine Augen zu verdrehen, sodass er es sah.

»Sehr gerne, Darling!« Er lachte leise und zog mich weiter. Hailey hatte recht. Er fühlte sich angespornter, je mehr ich ihn anzickte. Vermutlich musste ich früher oder später meine Taktik ändern.

Heute war der 26. Dezember und ein Feiertag. Jedoch hatte das Einkaufszentrum in Seattle 365 Tage im Jahr an 24 Stunden am Tag geöffnet. So schlenderten wir durch den Supermarkt und packten verschiedene Lebensmittel ein. Unmengen an Lebensmittel. Zehn Pack Nudeln, diverse Tomatensoßen, und vieles mehr. Der komplette Einkaufswagen war voll. Wer sollte das alles tragen? Eric schlenderte gut gelaunt zur Kasse und bezahlte mit Bargeld. Er schob den Einkaufswagen aus dem Laden, wie alle anderen, die auf dem Weg zu ihrem Auto waren. Nur hatten wir kein Auto.

»Eric, wie sollen wir das alles tragen? Ich weiß nicht, ob es dir aufgefallen ist, aber ich bin nicht wahnsinnig groß und habe entsprechend kurze Arme und kleine Hände!« Zum Beweis hielt ich ihm eine Hand vor das Gesicht.

»Keine Panik, Süße. Vertrau mir einfach.« Er grinste wieder. Wir fuhren mit dem Lift in die Tiefgarage und er steuerte einen großen Land Rover an. Aus seiner Jackentasche holte er eine Fernbedienung und öffnete das Auto mit einem leisen Klicken. »Wir haben ein Auto?«

Wir luden alle unsere Einkäufe in den riesigen Kofferraum, während Eric mir erzählte, dass an verschiedenen Stellen in der ganzen Stadt Autos, Roller und Fahrräder bereitstanden. Jedes Team besaß einen Schlüssel für jedes Fahrzeug, damit man im Notfall schnell fliehen konnte, oder eben, um die Einkäufe zu transportieren. Ich wollte schon auf den Beifahrersitz steigen, als er das Auto wieder abschloss.

»Müssen wir noch was besorgen?« Ich hatte gehofft wir wären schon fertig, es war bereits fünfzehn Uhr und wir benötigten mindesten dreißig Minuten zurück zum Boot.

»Liam hat unnötigerweise erwähnt, dass du für unsere Insel nicht ganz so gut ausgestattet bist. Du brauchst eine andere Jacke und was weiß ich noch. Also gehen wir noch kurz shoppen.« Er sagte das mit gespielter Fröhlichkeit und ich vermutete, dass er nicht viel Lust darauf hatte. Genauso wenig wie ich mit ihm. Jedoch hatte Eric recht. Meine Jacke war tatsächlich viel zu dünn. Da ich mich selten draußen aufgehalten hatte, empfand ich es als unnötig, eine gute Winterjacke zu besitzen. Ich wollte lieber einen neuen Klavierhocker. Nur brachte mir der hier nichts. Was mich aber viel mehr beschäftigte, war die Tatsache, dass Liam Eric darum gebeten hatte. Ihm war aufgefallen, dass ich gefroren hatte. Dankbarkeit stieg in mir auf.

»Also Süße, wo gehen Frauen shoppen? Ich kann dir nur zeigen wo das Unterwäschegeschäft ist und da kann ich dich natürlich auch sehr gut beraten!« Eric riss mich mit seinem lahmen Anmachspruch aus meinen Gedanken und ich tippte ihm mit meinem Zeigefinger an die Stirn.

»Darauf kannst du lange warten. Komm mit!« Ich steuerte zielsicher mein Lieblingsgeschäft an. Innerhalb einer halben Stunde hatte ich eine Jacke, Turnschuhe für die Sporteinheiten, Sportkleidung, Handschuhe und einen dicken Pullover. Ich war noch nie eine leidenschaftliche Einkäuferin gewesen. Kleidung musste praktisch sein und sie musste passen. Die Mädchen in meiner Schule trugen immer viel zu enge Jeans. Sie schnürten an den Hüftknochen ein, sodass die Haut am Bund überquoll. Die Jacke zog ich sofort an und stopfte meine alte in die Tüten. Ich drückte Eric die Tüte in die Hand.

»Geh du schon zum Wagen. Ich komme gleich nach. Ich muss noch ein paar Frauendinge besorgen!«

Eric sah mich verwundert an und protestierte: »Es ist zu gefährlich für dich hier allein. Wenn dich jemand erkennt, kann ich dir nicht helfen!« Eric hatte recht. Dennoch wollte ich ihn nicht dabeihaben, wenn ich mich in der Hygieneabteilung befand. Es gab Grenzen und die waren für mich erreicht.

»Ich bin in fünf Minuten bei dir in der Tiefgarage, versprochen!« Ich setzte einen mitleidigen Blick auf und hoffte, dass ich ihn damit um den Finger wickeln konnte. Er sah mich lange und nachdenklich an.

»Also gut. Aber wenn du in fünf Minuten nicht zurück bist«, er tippte mit dem Zeigefinder auf seine Armbanduhr, »komme ich dich holen und dann ist es mir egal ob du vor den Damenrasierern oder den Kondomen stehst!« Ich runzelte angewiderte meine Stirn und nickte nur.

»Kopf unten halten. Mit niemandem sprechen. Mütze aufziehen und nicht auffallen. Ist das klar?« Er sprach wieder mit der Autorität, die ich schon auf dem Boot gehört hatte. »Ist klar.« Dann ging ich in Richtung Drogerie und er marschierte zum Lift.

Ich betrat das Geschäft und steuerte sofort die Regale an, in der ich die Sachen, die ich benötigte, vermutete. Glimmer war eine Drogeriekette und das Gute an Drogerieketten war ihr Konzept der Wiedererkennung. Jeder Laden war gleich aufgebaut. Kannte man einen Glimmer, fand man sich in jedem auf der ganzen Welt zurecht. So wusste ich also genau, wo ich nach was suchen musste. Es dauerte keine zwei Minuten, da hatte ich alles in meinem Korb, was ich benötigte. An der Kasse waren nur zwei Kunden vor mir. Ich würde es rechtzeitig zurück zum Auto schaffen.

Hinter mir reihten sich weitere Kunden ein und ich verhielt mich wie Eric es mir gesagt hatte. Ich war eine ganz normale Kundin an einem Wintertag, die Einkäufe machte. Den Kopf hielt ich gesenkt und die Haare fielen mir ins Gesicht. »

Veronika hat heute in der Schule erzählt, dass Jim sie nach einem Date gefragt hat.« Ich erstarrte. Ich kannte die Stimmen. Es waren zwei Mitschülerinnen von mir. Sie standen direkt hinter mir und unterhielten sich über belangloses Zeug. Sie hatten mich noch nicht erkannt. Nun war ich an der Kasse dran. Alles liegen zu lassen, würde zu viel Aufmerksamkeit erregen. Also ließ ich die Kassiererin meine Einkäufe über das Band schieben und packte alles zügig, aber nicht hektisch, in eine Tüte. Gerade als sie den letzten Artikel über den Scanner zog bemerkte ich, dass die Kaugummis, die sie da scannte, nicht zu mir gehörten, sondern zu Alice - meiner Klassenkameradin. Diese reagierte auch sofort »Oh nein, das gehört zu mir!« Alice machte die Kassiererin auf den Fehler aufmerksam.

»Ist das richtig, Miss, gehören die nicht zu ihnen?« Sie sprach mit mir. Ich musste antworten.

»Ja, das stimmt.« Die Kassiererin begann mit dem Storno und ich schaute kurz auf um zu sehen, ob Alice mich erkannt hatte. Ich hob den Blick und sie starrte mir direkt in die Augen. Sie hatte mich erkannt.

»32,50 Dollar bitte!«

»Weißt du, sie suchen nach dir! Alle wissen, was du mit dem Mädchen auf dem Adventsmarkt gemacht hast! Du bist eine von Ihnen!« Alice rief mir hinterher. »Du bist eine Spark!« Ich blieb abrupt stehen. Im Laden war es totenstill und man hätte eine Stecknadel fallen hören können.

»Lauf!« sagte mir meine innere Stimme. Ich sah Alice an und hatte Tränen in den Augen. Wir waren nie Freundinnen gewesen, aber dass sie mich hier vor allen bloßstellte, hätte ich nicht für möglich gehalten. Was hatte sie gesagt? Ich hatte Mandy etwas angetan? Wer hatte sowas erzählt? Ich drehte mich um und verließ das Geschäft - eilte in Richtung Fahrstuhl. Ich schaute nicht zurück, sondern schaute nur auf die Fahrstuhltür.

Kurz bevor ich sie erreichte, ging sie auf und zwei Wachmänner traten heraus. Ich drehte auf dem Absatz und nahm die Rolltreppe in die obere Etage. Die Wachmänner taten es mir gleich. Oben angekommen, begann ich zu rennen. Als ich mich umdrehte, sah ich, dass sie mir nachjagten. Sie wussten es. Nach all den Mühen und meiner Rettung durch Liam, hatte ich es also wieder verbockt. Mein Atem ging schnell und ich merkte, dass ich keine Kondition hatte. Ich bog um die Ecke und betrat das nächste Geschäft, das ich erreichte.

Als ich die Tür öffnete, klingelte eine kleine Glocke, die oben an der Tür befestigt war. Mist! Es war ein Laden für Nähartikel. Überall lagen Stoffrollen und Wollknäuel herum. Innen war niemand zu sehen. Kein Verkäufer, keine Kunden. Aber das Klingeln würde gleich einen Verkäufer auftauchen lassen. Das war meine Chance, die Einzige, die ich bekommen würde. Ich rannte an das hintere Ende des Ladens und sah einen Tisch mit Stoffen, die zum Verkauf standen. Über dem Tisch war ein großes weißes Leintuch, das bis zum Boden reichte. Ich krabbelte mit meiner Tüte darunter und zog meine Beine nach. In dem Moment ging die Türglocke erneut.

Es war still. Ich versuchte meinen Atem zu kontrollieren. Plötzlich hörte ich hinter mir eine Stimme. Sie war direkt neben dem Tisch.

»Was kann ich für sie tun?« Es war die Stimme einer alten Frau, vermutlich der Besitzerin.

»Ist hier eben ein Mädchen hereingekommen?« Es musste einer der Wachmänner sein.

»Sprechen sie bitte etwas lauter, mein Junge. Ich höre schlecht!« Der Wachmann wiederholte seine Frage. Die Frau schwieg. Vermutlich zeigte sie gerade auf mein Versteck. Sie musste die Türglocke doch gehört haben. Ich presste mir die Hand auf den Mund um nicht zu schreien und meinen Atem unter Kontrolle zu halten.

»Hm, nein. Ich war hinten im Lager aber hier ist niemand reingekommen. Aber wissen sie, meine Ohren sind nicht mehr was sie mal waren.« Sie lachte laut über sich selbst. »Sehen sie sich ruhig um, heute haben wir 10% Rabatt auf alle bereits reduzierten Stoffe.« Die Dame verließ den Raum wieder und ihre Schritte entfernten sich in die Richtung, aus der sie gekommen war. Zusammengekauert saß ich da und betete in Gedanken.

Ich war starr vor Angst. Eric musste wissen, dass was nicht in Ordnung war. Es waren schon zehn Minuten vergangen. Vermutlich stand er schon in der Drogerie und starrte in die leeren Gänge. In keinem davon befand ich mich. Ich kauerte hier unter einem

Tisch. Leise hörte ich, wie der Wachmann die Kleider-
bügel an der Wand hin und her schob und sich mir mit
jedem Schritt näherte. Direkt vor dem Tisch blieb er
stehen. Ich hielt die Luft an. Sekunden vergingen. Ich
konnte mir vorstellen, wie seine Augen den Raum
nach mir absuchten und seine Ohren auf ein Geräusch
von mir warteten. Dann entfernten sich die Schritte
wieder. Die Türglocke erklang und die Tür schloss
sich. Ich atmete still aus. Er war weg.

Ich traute mich nicht mein Versteck zu verlassen, also
blieb ich wo ich war. Stunden vergingen und Kunden
kamen und verließen das Geschäft. Bei dem zehnten
Kunden war ich mir sicher, dass die alte Dame mich
nicht gehört hatte. Sie hörte gar keine Türglocke. Jeder
einzelne Kunde musste mehrmals nach ihr rufen, bis
sie endlich aus ihrem Kämmerchen kam. Ich sah auf
die Uhr. Es war sechs Uhr abends. Eric war sicherlich
schon zurück zur Insel. Wie sollte ich nur ohne Boot
dorthin zurückkommen? Ich würde mich am Hafen
verstecken und an der Anlegestelle der Sparks warten,
bis ein Boot einer anderen Gruppe kommt, die mich
mitnehmen konnten. Aber zuerst musste ich das Kaufhaus verlassen ohne entdeckt zu werden.
    Der Kunde, der gerade etwas gekauft hatte, verließ
das Geschäft und die Besitzerin ging zurück in ihr
Kämmerchen. Ich vermutete sie hatte einen Fernseher
dort, denn ich konnte hin und wieder die Stimmen
einer Sendung hören. Jetzt oder nie. Ich spickte unter
dem Tischtuch hervor um zu kontrollieren, ob die Luft
rein war. Dann kroch ich hervor, zog die Mütze tief ins

Gesicht, klemmte meine Tüte unter meiner Jacke fest, holte tief Luft und verließ das Geschäft.

Auf dem Flur war kein Mensch mehr zu sehen. Das Einkaufszentrum hatte zwar geöffnet, aber es war immer noch Weihnachten und die meisten Menschen hatten doch etwas Besseres zu tun, als an einem Feiertag einzukaufen. Im Kreise der Familie essen, zum Beispiel. *Was meine Mum jetzt wohl gerade tat?*

Ich bog gerade um eine Ecke, als ich Stimmen hinter mir hörte. Die eine gehörte zu dem Wachmann aus dem Nähgeschäft. Ich hastete weiter den Gang auf die Rolltreppe zu.

Plötzlich packte mich jemand am Arm, hielt mir den Mund zu und zog mich in die Besuchertoilette. Ich versuchte mich dem Klammergriff zu entwinden, aber es war als befände ich mich in einem Schraubstock. Ich hatte keine Chance.

»Psst. Sei ruhig!«, zischte mein Angreifer. Sofort wurde ich still. Es war Eric. Er zog mich rückwärts in die Toilettenkabine. »Ich bin es. Sag kein Wort!«, flüsterte er. Ich nickte zur Bestätigung und er ließ mich los. Ich drehte mich um und er hielt sich den Zeigefinger vor die Lippen. Ich sollte still sein. Draußen vor der Tür, hörte ich die Schritte der Wachmänner. Sie gingen an unserem Versteck vorbei. Nachdem sie weg waren, packte Eric mich an den Schultern. »Wo warst du verdammt nochmal? Weißt du was für Sorgen ich mir gemacht habe? Ich habe hier die Verantwortung und habe dich überall gesucht. Es wimmelt von Polizisten. Sie wissen, dass wir hier sind! Erklär mir das!«

Er war wütend und ich konnte ihn verstehen. Ich hatte ihn, mich und uns alle in Gefahr gebracht. Ich erzählte ihm von Alice und wie sie mich verraten hatte. Dabei entwischte mir eine Träne und sie kullerte einsam über meine Wange. Eric schien ein wenig besänftigt. Er strich die Träne mit seinem Finger weg, legte mir eine Hand auf die Schulter und sah mir in die Augen.

»Weißt du, Ella. In deren Augen bist du eine Gefahr. Sie wissen es nicht besser. Das hat nichts mit dir zu tun.« Ich nickte. Eric war zwar aufdringlich und seine Sprüche derb, aber ich glaubte eigentlich war er nicht so wie er immer tat.

»Lass uns hier verschwinden!« Er rückte meine Mütze zurecht, nahm mich an die Hand und wir verließen das Kaufhaus.

»Wir müssen den Bus nehmen. Die anderen haben das Auto geholt und die Sachen schon auf die Insel gebracht.«

Was die anderen wohl dachten? Die dumme Neue schaffte es nicht fünf Minuten allein unerkannt einkaufen zu gehen. Mir graute es vor der Rückkehr. Wir nahmen den Bus Richtung Hafen, stiegen aber zwei Stationen vor Ankunft aus. Eric wollte der Polizei, falls sie am Hafen war, nicht beim Aussteigen in die Arme laufen. Es war schon dunkel, als wir die Anlegestelle erreichten. Ein kleines Boot mit Rudern lag still im Wasser. Ich stieg hinein und Eric griff in seine Jackentasche.

»Hier, nimm. Als ich dich gesucht habe, bin ich an denen vorbeigelaufen. Wäre nicht toll, wenn du mir hier auf den Schoß kotzt.« Er hielt mir eine Packung Kaugummis gegen Reiseübelkeit hin. Gerührt nahm ich sie entgegen und steckte mir einen in den Mund. Sie wirkten überraschend gut. Während Eric ruderte, schaute ich in die Nacht.

»Ich kann kaum was sehen! Woher weißt du, dass wir in die richtige Richtung fahren?« Um mich herum war alles schwarz. Der sternenlose Himmel schien jedes Licht zu verschlingen. Die Lichter von Seattle lagen hinter uns und vor uns war nur die vollständige Dunkelheit.

»Mach dir keine Sorgen, Baby. Ich kann im Dunkeln genauso gut sehen, wie am Tag. Meine Fähigkeit, sozusagen. Ich habe sowas wie einen Röntgenblick.« Er zwinkerte mich an. Sofort zog ich die Jacke enger um mich und verschränkte meine Arme vor der Brust.

»Kein Grund rot zu werden, Süße. So gut sehe ich doch wieder nicht!« Er prustete los und ich musste auch grinsen. Schön, dass er seinen Humor nicht verloren hatte.

Nach zwei Stunden tauchte vor uns die Insel auf. Am Ufer standen zwei Personen, ich konnte aber nicht erkennen wer es war. Erst als wir anlegten und aus dem Boot stiegen, sah ich Hailey auf mich zustürmen. Sie rannte an den Strand hinunter und umarmte mich, so fest, dass sie mir die Arme einklemmte. Hinter ihr stand Liam. Er wandte sich an Eric. »Verdammt, Eric. Was ist passiert?« Er wirkte unglaublich wütend. »Es ist meine Schuld gewesen!«, versuchte ich mich einzumischen. Liam sah mich mit einem hasserfüllten

Blick an. Mir blieb meine Erklärung im Hals stecken. Ich konnte mich nicht erinnern, wann mich je jemand so böse angeschaut hatte.

»Komm Mäuschen, ich bring dich zurück.« Hailey nahm meine Hand und führte mich von den beiden weg. Ich hatte mich gefreut Liam wieder zu sehen. Er hatte sich vermutlich Sorgen gemacht. Aber so wie er mich angesehen hatte, nicht um mich. Vielleicht hatte er gedacht, dass ich alles ausplaudern würde, wenn ich festgenommen worden wäre. Er hatte sich Sorgen um die anderen gemacht. Hailey und ich betraten den Wald und hinter mir konnte ich die Stimmen von Liam und Eric hören. Sie stritten lautstark.

Hailey brachte mich zu meinem Zimmer und besorgte aus der Kantine etwas zu Essen. Sie brachte Pizza und ein Dose Cola. Ich hatte nicht bemerkt, dass ich heute noch nichts gegessen hatte und schlang alles hinunter. Ich war froh, dass Hailey das Essen hier auf das Zimmer brachte. Ich hatte keine Lust auf die Gesichter der Anderen. Bestimmt hatte sich schon rumgesprochen, dass ich Mist gebaut hatte.

Wir saßen gemeinsam auf meinem Bett und aßen. Ich erzählte Hailey was passiert war und sie hörte mir aufmerksam zu. Sie sagte kein Wort.

»Siehst du. Es war nicht Erics schuld. Es war meine. Ich habe nicht aufgepasst und zu spät bemerkt, dass jemand, den ich kenne, hinter mir steht!«

Hailey sah mich an und schüttelte den Kopf. »Nein, es ist nicht deine Schuld. Das hätte jedem passieren können. Der Job auf der Insel ist gefährlich und nur die

Sucher gehen ein noch größeres Risiko ein. Fast Jeder, der bei der Truppe ist, hat schon ähnliches erlebt. Viele sind nicht wiedergekommen. Eric hat den Fehler gemacht dich allein zu lassen. Das hätte er nicht tun dürfen. Ich bin mir sicher, er hat sich schon selbst in den Hintern getreten und wenn nicht, tut es Liam jetzt. Er war außer sich vor Sorge und ist im Viereck gesprungen, als das Boot der anderen ohne euch zurückkam.«

Ich schwieg. Ich hatte Liams Gesicht gesehen. Er war unglaublich wütend gewesen, dass ich alle in Gefahr gebracht hatte. Das brauchte keine Worte mehr. Ich versuchte das Gespräch in eine andere Richtung zu lenken.

»Kennst du Charlotte?« Bis eben hatte ich nicht mehr an sie gedacht. Aber als ich an Liams wütenden Gesichtsausdruck dachte, kam sie mir wieder in den Sinn. Sie hatte mich auch so angesehen.

»Ja, ich kenne sie. Wieso?« Hailey versuchte so beiläufig wie möglich zu klingen, doch ich hatte das Gefühl, dass sie mir etwas verschwieg.

»Sie war heute auch bei der Truppe und ich habe das Gefühl sie mag mich nicht. Ich weiß aber nicht warum. Naja, wenn sie mich jetzt nicht mehr mag, weil ich Mist gebaut habe, verstehe ich es. Aber heute Morgen hatte ich noch nichts angestellt und sie war sehr unhöflich.« Ich versuchte mich so vage wie möglich auszudrücken, schließlich wusste ich nicht, ob sie vielleicht eine Freundin von Hailey war. Hailey sah mich einen Moment an und dachte nach. Ich konnte es förmlich in ihrem Kopf rattern hören.

»Naja, Charlotte war eine Freundin von mir, aber im Laufe der Zeit haben wir uns auseinandergelebt und gehen getrennte Wege. Charlotte ist vor vier Jahren gemeinsam mit Liam hier angekommen. Sie haben sich allein auf die Insel geschleppt. Ihr Boot sank kurz vor der Küste und sie mussten den restlichen Weg schwimmen. Seither waren sie ein Paar.«

Ich musste schlucken. Charlotte und Liam waren ein Paar. Das störte mich aus Gründen, die ich selbst nicht kannte.

»Das erklärt aber noch nicht, warum sie gemein zu mir war«, erwiderte ich. Hailey putze sich mit ihrer Serviette die Hände ab und sah mich unverständlich an.

»Komm schon, Ella. So dumm bist du nicht. Charlotte und Liam waren vier Jahre lang das Traumpaar hier. Jedes Jahr an Silvester, wenn sie Geburtstag hatten, haben sie auf der Tanzfläche um Mitternacht geknutscht. Ein wahres Spektakel. Totaler Kindergarten, wenn du mich fragst«, sie verdrehte die Augen. »Naja, kurze Rede, kurzer Sinn. Irgendwann hat Liam wohl erkannt, dass sie ein egoistisches und arrogantes Biest ist und hat vor ungefähr drei Monaten Schluss gemacht. Aus, vorbei, Ende der Beziehung. Kurze Zeit später rettet er dich vom Hafen und begleitet dich zum Ufer. Ich will mir nicht vorstellen, was sie da sehen musste.« Sie schüttelte den Kopf.

»Hey, wir haben nichts gemacht! Er hat mich nur hingebracht. Sonst ist nichts passiert. Und wenn ich dich richtig verstehe, denkst du, dass Charlotte eifersüchtig ist. Aber so wie Liam mich vorhin angesehen

93

hat, braucht sie sich da keine Sorgen zu machen.« Ich kam mir total blöd vor. Was dachte Hailey, was wir am Waldrand getan hatten. So eine war ich nicht! Klar hatte ich schon mal einen Freund und auch schon etwas Erfahrung. Aber das hieß nicht, dass ich mich am Waldrand mit jemandem vergnügen würde, den ich noch nicht richtig kenne.

»Du hast mich falsch verstanden. Charlotte kann die Gefühle der Menschen sehen. Sie sind wie Farben, die um sie herumschweben. Sie hat mir mal erzählt, dass wenn ich an Wade denke, alles um mich herum bläulich wäre und es sie blenden würde.« Hailey schaute wütend drein. »Und wenn Liam dich heute Morgen am Waldrand, wo Charlotte ihn sehen konnte, so angesehen hat wie er vorhin besorgt um dich war, vermute ich, hat sie sich eine Sonnenbrille gewünscht.«

Die Kerze, die auf dem Schreibtisch stand, flackerte leicht. Hatte ich sie richtig verstanden? Sie dachte, dass Liam mich mochte? Aber warum hatte er mich dann vorhin so wütend angesehen?

»Das glaube ich nicht. Als wir vorhin angekommen sind war er nicht gerade um mein Wohlergehen bemüht«, meinte ich.

»Naja, du kannst es glauben oder nicht. Aber als das Boot ohne euch zurückkam, ist er fast verrückt geworden und wollte selbst auf die Insel euch suchen. Er hat sich Sorgen um dich gemacht. Man braucht nicht Charlottes Gabe zu haben um zu sehen, dass er sich was aus dir macht. Alle konnten es sehen. Und sein wütender Blick war wohl, weil er sich wahrscheinlich ausgemalt hatte, wie du Eric dazu gebracht hast, dich allein zu lassen. Hass und Liebe liegen nahe beieinander.«

Beschämt schaute ich zu Boden, als ich daran dachte, dass ich Eric tatsächlich schöne Augen gemacht hatte, damit er mich allein gehen ließ.

Sechs

Lange nachdem Hailey gegangen war, dachte ich noch über das nach, was sie mir gesagt hatte. Konnte es wirklich sein, dass er mich mochte? In Gedanken versunken schlief ich ein, bis mich mitten in der Nachte ein Klopfen weckte.

Verschlafen öffnete ich die Augen und schaltete das kleine Nachttischlämpchen ein, das den Raum in ein mattes Licht tauchte.

»Wer ist da?« Die Tür öffnete sich einen Spalt und Liam steckte den Kopf herein. Mir blieb das Herz stehen.

»Darf ich reinkommen?« Stumm nickte ich und lehnte mich an die Wand am Kopfende. Er betrat mein Zimmer und stand in der Mitte des Raumes, ohne zu wissen was er tun sollte. Vorsichtig blickte er sich um und ich registrierte meine Kleider, die ich vor dem Schlafengehen auf dem Boden liegen gelassen hatte. Super Ella, dachte ich im Stillen.

Liam zog sich den Bürostuhl heran und setzte sich zu mir ans Bett. Es war kalt und ich zog die Decke bis unter mein Kinn. Keiner von uns sagte etwas und ich sah auch nicht ein, dass ich den Anfang übernehmen sollte. Er war schließlich mitten in der Nacht hierher-gekommen, also musste er etwas zu sagen haben.

»Ich wollte mich für vorhin entschuldigen«, begann er nach einer gefühlten Ewigkeit seinen nächtlichen Besuch zu erklären. Ich zog die Augenbrauen nach oben und schwieg weiterhin. »Ich wollte dich nicht so böse anschauen. Aber du musst mich ein wenig ver-stehen. Ich habe mir Sorgen um dich gemacht.« Liam versuchte sich zu entschuldigen und ich hatte das Ge-fühl, dass er das nicht oft tat, denn er rang um jedes Wort. Ich wusste nicht, was ich erwidern sollte.

»Machst du dir um alle Neuankömmlinge solche Sorgen?« Er sah mich an. Vermutlich hatte es ihn ver-wundert, wie offen ich sein Verhalten ansprach, aber eine bessere Gelegenheit zur Klärung würde ich nicht bekommen, also musste ich die Chance nutzen. Ich musste wissen, warum er sich solche Gedanken um mich machte, damit ich meine Hirngespinste endlich begraben konnte.

Er sah zum Fenster und starrte in die Dunkelheit. »Nein.«

Dieses kleine Wörtchen bedeutete für mich alles und änderte alles. Er machte sich nicht um jeden Neu-ling Sorgen. Er machte sich um mich Sorgen. Mein Herz pochte wie verrückt und ich konnte meinen Blick nicht von seinem Gesicht nehmen. Der Schein der Lampe erhellte es minimal, aber genau so viel, dass ich ihn beobachten konnte. Was war das nur mit ihm? Er blickte immer noch nach draußen in die Nacht und ich sah ihn an. Ich hatte den unbedingten Drang wieder seine Hand zu halten. Seine Wange zu berühren. Bei allem, was mir die letzten Tage passiert war, waren diese beiden Male, an denen er meine Hand hielt, die einzigen Momente gewesen, in denen ich mich sicher und behütet gefühlt hatte. Es tat fast weh mich zu zwingen es nicht zu tun.

Plötzlich drehte er den Kopf und sah mir direkt in die Augen. Obwohl ich mir ertappt vorkam, weil ich ihn anstarrte, konnte ich nicht wegsehen.

»Und warum machst du dir um mich Sorgen? Du kennst mich doch nicht.« Wir sahen uns immer noch an und es kam mir vor, als würde er darauf warten, dass ich zuerst wegsehen würde - aber das würde ich nicht tun. Stille muss man auch manchmal aushalten können, hat mein Deutschlehrer immer gesagt. Er presste die Lippen aufeinander, öffnete den Mund um zu sprechen, um ihn dann wieder zu schließen.

»Ich kenne dich schon länger als du mich.« Verdutzt blickte ich ihn an. Liam stand auf und starrte aus dem Fenster. »Das erste Mal habe ich dich im September an einem Abend am Hafen gesehen. Du bist mehr oder minder gejoggt«, er grinste: »Du hast immer wieder zu Blake Island gesehen und ich hatte Angst, dass du von uns weißt. Also habe ich die Augen nach dir offenge-halten und jedes Mal, wenn ich dich wieder am Hafen sah, hast du wieder zur Insel geschaut. Als ob du da irgendetwas sehen könntest. Es war verrückt!« Er schüttelte ungläubig den Kopf und ich konnte mir gut vorstellen, dass er das damals am Hafen auch getan hatte. Ihm war das Licht wohl nicht aufgefallen, oder es hatte tatsächlich nicht existiert. »Ich habe ein wenig recherchiert und rausgefunden wo du wohnst. Abends sah ich dich in der oberen Etage am Klavier sitzen und spielen. Die Musik klang nur ganz leise nach draußen, da du die Fenster immer nur gekippt hattest. Du spielst gut!«

Mein Mund stand offen und ich musste mich zwingen ihn wieder zu schließen. Er hatte mich beobachtet? Hatte meine Musik gehört? Ich war unsicher, was ich sagen sollte, aber das war nicht nötig, da er mit seinen Ausführungen noch nicht fertig war.

»Aus deiner Schulakte kannte ich den Tag deiner Geburt. Ich war abends wieder in eurem Garten und sah dir beim Spielen zu. Und ich sah euer Auto wegfahren - zum Labor. Ich habe die Nacht in eurem Garten verbracht und gewartet, bis deine Mutter dich wieder abgeholt hat. Ich war froh, dass du mit im Wagen warst, als sie am Tag darauf zurückkam.« Liam sah mich forschend an, auf der Suche nach einem Zeichen in meinen Gesichtszügen, um zu erkennen was ich dachte.

Die rationale Seite meines Gehirns sagte mir, dass ich schockiert sein sollte, weil er mir nachgestellt hatte. Aber mein Herz tat weh vor Glück bei dem Gedanken, was er alles auf sich genommen hatte um zu sehen, ob es mir gut ging. Liam blickte zur Bettdecke und auf meine Hand, die darauf lag. Er fixierte sie, als würde er versuchen sie zu hypnotisieren. Ganz langsam und behutsam legte er seine Hand auf meine und sah wieder zu mir auf.

»Am nächsten Abend war ich wieder am Hafen und auf dem Weg dir beim Spielen zuzusehen, als ich dich auf der Bank sah. Du lagst da wie ein Kind, eingerollt in deine Jacke und ich dachte schon du wärst tot.« Bei der Erinnerung traten Falten auf seine Stirn und auch ich schauderte bei dem Gedanken an die Kälte.

»Woher wusstest du, dass ich eine von euch bin? Ich kann mich nicht erinnern, dass du mein Branding kontrolliert hast.« Liam kniff die Augen zusammen.

»Du warst bewusstlos. Das konntest du nicht merken!«

Ich schüttelte den Kopf. »Nein das war ich nicht. Ich kann mich erinnern, dass du meine Hand berührt hast und sie dann wieder zurückgezogen hast.«

Liam wurde blass. Ich hatte Angst, ich würde den Moment zerstören, aber ich musste wissen, was an dem Abend geschehen war. »Ich bin erschrocken wie kalt du warst«, erklärte er monoton und starrte auf unsere Hände.

Ich hatte das Gefühl, dass das nicht die ganze Wahrheit war, aber an der Art wie er das sagte, gab es keinen Zweifel daran, dass er darüber nichts mehr zu sagen hatte.

»Wusstest du, dass ich eine von euch bin?« Draußen hatte es wieder zu schneien begonnen und die Flocken landeten leise auf dem Fensterbrett.

»Nein. Ich wusste es nicht. Aber ich konnte dich nicht dort lassen. Als du dich auf dem Boot dann das dritte Mal übergeben musstest, ist deine Jacke hochgerutscht als ich deinen Kopf über die Reling gehalten habe. Erst da habe ich es gesehen. Es war reines Glück für mich, denn so konnte ich dich als eine von uns hier hinbringen.« Er sagte noch einiges mehr, aber mein Verstand hatte bei *als du dich das dritte Mal übergeben musstest* ausgesetzt. Bisher konnte ich mich kaum an die Überfahrt erinnern, aber jetzt sah ich das schwappende Wasser vor mir und jemanden, der mir die Haare nach hinten hielt.

Oft hatte ich mich in meinem Leben schon geschämt. Beispielsweise, als ich in der vierten Klasse bei der Theateraufführung meinen Text vergessen und alle Kinder gelacht hatten.

Aber dass Liam mich gesehen hatte, als ich mich übergeben musste, übertraf das um Längen. »Habe ich dich…«, ich holte tief Luft, »habe ich dich vollgekotzt?« Ich machte einen gequälten Gesichtsausdruck und hoffte inständig, dass ich ihn zumindest nicht angekotzt hatte.

Er lachte leise. »Nein. Als ich merkte, dass du anfängst zu würgen, habe ich deinen Kopf vorsichtshalber über die Reling gehalten. Aber so lange habe ich noch nie für die Überfahrt benötigt!« Ich ließ meinen Kopf auf das Kissen sinken und bedeckte ihn mit beiden Händen als könnte ich mich dahinter verstecken. Sofort ergriff er wieder meine Hand und nahm auch die andere, um mein Gesicht wieder freizulegen. Ich verkrampfte mich und versuchte meine Arme davor zulassen. Ich würde ihn nie mehr anblicken können. Doch er war deutlich stärker als ich und zog meine Arme behutsam aber kräftig von meinem Gesicht zu sich heran, sodass sich mein Oberkörper nach vorne beugte und ich mich wieder aufsetzen musste. Sein Gesicht war direkt vor meinem.

»Das muss dir nicht unangenehm sein. Und du musst deswegen nicht rot werden.« Er legte eine Hand an meine Wange. Sekunden verstrichen und mein Herz setzte fast aus. Noch nie hatte ich mich so sehr zu jemandem hingezogen gefühlt. Noch nie hatte ich mir so sehr gewünscht geküsst zu werden. Doch er ließ die Hand sinken und unterbrach den Blickkontakt. Der Moment war vorüber. Liam sah zu dem Foto auf dem Nachttisch.

»Das sind deine Eltern«, stellte er fest. Ich nickte und blickte zu dem Bild mit der Schaukel und den Wildblumen. »Mein Dad starb vor drei Jahren und seither wohne ich mit meiner Mum hier.« Ich sah das Gesicht meiner Mutter. Sie lächelte auf dem Bild strahlend. Ich versuchte den Kloß in meinem Hals herunterzuschlucken, den ich immer bekam, wenn ich an sie dachte.

»Ich weiß nicht was mit ihr passiert ist.« Ich starrte auf die Bettdecke und er sah mich erwartungsvoll an.

Ich erzählte ihm, wie der Tag weiter verlaufen war, nachdem ich vom Labor wieder zurückkam und warum ich dort nicht entlarvt wurde. Ich hatte das Gefühl ihm alles sagen zu können. Die ganze Zeit während ich redete, sah er mich an, ohne mich ein einziges Mal zu unterbrechen. Auch nicht als ich ihm von meiner Fähigkeit berichtete.

»Ich bin weg und habe sie zurückgelassen. Ich weiß nicht was mit ihr passiert ist.« Eine Träne befreite sich aus dem Gefängnis meiner Augen und ich wischte sie sofort weg. Ich wollte nicht schwach wirken und ich wollte nicht weinen.

»Es wird leichter werden!« Ich sah zu ihm auf. »Mit der Zeit, meinte ich. Es ist hart - das war und ist es für uns alle. Jeder hier hat jemanden, den er nie wiedersehen kann, - von dem er nicht weiß wie es ihm geht, was er tut und ob er glücklich ist in seinem Leben. Wir können nur hoffen, dass sie es sind. Aber eines ist sicher, Ella…« Er hob mein Kinn an. »Deine Mutter hat sich sehr viel Mühe gegeben dich zu schützen. Damit du eine Zukunft hast. Damit du leben kannst. Ich denke du bist es ihr schuldig, das Beste daraus zu machen, denn das ist es, was sie für dich wollte!«

Er war mit seinem Gesicht so nah an meinem, dass ich seinen Atem auf meinem spüren konnte. Nur noch wenige Zentimeter und unsere Lippen würden sich berühren.

»Und was ist das hier, Liam?« Ich sah in seine hellbraunen Augen und konnte darin meine eigenen sich spiegeln sehen. Was hätte ich gegeben dahinter schauen zu können. Er legte seinen Kopf schräg und küsste mich auf die Wange.

»Das hier ist der Beginn einer guten Freundschaft.« Dann stand er auf und ging zur Tür. »Bis morgen beim Training, Ella.« Damit schloss er die Tür hinter sich und ich war allein. Verletzt und allein.

»Man, du siehst fertig aus!« Hailey kam gegen acht Uhr in mein Zimmer und riss den Vorhang zur Seite. Ich lag noch im Bett. Die ganze Nacht hatte ich mir noch Gedanken über Liam gemacht. Es ging mir so viel durch den Kopf, dass ich keinen klaren Gedanken fassen konnte. Er kannte mich schon länger. Er hatte mich beobachtet. Er hatte sich um mich gesorgt. Immer wieder war ich in Gedanken unser Gespräch durchgegangen. Er hatte mich beobachtet, wie ich zur Insel gesehen hatte. Im Nachhinein hätte ich ihm das erklären können. Hätte ihm von dem Licht erzählen können, dass ich immer gesehen hatte. Vielleicht hätte ich das auch getan, wenn er uns nicht als Freunde gesehen hätte, sondern für mehr. So, wie ich es tat. Hätte..., habe ich aber nicht.

Ich habe nie an die berühmte Liebe auf den ersten Blick geglaubt. Im Gegenteil. Ich empfand diese epischen Romanzen, die auf diese Art und Weise ihren Anfang fanden, eher unsinnig und verlogen. Wie konnte man für einen Menschen solche Gefühle hegen, wenn man ihn noch nicht kannte? Wenn man nicht wusste, was für ein Mensch er war.

Einer Studie zufolge entscheiden Menschen anhand des Geruchs des Gegenübers, ob sie ihn attraktiv finden oder nicht. Es ist eine reine Kopfsache, die in unserem Gehirn stattfindet und hat nichts mit Liebe zu tun. Meines Erachtens haben sich die Menschen, die sich auf den ersten Blick verlieben, selbst belogen. Vielleicht waren sie auf der Suche nach genau dieser Liebe und warteten nur darauf, dass jemand durch die Tür kam.

Möglicherweise wollte der ein oder andere auch nicht mehr allein sein - sich nicht mehr einsam fühlen.

Mit diesem Gedanken bin ich dann schließlich eingeschlafen. Das war die Erklärung für meine aktuellen Gefühle. Ich war hier. Kannte niemanden. Vermisste meine Mum und mein Zuhause. Dann kommt ein gutaussehender Retter um die Ecke, der sich um mich sorgt, weil er ein netter Mensch ist und mein Hirn signalisiert mir, ich sei verliebt. Ich muss sagen, ich war einigermaßen stolz auf meine These und musste ein wenig darüber lächeln.

Als ich heute Morgen aufstehen sollte, wurde mir bei dem Gedanken heute Liam beim Training zu begegnen schlecht. Also blieb ich liegen, obwohl ich wusste, dass Hailey bald kommen würde. Nicht sehr rational, das musste ich zugeben und meine Theorie über Liam begann zu hinken.

Hailey riss mir mit einem Ruck die Decke weg. »Komm jetzt, steh schon auf. Liam mag es nicht, wenn man zu spät kommt!« Ich öffnete ein Auge und sah sie hämisch grinsen. »Oder hattest du gestern etwa schon deinen Unterricht?« Sie zwinkerte mir zu und es war nicht notwendig zu erwähnen, dass sie uns vermutlich reden gehört hatte. Die Wände waren verflucht dünn hier.

»Er hat sich nur für sein gestriges Verhalten entschuldigt«, murmelte ich in mein Kissen.

»Ella, das hier ist der Beginn einer guten Freundschaft«, äffte sie Liam nach. Sie hatte tatsächlich jedes Wort gehört und sie schien sich sehr zu amüsieren. Ich packte mein Kissen und schleuderte es grobmotorisch in ihre Richtung. Sie duckte sich mühelos und hielt sich vor Lachen den Bauch. »Da musst du früher aufstehen, Kapitän. Und nun raus aus der Koje und an Deck. Wir legen in fünf Minuten ab.« Noch eine Anspielung auf meine Seekrankheit, die auf der Überfahrt mit Liam den Höhepunkt erreicht hatte. Bevor ich meine Decke zusammenraffen konnte, um sie nach ihr zu werfen, verließ sie das Zimmer.

Ich schwang die Füße aus dem Bett, zog meine Kleider und meine neuen Sportschuhe an. Dann rannte ich den Flur hinaus, um mir kurz die Zähne zu putzen. Ich schien wirklich spät dran zu sein, denn der Waschraum war leer, was mich nicht im Geringsten störte. Als ich wieder zurückkam, stand Hailey schon vor meiner Tür.

»Sieht schon besser aus.« Ich hatte meine Haare zum Pferdeschwanz gebunden. Nicht sehr schick, aber praktisch beim Sport. Sie hakte sich bei mir unter und zog mich mit.

»Hast du gestern alles gehört?«, versuchte ich im Laufschritt rauszufinden.

»Nein, ich kam erst zum Schlussakkord. War noch unterwegs.«

»Aha und wo waren wir? Vielleicht auf einem kuschligen Sofa mit einem Kaminfeuer davor?« Ich konnte das Spiel auch gut. Hailey sah mich mit einem Schmollmund an.

»So herum gefällt mir das nicht. Aber gut. Ich will mich zwar nicht einmischen, aber eines muss ich dir noch sagen…« Wir standen bereits vor dem Eingang der großen Halle um zu frühstücken, als sie mich am Arm festhielt und zum Stehen zwang. »Liam hat sonst keine weiblichen Freunde hier. Ich kenne ihn schon ziemlich lange, würde mich aber nicht als eine gute Freundin bezeichnen. Also egal was er gestern gesagt hat - gemeint hat er etwas anderes.«

Sie zog mich weiter in das Gebäude und wir setzten uns an einen der Tische, der noch frei war. Darauf standen Brötchen und diverse Aufstriche. An den meisten Tischen saßen andere Sparks und frühstückten. Wieder hatte ich das Gefühl in einer Schulkantine zu sitzen. Zumindest wurde ich heute nicht mehr so beäugt. Vermutlich hatte sich meine Aktion von gestern noch nicht rumgesprochen, oder es war wirklich nicht außergewöhnlich, dass so etwas passierte. Alle wirkten sehr vertraut miteinander, lachten und schwatzten. Ich nahm mir ein Brötchen und beschmiertes es mit Marmelade.

»Das ist mir völlig egal!«, sagte ich mehr zu meinem Brötchen als zu Hailey. In dem Moment ging die Tür auf und Liam kam herein. Dicht gefolgt von Charlotte, die auf ihn einredete. Liam trug eine schwarze Trainingshose und einen roten Kapuzenpullover. Seine Haare hatte er ein wenig mit Gel gestylt. Er sah unglaublich gut aus.

Liam ging voraus und Charlotte hatte Mühe mit ihm Schritt zu halten. Ich versuchte angestrengt zu verstehen was sie sagte, konnte aber nichts hören, da die Geräusche drum herum zu laut waren. Dann bogen sie um die Ecke zu den Umkleidekabinen und waren weg. Ich widmete mich wieder meinem Brötchen und bemerkte, dass Hailey mich ansah.

»Völlig egal. Rede dir das ruhig ein, Mäuschen.« Sie biss genüsslich in ihr Croissant und grinste mich frech an. Ich grinste frech zurück. Jeder anderen Person hätte ich dieses Verhalten übelgenommen. Aber Hailey konnte man einfach nicht böse sein.

Nach dem Frühstück brachte mich Hailey zur Umkleide und gab mir meine Trainingssachen. Es war mir am ersten Abend schon aufgefallen, dass jeder hier die gleichen Sachen für den Sport trug. Außer Eric, der die Notwendigkeit eines T-Shirts nicht kannte. Die Sachen bestanden aus der gleichen schwarzen Trainingshose, die Liam getragen hatte, und einem schwarzen Shirt sowie einem roten Kapuzenpullover. Ich zog mich um und stiefelte zum Trainingsbereich. Tagsüber war dieser durch eine Trennwand von dem Aufenthaltsraum abgeschirmt, worüber ich sehr froh war. Es musste mir nicht jeder zusehen, wie ich aus dem Ring geschleudert wurde.

Liam war schon da und wurde noch immer von Charlotte belagert. Ich kam vorsichtig näher und er blickte zu mir. Auch Charlotte drehte sich um und funkelte mich böse an.

»Das sehe ich aber ganz anders!«, zischte sie ihn an und betonte das *ich*. Dann kehrte sie ihm den Rücken zu und ging ohne ein weiteres Wort zum Ausgang. Liam sah ihr unglücklich nach. So wie er ihr hinterher sah, brach es mir fast das Herz. Er wirkte verletzt und unsicher. Ich sah ihr nach, konnte aber nur noch die Tür ins Schloss fallen sehen. Als ich Liam wieder ansah, registrierte ich, dass er mich beobachtete.

»Hi.«

»Hallo.« Wir sahen uns an und ich versuchte mir immer wieder zu sagen, dass es Liebe auf den ersten Blick nicht gab. Es war vielleicht eine kleine Schwärmerei.

»Weißt du, ich glaube nicht an Liebe auf den ersten Blick.« Hatte ich das gesagt? Ja, das musste ich gewesen sein, denn außer ihm und mir war noch niemand da. Welche Gehirnzellen in meinem Kopf hatten einen Defekt, dass ich Dinge aussprach, die ich eigentlich nur denken wollte?

Liam schaute mich verblüfft an. Ich hatte ihn damit überrascht. Dann begann er zu grinsen. »Gut. Ich auch nicht.« Er kam zu mir und nahm meine Hände in seine. »Aber ich habe dich schon öfter gesehen.«

So standen wir da, bis die Tür wieder aufging und die anderen dazu kamen. Liam ließ meine Hände los und begrüßte die anderen. Es waren fünf Jungen. Das einzig Gute an der Sache war, dass es nicht ganz so erbärmlich werden würde von einem Jungen aus dem Ring geworfen zu werden, als von einem Mädchen.

»Willkommen alle zusammen«, begann Liam. »Ihr alle seid innerhalb der letzten beiden Wochen zu uns gestoßen und habt euch entschieden hier zu bleiben. Das bedeutet aber, dass ihr euch jederzeit selbst verteidigen müsst. Wir leben hier zwar zusammen, aber keiner wird euch helfen können, wenn sie euch schnappen. Das könnt ihr dann nur selbst. Die nächsten Wochen werde ich eure Ausdauer und eure Kraft verbessern. Wenn das Einstiegstraining beendet ist, nehmt ihr am normalen Training für alle anderen teil und könnt in den Ring steigen. Solange ich es euch nicht ausdrücklich erlaube, ist der Ring für euch tabu!«

Er blickte streng in die Runde und ich erkannte etwas von Eric in ihm. So wie Eric gestern Anweisungen gegeben hatte, tat Liam es heute. Autoritär.

»Heute werden wir zuerst eine Runde laufen gehen. Eine kleine Runde, um die zehn Kilometer, damit ihr euer neues Zuhause kennenlernt.«

Wumm. Das saß. Ein Grummeln ging durch uns hindurch. Ich vermute, dass niemand außer Liam zehn Kilometer für einen kleinen Lauf halten würde. Ich war zwar schon einige Male joggen gewesen, aber das waren eher gemütliche Runden am Hafen entlang in einem lockeren Tempo mit regelmäßigen Pausen beim Kiosk, um ein Eis zu kaufen. Wenn ich die anderen in meiner Gruppe ansah, konnte ich mir schlecht vorstellen, dass sie fitter waren als ich. Einer von ihnen machte eher den Anschein, dass er in seinem vorherigen Leben Sport nur von seiner Spielekonsole kannte. Wir traten hinaus in die kühle Luft. Der Schnee, der über Nacht gefallen war, lag still vor uns.

»Ich laufe voraus. Wenn jemand Probleme hat, gibt er mir Bescheid. Niemand bleibt einfach stehen!« Mit diesen Worten joggte Liam los. Zu Beginn kam ich gut mit und war nah an Liam dran. Die anderen ließen sich immer weiter zurückfallen. Wir liefen am Strand vorbei und durch den Wald auf die andere Seite der Insel. An einer Bucht war ein alter Leuchtturm, der schon lange nicht mehr in Betrieb war. Cold Riff nannte man ihn, da das Wasser an dieser Stelle durch die Strömungen immer ein Grad kühler war als am Strand.

Immer wieder mussten wir auf der Stelle joggen, damit die anderen den Anschluss nicht verloren. Stehen bleiben war nicht erlaubt. Nach etwa fünf Kilometern zerrte die Anstrengung auch an meinen Muskeln. Ich würde heute Abend Muskelkater der allerfeinsten

Art haben. Aufgeben kam aber nicht in Frage. Ich hatte mich hier schon mehr als einmal blamiert.

Also quälte ich mich von Kilometer zu Kilometer. Meine Waden brannten bei jedem Schritt und mein Atem ging wie der eines Marathonläufers beim Endspurt. Als endlich die Halle wieder in Sicht kam, dankte ich Gott, dass wir zurück waren. Drinnen angekommen, waren wir auf dem Weg zu den Umkleidekabinen.

»Wo wollt ihr denn hin?« Liam schaute uns mit hochgezogenen Augenbrauen an. »Für den Lauf haben wir mit dem Langsamsten von euch achtzig Minuten gebraucht. Das war gar nicht so übel für das erste Mal«, sagte er anerkennend. »Nun widmen wir uns dem Krafttraining. Ihr könnt zwar vor eurem Feind davonlaufen, aber wenn er schneller ist als ihr, müsst ihr euch wehren können. Für jede Minute, die wir benötigt haben, will ich einen Liegestütz sehen. Ich zähle!«

Mir klappte der Mund runter. Liam legte sich auf den Boden und brachte sich in Stellung. Wir anderen krabbelten auch auf alle Viere. »Eins«, Liam spannte seine Muskeln an und zeigte einen astreinen Liegestütz, wie der Kerl in meinem Fitnessvideo, das Zuhause im Regal verstaubte. Wir machten es ihm nach. Mit *wir* meine ich, die anderen machten eine und ich kam nicht mehr hoch. Denn in dem Moment, in dem ich meine Arme abknickte, plumpste ich auf meinen Bauch. Ich wusste, dass ich keine Kraft in meinen Armen hatte, und den Beweis lieferte ich astrein ab.

»Ella, wieder hoch!« Liam sah mich an. Ich drückte mich vom Boden ab und begab mich wieder in Position.

»Zwei.« Das gleiche Spiel von vorne. Ich knickte meine Arme ab und schaffte es nicht mich wieder hoch zu ziehen. »Ella, wieder hoch!« War das sein Ernst? Sollte ich wirklich die nächsten 78 Liegestütze so weiter machen? Ich schaute ihn grimmig an und stütze mich wieder ab. Er gab nicht nach. Bis wir mit meinen Verzögerungen alle 78 Liegestütze erledigt hatten, war das Training um.

Ich war wütend und sauer. Wie konnte er mich nur so vor den anderen vorführen? Die hatten die Liegestütze alle hinbekommen. Ohne noch ein Wort mit Liam zu wechseln, ging ich nach dem Training in die Kabine und zog mich um.

Es war dreizehn Uhr und ich war in wenigen Minuten mit Hailey zum Essen verabredet. Ich sprang kurz unter die Dusche und lies heißes Wasser über meine Muskeln laufen. Tränen rannen mir über das Gesicht. Ich war nicht sicher, ob ich das hier packen würde.

Als ich in den Speisesaal kam, saß Hailey mit Eric, Lucas und Liam am Tisch. Ich hatte keine große Lust Erics blöde Sprüche zu hören und auf meinen guten Freund Liam war ich sauer. Ich freute mich aber Lucas zu sehen. Also schnappte ich mir einen Teller mit Lasagne und setzte mich dazu.

»Hey Ella. Na, wie war das Training?« Hailey rückte ein Stück zur Seite, sodass ich neben ihr sitzen konnte. Gegenüber von Eric. »Geht so«, versuchte ich das

Gespräch abzuklemmen. Hailey spürte meinen genervten Unterton und ließ das Thema fallen. Eric beugte sich weit über den Tisch zu mir.

»Also, Süße. Wie sieht´s aus? Du und ich heute Mittag? Ich kann dir die Insel zeigen. Wir haben einen tollen alten Leuchtturm.«

»Das ist nicht nötig. Sie kennt den Leuchtturm schon. Wir sind vorhin vorbei gejoggt«, warf Liam hart ein ohne auch nur von seinem Teller aufzusehen. Erstaunt sah ich ihn an. Er klang sehr feindselig und ein wenig eifersüchtig. Egal wie sauer ich auf ihn war. Ich wollte ihn nicht mit Eric eifersüchtig machen.

»Ja, ich kenne ihn schon«, gab ich Eric nur zurück.

»Aber du warst bestimmt noch nicht drinnen. Man hat eine tolle Aussicht auf Seattle!«, versuchte es Eric erneut. Liam lies die Gabel fallen und wollte gerade wieder etwas sagen, als Hailey ihm zuvorkam. »Ella und ich haben heute Mittag schon was vor. Frauensachen. Und nein, du kannst nicht mitkommen, Eric!« Eric lehnte sich zurück. »Schade, ein Frauentag würde mir auch mal wieder ganz guttun.« Liam sah mich eindringlich an und ich schaute weg.

Nach dem Essen ging ich mit Hailey nach draußen und wir machten einen kleinen Spaziergang. Danach setzten wir uns in unserem Haus vor den Kamin.

»Ich bin mir sicher, dass er es nur gut meinte. Du musst verstehen, dass er die Verantwortung für die Neulinge hat. Nur wenige schaffen es dauerhaft unentdeckt zu bleiben und jeder muss früher oder später davonlaufen oder sich verteidigen. Immer wenn einer geschnappt wird, ist der Grund dafür, dass er zu langsam oder zu schwach war. Dinge, die man von Liam lernt!«, versuchte sie ihn in Schutz zu nehmen. Ich starrte in das flackernde Feuer und trank meine heiße Schokolade, die Hailey uns in der kleinen Küche nebenan gemacht hatte. Möglicherweise hatte sie recht, meine schmerzenden Glieder sprachen aber eine ganz andere Sprache.

»Was ist Liams Fähigkeit?« Die Frage beschäftigte mich schon länger und ich wollte ausschließen, dass er mich verhext hatte. Konnte schließlich möglich sein.

»Das weiß ich nicht. Manche von uns gehen sehr offen damit um - wie Eric zum Beispiel. Andere behalten es für sich. Nur Wade weiß es von jedem Einzelnen. Aber du kannst ihn fragen, wenn du es wissen willst«

»Ja, vielleicht mach ich das«, murmelte ich, mehr zu mir als zu ihr. »Lenk mich ab. Erzähl mir was von dir!«, forderte ich sie auf.

Sie überlegte lange und sagte dann: »Ich kann die Zeit zurückdrehen.« Verblüfft starrte ich sie an und ließ fast meine Tasse fallen. Ich dachte sie würde mir etwas über ihre Familie oder ihre Lieblingsspeise erzählen. Aber damit hatte ich nicht gerechnet.

»Du kannst die Zeit zurückdrehen?«, wiederholte ich unnötigerweise.

»Richtig.«

Da blieb mir die Spucke weg. Ich hatte mir viele großartige Fähigkeiten ausgemalt, aber ich dachte immer, dass sich diese auf die Menschen beschränken und nicht auf Gott gegebene Dinge wie die Zeit.

»Ich kam vor etwa drei Jahren hier her. Beim Labor war ich gar nicht. Dachte mir schon, dass das nicht gut ausgehen würde.« Hailey machte eine wegwerfende Handbewegung. »Ich versteckte mich in den Gassen von Seattle und an meinem 18. Geburtstag erschien das Branding.« Hailey schob ihr Shirt nach oben und an der Seite konnte ich das Bild einer geöffneten Taschenuhr erkennen. Irgendetwas stimmte mit dem Bild nicht - aber ich kam nicht darauf.

»Es fehlen die Zeiger!«, klärte sie mich auf. »Am Tag darauf wurde ich von Wade entdeckt, der damals noch ein Späher der Sparks war. Auf der Überfahrt wurden wir von einer Seestreife entdeckt, die auf uns schoss. Er wurde verletzt.« Wade hatte Hailey also gefunden. »Er lag auf dem Boden des Bootes und ich ruderte weiter. Er war am verbluten und ich wünschte mir so sehr, dass das nicht passiert wäre.« Hailey starrte in das Feuer und die Bilder von damals schienen sich für sie darin zu spiegeln. »Als ich blinzelte, war es so. Von der Küstenwache war noch nichts zu sehen und Wade erzählte mir die gleiche Geschichte der Sparks wie einige Minuten zuvor. Ich wollte ihn warnen, aber aus meinem Mund kamen nicht die Worte, die ich sagen wollte, sondern exakt die Worte, die ich auch vor fünf Minuten gesagt hatte. Ich konnte nicht eingreifen!«

Ich konnte mir nur zu gut vorstellen, wie schlimm das für sie gewesen sein musste. Zu wissen was kommt, ohne etwas tun zu können.

»Und dann wurde Wade wieder angeschossen?«, flüsterte ich.

»Nein.« Hailey sah mich an.

»Aber ich dachte du konntest ihn nicht warnen?«

»Das konnte ich auch nicht. Ich kann nicht eingreifen, aber die anderen schon. Wade hat irgendwie erkannt, dass etwas nicht stimmte. Er kann mir bis heute nicht sagen was es war. Kennst du das Gefühl eines Déjàvus?«

Ich nickte und erinnerte mich an den Tag an dem mein Dad starb. Ich hatte das Gefühl die Szene an seinem Bett schon einmal erlebt zu haben und jemand hatte auf die Rückspultaste gedrückt.

»So beschreibt es Wade zumindest. Als er dann die Motoren hörte, zog er mich sofort ins Wasser und tauchte mit mir unter. Die Polizei zog vorbei und wir konnten unbehelligt auf die Insel. Wir haben die eine Szene berichtigt und dadurch die Zukunft verändert. Seither bin ich mit Wade zusammen. Er versteht mich wie kein anderer.« Hailey lächelte. Ihre Geschichte berührte mich sehr. Mir wurde klar, dass jeder hier sein Päckchen zu tragen hatte.

»Erzählst du jedem von deiner Fähigkeit?«, wollte ich wissen.

»Nein. Das wissen nur du, Wade und Liam. Er war damals meine Betreuung für die ersten Tage. Behalte es bitte für dich. Ich bin seither nur noch selten in die Vergangenheit gesprungen und kann nicht mehr als fünf Minuten wieder erleben. Ich will Anderen keine Hoffnung machen Dinge zu ändern, wenn es nicht geht.«

Ich versprach ihr es keinem zu verraten und fühlte mich geehrt, dass sie es mir erzählte.

Sieben

Es war halb zehn abends als ich endlich auf mein Zimmer ging. Der Muskelkater fing jetzt schon an. Das war gar nicht gut. Am kommenden Morgen war das nächste Training und danach hatte ich mittags nicht frei, sondern musste mit Eric und den anderen nach Seattle.

Ich stand am Fenster und schaute in den Wald. Es war Vollmond und daher trotz Dunkelheit leicht erhellt. Ich dachte an Liam, an seine Reaktion am Tisch und auch an Hailey und ihre Fähigkeit. Könnte ich die Zeit zurückdrehen, würde ich den Adventsmarkt nicht besuchen. Dann wäre ich noch Zuhause bei meiner Mutter in meiner Galerie mit meinem Klavier. Ich vermisste das Spielen. An Abenden wie diesen entspannte es mich.

»Ella?« Im Fenster spiegelte sich Liams Gesicht. Er stand in meinem Zimmer. »Es tut mir leid. Ich habe geklopft, aber du hast nicht geantwortet.«

»Was willst du, Liam?«, fragte ich ihn feindselig. Ich drehte mich zu ihm um und spürte meinen Muskelkater, was mich noch wütender machte. Meine Arme konnte ich kaum noch heben. Könnte ich sie nicht sehen, würde ich denken sie wären abgefallen. Mit erhobenem Kopf verschränkte ich die Arme und lehnte mich gegen das Fenster.

»Warum bist du sauer auf mich?«, fragte er mich als er sich auf die Kante meines Schreibtisches setzte und auch die Arme verschränkte. Was glaubte er eigentlich wer er war. Kam in mein Zimmer und verhielt sich wie ein Blödmann. Er schien seinen Fehler nicht einzusehen. Da fiel mir ein, wie dünn die Wände hier waren.

»Hailey hat das Zimmer nebenan und konnte gestern jedes Wort verstehen. Deshalb lassen wir das Thema besser.« Ich drehte mich wieder zum Fenster. Liam überlegte und sah an die Wand.

»Bei mir drüben haben wir dickere Wände.« Ich drehte mich wieder zu ihm um. Wollte er mich mit zu sich nehmen? »Und ich habe eine Badewanne für muskelkatergeplagte Beine und Arme, die ich dir großzügigerweise zur Verfügung stellen würde.«

Eine Badewanne! Der Gedanke daran mich in das warme Wasser gleiten zu lassen war sehr verlockend. Liam stand da. Er trug eine helle Jeans und ein Shirt. Ich fragte mich, ob ihm bewusst war, wie gut er aussah.

»Besser nicht!«, murmelte ich immer noch feindselig.

»Komm mit mir mit, Ella. Was auch immer ich getan habe - es tut mir leid.« Er kam zu mir herüber und trat ganz nah an mich heran. Er roch unglaublich gut. Vermutlich hatte er gerade geduscht, denn der Geruch von Duschgel und Aftershave wehte zu mir herüber. Herz und Kopf sind sich nicht immer einig was der

Mund sagen muss und so entschied ich mich auf beide zu hören. »Okay. Aber nur wegen der Badewanne. Deshalb haben wir immer noch Streit!« Liam grinste zufrieden. Während ich meine Badesachen zusammensuchte und eine frische Jogginghose in eine Tasche warf, sah sich Liam das Foto auf meinem Nachttisch wieder an.

»Wo wurde das aufgenommen?«, er zeigte auf das Foto.

»In Texas County. Da haben wir früher gelebt«, beantwortete ich beiläufig seine Frage.

»Als ich klein war, haben wir einen Ausflug nach Texas County gemacht. Ich erkenne die weiten Wiesen hinter dir. Mein Vater kommt ursprünglich aus der Gegend.«

Ich drehte mich zu ihm um. Er schaute das Bild an und war in seiner eigenen Welt. Vermutlich dachte er an den Tag mit seiner Familie. Es war das erste Mal, dass er mir etwas Privates von sich erzählte. Ich hatte alles gepackt und stand ein bisschen verloren im Zimmer. Liam riss sich vom Foto los, nahm mir den Rucksack ab und nahm mich an die Hand. »Also los geht's!«

Wir gingen durch den Gang die Treppe hinunter, raus in die Kälte. Obwohl ich wusste, dass es nicht verboten war, mein Zimmer mit ihm zu verlassen und in seines zu gehen, kam ich mir trotzdem vor, wie ein Teenager, der aus seinem Zimmer schleicht. Darauf bedacht, die Eltern nicht zu wecken.

Das Zimmer von Liam war in dem Haus, in dem auch Wade lebte. Wir betraten es und einige Jungs saßen auf dem Sofa vor dem Kamin und tranken Bier. Als wir reinkamen verstummten ihre Gespräche. Ich schluckte schwer und wurde ganz bestimmt tomatenrot. Nur mit Mühe konnte ich mich bremsen, um nicht allen zu erklären, dass ich nur bei Liam die Badewanne benutzen würde. Ehrlich, das klang sogar in meinen Ohren absolut lächerlich.

Liam zog mich die Treppe hinauf über den Flur. Sein Zimmer war genau so groß wie das von Wade und exakt gleich aufgebaut. Im Kamin brannte ein Feuer, was dem Raum eine angenehme Wärme verlieh. Davor stand ein rotes L-förmiges Sofa und am Fenster sein Bett. Die komplette Wand wurde von einem Kleiderschrank dominiert. An der anderen Wand neben dem Bett stand ein Schreibtisch.

»Also für einen Mann hast du einen ziemlich großen Kleiderschrank«, sagte ich, während ich mich weiter umsah. Rechts hinter dem Kamin ging eine Tür ab. In dieser verschwand Liam und in der nächsten Sekunde hörte ich, wie Wasser in eine Wanne einzulaufen begann. Das Badezimmer.

Ich setzte mich auf das Sofa und wärmte mich am Feuer etwas auf. Mein Zimmer war nicht beheizt und selbst wenn es das gewesen wäre, fühlte sich die Wärme von Feuer immer angenehmer an als die einer Heizung. Liam setzte sich neben mich.

»Also, warum haben wir Streit?« Er lehnte sich mit dem Rücken an die Seitenlehne des Sofas und hatte den Arm über die Rückenlehne gelegt.

»Du hast mich heute vorgeführt. Du wusstest, dass ich nicht annähernd die Kraft habe, diese ganzen Liegestützen zu machen und alle mussten auf mich warten!« Sauer zog ich meine Knie an den Oberkörper. Er dachte einen Moment darüber nach.

»Wäre es dir lieber gewesen, wenn ich dich gebeten hätte dich an den Rand zu setzen und zu warten bis die anderen fertig sind?«, fragte er mich.

»Nein, ich will keine Sonderbehandlung.«, gab ich zu.

»Okay, was hätte ich dann tun sollen?«, wollte er wissen.

»Weniger Liegestütze verlangen!«

»Du hast nicht mal eine geschafft!«, sagte er mit einem Grinsen. Ich schaute ihn grimmig an und er hob abwehrend die Hände.

»Schon gut. Aber weißt du, Ella, du bist muskulär sehr schwach. Du musst mehr als alle anderen Muskelmasse aufbauen. Eigentlich hätte ich dich nochmal so viele machen lassen müssen.« Mein Kopf sagte mir, dass er recht hatte, aber das wollte ich noch nicht zugeben. Außerdem war ich nicht so schwach wie er tat. Also blieb ich stur.

»Doppelt so viele? Mir tun jetzt schon die Arme weh als wäre ein Bus darüber gerollt!« Er lachte und nahm meine Hand. Drehte und wendete sie hin und her und begutachtete meine Arme.

»Naja, ich sehe keine Verletzungen. Und nur, weil sie klein sind, heißt das nicht, dass sie weniger tragen können. Außerdem bist du nicht sonderlich groß.« Ich wollte meine Hand wieder wegziehen, aber er hielt sie fest und verschränkte seine Finger mit meinen. »Es tut mir leid, dass du dich bloßgestellt gefühlt hast. Aber es gibt keine Vorzugsbehandlung, weil wir Freunde sind.«

Skeptisch schaute ich ihn an. »Das bedeutet also, dass du all deine Freunde abends abholst, damit sie deine Badewanne benutzen dürfen? Denn falls das der Fall ist, würde ich sie gerne vorher noch ausspülen!«, angewidert verzog ich den Mund. Er lachte und dieses Lachen war so ansteckend, dass ich mitlachen musste.

»Ich glaub das Wasser ist eingelaufen.« Er stand auf und führte mich ins Badezimmer. Das Badezimmer war weiß gefliest und hatte neben der Badewanne auch eine Dusche. Wenn ich an meine Gemeinschaftsdusche dachte, wurde ich neidisch. Liam stand im Badezimmer und sah mich an, als ihm plötzlich klar wurde, dass er jetzt raus musste.

»Also, ich bade nicht mit. Ich warte draußen. Lass dir Zeit.« Etwas verlegen drehte er sich um und ging zur Tür. »Ach und nein. Nicht jeder meiner Freunde darf die Badewanne benutzen.« Damit verließ er den Raum und schloss die Tür hinter sich.

Ich legte meine frischen Kleider auf die Ablage und stopfte die dreckigen in den Rucksack. Dann lies ich mich in das vermeintlich warme Wasser gleiten. Jedoch war es nicht warm. Eher lau. Ich ließ also noch heißes Wasser nachlaufen bis die perfekte Temperatur erreicht war. Dann lag ich in meinem wirklich warmen Badewasser und konnte mich das erste Mal seit drei Tagen entspannen. Ich wäre fast eingeschlafen, hätte Liam nicht nach einer Stunde an die Tür geklopft.

»Ella, alles OK?«

»Jaja, alles OK. Nicht reinkommen!« Ich wusch mir kurz die Haare und stieg aus der Wanne. Ich hatte keinen Haartrockner eingepackt und trocknete die Haare etwas mit dem Handtuch ab. Anschließend zog ich den Stöpsel aus der Wanne und zog mich an. Meine Jogginghose und mein neuer Kapuzenpullover vervollständigten das behagliche Gefühl, das die Badewanne hinterlassen hatte. Liam saß noch immer auf dem Sofa und las in einem Buch. Als ich aus der Tür trat, sah er auf.

»Ich dachte schon du wärst eingeschlafen.« Er grinste und kam mir entgegen.

»Fast, nachdem ich das eisige Wasser warm gemacht hatte.« Er nahm mich bei der Hand und zog mich zum Sofa.

»Es war warm! Ich hatte schon gedacht es wäre dir zu warm gewesen und du hättest kaltes Wasser nachlaufen lassen.« Er strich mir eine feuchte Strähne hinter das Ohr. Jede Berührung von ihm kribbelte in meinem Magen.

»Nein, es war eiskalt.«, erwiderte ich.

»OK, merke ich mir, du Frostbeule!« Ich lächelte ihn an und stand auf.

»Es ist Zeit für mich zu gehen, morgen habe ich wieder ein hartes Sportprogramm vor mir und mein Trainer ist unerbittlich. Ein richtiger Quäler!« Ich zwinkerte ihm zu. Wann genau hatte ich aufgehört sauer auf ihn zu sein? Ich konnte mich nicht mehr erinnern. Liam stand auf und hielt mich an beiden Händen. »Oder du bleibst hier?« Er ließ die Worte in der

Luft hängen und verschränkte seine Finger mit meinen, als wollte er seinen Vorschlag damit untermalen.

»Ich soll über Nacht bleiben?«, ich schaute zum Fenster und dem Bett, das davorstand. »Hier bei dir?«, fragte ich unsicher.

»Du musst die Vorteile sehen. Du könntest morgen hier duschen anstatt in der Gemeinschaftsdusche und mein Zimmer ist viel wärmer als deines. Frostbeulen schätzen warme Zimmer sehr.« Er grinste und schaute verlegen auf unsere Hände. Sein Aftershave stieg mir wieder in die Nase. Er macht mich ganz verrückt.

»Na gut. Aber ich schlafe auf dem Sofa. Wir sind schließlich nur Freunde«, äffte ich ihn nach. Er lächelte und zog mich zurück auf das Sofa. Liam lehnte sich mit dem Rücken wieder an die Seitenlehne und zog mich neben sich, sodass mein Kopf auf seiner Brust lag. Mein Herz pochte wie verrückt. Was war hier eigentlich los? Ich kannte ihn kaum und von allen Augenblicken, die es im Leben gibt, war dieser hier nicht der beste um sich zu verlieben.

»Deine Haare riechen gut.« Er war mit seinem Mund direkt neben meinem Ohr und sein Atem kitzelte mich am Hals. Er sog tief die Luft ein. »Wild Berry«, brachte ich nur heraus. Das Feuer flackerte im Kamin und so lagen wir da. Er hatte die Arme um mich gelegt und meine Hände umfasst.

»Liam? Was ist das hier?«, ich flüsterte die Frage. Liam atmete tief ein.

»Freundschaft.«

»Soll ich mich zu allen meinen Freunden so verhalten wie dir gegenüber?«, ich deutete auf unsere verschränkten Hände.

Er überlegte lange und sagte dann: »Bei Hailey ist mir das egal. Fände ich sogar noch heiß!« Ich rammte ihm sanft den Ellbogen in die Seite und er gluckste leise. »Aber zu den anderen musst du nicht so nett sein.« Er strich mir sanft über das Haar. »Ah und nur fürs Protokoll. Eric ist überhaupt kein Freund.« Ich musste lachen. Obwohl ich keine Antwort von ihm bekommen hatte, nahm ich das, was er mir gab. Er küsste mich auf den Scheitel. »Lass uns ein bisschen schlafen. Du weißt, dass du einen gnadenlosen Trainer hast. Und ich für meinen Teil habe morgen unter den Anfängern wieder eine Frostbeule, die mir den letzten Nerv raubt.« Ich lächelte und wollte mich aufrichten, damit er in sein Bett gehen konnte, doch er hielt mich zurück.

»Wohin willst du?«, wollte er wissen.

»Na schlafen. Du in dein Bett. Du weißt doch. Freunde schlafen nicht in einem Bett!«, erinnerte ich ihn an unser Gespräch. »Und ich schlafe nicht in einem Bett mit jemandem, der mein Freund sein will.«, stellte ich klar.

Ich wusste nicht was er sich erhoffte, aber wenn er dachte, ich war eine von der Sorte Mädchen mit der eine schnelle Nummer möglich war, wollte ich das ganz schnell klarstellen. Er zog mich zurück, legte eine Decke über uns und murmelte in mein Ohr

»Stimmt. Aber wir sind nicht im Bett, sondern auf dem Sofa.« Ich drehte mich zu ihm herum und sah ihm in die Augen.

»Du hast sehr komische Freundschaftsregeln.«

Er sah mich an und ich wünschte mir er würde mich küssen. Alles in mir schrie danach. »Schlaf jetzt, kleine Frostbeule.« Er küsste mich auf die Stirn und ich legte mich wieder auf seine Brust. Das Feuer war bereits aus und nur noch die Glut im Kamin. Ich wünschte dieser Moment würde ewig dauern, schlief aber sofort ein.

Ich wachte auf bevor es draußen hell wurde. Mein Kopf lag noch immer auf Liams Brust und seine Arme hatten mich noch immer umschlungen. Hatten wir in der Position etwa die ganze Nacht geschlafen? Liam schien noch tief und fest zu schlafen und ich löste mich vorsichtig aus seinem Griff, um mich ein wenig aufzurichten.

Langsam setzte ich mich neben ihm auf das Sofa und umklammerte meine angezogenen Beine. Ich fragte mich, ob er auch so tief geschlafen hatte wie ich. Momentan sah es zumindest danach aus. Er atmete regelmäßig und seine Brust hob und senkte sich. Selbst nach einer Nacht, die für ihn vermutlich nicht bequem war, sah er noch toll aus. Ich mochte seine Arme. Sie waren muskulös ohne aufdringlich zu wirken. So, als könnten sie jemanden vor allem beschützen. Ich hätte stundenlang dasitzen und ihn ansehen können, entschied mich aber schon duschen zu gehen. In etwas mehr als einer Stunde würde das Training wieder anfangen und ich hatte vor in meinem Zimmer zu sein, wenn Hailey mich abholen würde.

Ein Fuß nach dem anderen setzte ich auf den Boden und hob mich ganz langsam vom Sofa, um ihn nicht zu wecken. Im Badezimmer putze ich mir die Zähne und stieg unter die Dusche. Er hatte recht gehabt. Eine Dusche für sich allein hatte was. Keine Angst, dass in jeder Sekunde ein Schwarm anderer Mädchen hineinkommen könnte. Ich trocknete meine Haare mit dem Handtuch ab, trug ein wenig Wimperntusche auf, die ich gestern noch kurz in meinen Rucksack geworfen hatte, und schlüpfte wieder in meine Kleider. Als ich das Badezimmer verließ, war es schon halb zehn. Noch eine Stunde bis zum Training.

Ich schlich zum Sofa und setzte mich wieder neben ihn hin. Er schien immer noch zu schlafen und ich überlegte, ob ich einfach gehen oder ihn wecken sollte. Nun hatten wir die ganze Nacht beieinander geschlafen, ohne dass was passiert war. Warum wollte er nicht, dass wir mehr als Freunde waren? Gestern Morgen war ich noch der Überzeugung gewesen, dass ich mir seine Zuneigung nur eingebildet hatte. Aber seit gestern Abend hinkte meine Theorie gewaltig. Nicht nur die Ansicht über seine Zuneigung, sondern auch meine Erklärung für die Gefühle, die ich für ihn hatte. Plötzlich öffnete er seine Augenlider nur ganz wenig und schaute mich verschlafen an.

»Beobachtest du mich?«, murmelte er.

Ich musste kichern. »Nein, ich analysiere nur unsere Freundschaft.« Blitzschnell packte er mich an den Schultern und zog mich wieder in seine Arme, sodass ich ihn anschauen konnte. Er roch an meinen Haaren und atmete tief ein.

»Ich sag dir was. Gute Freunde verlassen nicht das Bett um zu duschen, wenn noch Schlafenszeit ist!«

»Da muss ich dich leider berichtigen. Erstens sind wir nicht im Bett, sondern auf dem Sofa. Und zweitens ist keine Schlafenszeit mehr, sondern ich werde in zwanzig Minuten von Hailey zum Frühstück abgeholt. Und ich will ihr nicht erklären, wo ich heute Nacht war.« Ich tippte ihm mit dem Zeigerfinger auf die Brust. Liam sah mich grüblerisch an.

»Also, um zu deinem ersten Punkt zu kommen muss ich dir recht geben. Wir sind wirklich auf dem Sofa. Das sollten wir heute Abend ändern - mein Rücken tut schon total weh.« Er fasste sich an den Nacken und verzog das Gesicht. »Und zweitens, sind zwanzig Minuten tatsächlich knapp. Aber wenn uns egal ist was Hailey sagt, haben wir noch eine Stunde und somit noch genug Zeit zum Liegen bleiben.« Er grinste zufrieden über seine Argumentation, schloss die Augen und zog mich fester an sich.

Was hatte er gesagt? Er wollte, dass ich heute Abend wieder zu ihm kam. Ich schwieg, weil ich nicht wusste, was ich sagen sollte.

»Was geht in deinem Kopf vor, Frostbeule?«, er sah mich intensiv an.

»Liam, ich weiß nicht, ob das eine gute Idee ist. Diese Freundschaft läuft nicht so, wie ich das kenne und das macht mir Sorgen. Ich kann das verstehen, du kommst erst aus einer festen Beziehung und willst dich auf nichts Festes einlassen. Das ist schon okay.«

Eigentlich wollte ich sagen ‚*Es macht mir Angst, dass ich mehr will, als du und ich verletzt werde. Und das ist überhaupt nicht okay.*‘

Liam legte mir eine Hand auf die Wange und küsste mich auf die Stirn. »Ella, mit Charlotte hat das nichts zu tun. Ich denke es ist besser für uns, wenn wir nicht mehr daraus machen.«

Wieso küsste er mich ständig auf das Haar und auf die Stirn? Es war genauso viel Intimität, dass es mein Herz fast zum Stillstand brachte, aber zu wenig, um ihn darauf festzunageln. Das Spiel konnte ich auch. Ich näherte mich seinem Gesicht und küsste ihn ganz sanft und einige Sekunden länger, als ich vorhatte auf die Stirn und flüsterte. »Dann schlafe ich heute Nacht besser in meinem eigenen Zimmer.« Damit stand ich auf, verließ das Zimmer und ließ einen verdutzten Liam allein zurück.

Ich hatte gerade meine frischen Kleider angezogen, als es auch schon an der Tür klopfte.

»Wunderschönen guten Morgen, meine Liebe.« Hailey stolzierte in das Zimmer, ließ sich auf mein Bett fallen und verschränkte die Arme hinter dem Kopf. Sie wusste alles, das war klar. Oder sie dachte, sie würde alles wissen. So wie sie mich ansah, war das glasklar.

»Und gut geschlafen letzte Nacht? War sehr ruhig hier.« Sie strich mit der flachen Hand über die glatte Bettdecke.

»Es ist nichts passiert. Und woher weißt du das schon wieder? Gibt es hier Kameras?«, ich deutete mit der Hand an die Decke.

»Nein, hier gibt es doch keine Kameras. Aber ich war gestern bei Wade und habe euch gerade noch in Liams Zimmer schlüpfen sehen. Erzähl mir alles!« Sie setzte sich im Schneidersitz auf mein Bett und sah mich an wie ein Kind vor dem Weihnachtsabend, das auf seine Geschenke wartete. Ich brachte ein Lächeln zustande. »Komm, ich erzähle dir alles auf dem Weg.«

Und das tat ich auch. Auf dem Weg zum Frühstückssaal und während des Frühstücks lauschte sie meinen Erzählungen. Mit meiner knappen Zusammenfassung: ‚Ich habe da geschlafen und geduscht, aber er will nur Freundschaft‘, gab sie sich natürlich nicht zufrieden. Also berichtete ich ihr alles bis ins genauste Detail.

»Ella, ich weiß genau wie das ist.« Ich musste an sie und Wade denken. Obwohl sie laut Hailey schon über mehrere Jahre zusammen waren, war es nur inoffiziell. Ich nickte und sie drückte mir die Schulter. »Ich weiß nicht warum er sich so anstellt. Aber wegen Charlotte ist es nicht. Er hat sie verlassen und das ist schon Monate her. Wenn er zu ihr zurückwollen würde, hätte er oft die Gelegenheit gehabt. Vielleicht will er wirklich seine Freiheit genießen«, spekulierte sie. Ich nickte stumm.

Wir unterhielten uns noch einige Minuten, bis es Zeit war für mich zum Training zu gehen.

Als ich die Turnhalle betrat, waren Liam und die anderen schon da. Danny, der langsamste aus der gestrigen Gruppe, versuchte ihn gerade davon zu überzeugen, dass das Wetter viel zu schlecht zum Joggen war. Ich musste ihm recht geben. Draußen schneite es wieder und dazu wehte ein kalter Wind, der die Temperaturen nochmals sinken ließ. Liam schaute kurz zu mir und lächelte. Im nächsten Moment war er wieder der Trainer, den ich fürchtete.

»So, alle sind da, dann kann es losgehen. Wir laufen heute den gleichen Weg wie gestern, aber noch einen halben Kilometer weiter an der Küste entlang, sodass wir mit dem Hin- und Rückweg auf elf Kilometer kommen. Ich möchte nicht, dass wir länger brauchen als gestern!« Er drehte sich um und joggte los.

Elf Kilometer sind verdammt weit. Vor allem, wenn der kalte Wind beim Atmen in der Luftröhre brennt und deine Finger fast blau vor Kälte sind. Liam hatte kein Erbarmen. Er gab das Tempo vor und trieb die Langsamen immer wieder an. Wir liefen wieder am Leuchtturm vorbei und noch weiter an der felsigen Küste. Mein Pullover war komplett durchnässt, als wir endlich die Halle wieder erreichten. Die abgestandene Luft schlug mir entgegen und jetzt erst bemerkte ich, wie sehr ich außer Atem war. Ich konnte die Strecke zwar durchlaufen, war jetzt aber völlig fertig.

»Gut gemacht! Wir waren nicht langsamer als gestern. Wie ihr seht, stehen hier diverse Kraftgeräte. Sucht euch welche aus und trainiert die nächste halbe Stunde selbstständig. Ich werde eure Haltung kontrollieren.«

Ich sah mich um. In der Ecke der Halle war ein kleiner Zirkel mit Kraftgeräten aufgebaut. Ich steuerte auf eines zur Stärkung des Rückens zu. Das schien mir am wenigsten die Beine oder die Arme zu beanspru-

chen, denn die taten mir von gestern noch weh. Die
Jungs gingen zu den Hanteln und den Gewichten. Sie
schienen keine Schmerzen in den Armen zu haben.
Liam sicherte Danny an der Hantelbank, der sich definitiv zu viel Gewicht aufgeladen hatte. Was dachte er
wer er war? Superman? Er hatte kaum die Arme mit
den Gewichten an der Stange gestreckt, da wäre sie
schon auf sein Gesicht gefallen, wenn Liam sie nicht
mit der rechten Hand aufgehalten hätte. Seine Muskeln
spannten sich an und er setzte die Stange mühelos ein-
händig in die Halterung zurück. Er war unglaublich
stark.

»Das wichtigste ist, dass ihr eure Stärken und auch
eure Schwächen kennt. Wenn ihr wisst wo eure Grenzen sind, seid ihr immer in der besseren Position, egal
wie stark der Gegner ist.« Plötzlich sah er zu mir rüber
und ich fühlte mich ertappt. Schnell sah ich weg und
konzentrierte mich auf meine Übung.

»Rücken gerade halten.« Liam legte seine Hand auf
meinen unteren Rücken und drückte ihn sanft gerade.
Bei der Berührung zuckte ich zusammen und er zog
seine Hand wieder weg. Einige Zeit stand er neben mir
und beobachtete mich bei meinen Übungen ohne etwas zu sagen. Vermutlich wurde ihm klar, dass es
nichts gab, was er hätte sagen können.

So ging das Training vorüber und ich konzentrierte
mich darauf, nicht an die Nacht bei Liam zu denken.
Ich konnte es nicht genau wissen, aber es schien, als
würde er das gleiche versuchen. Nach dem Training
war ich kurz davor in sein Zimmer zu gehen, in der

Hoffnung, sein Angebot würde noch stehen und er wollte mich bei sich haben. Einmal glaubte ich Schritte vor meinem Zimmer zu hören und das Geräusch einer Handfläche, die auf den Türrahmen gelegt wurde. Es klopfte aber nie jemand.

Mittags saß ich wieder bei Hailey, Eric, Lucas und Liam am Tisch.

»Mensch Ella, du bist ganz rot im Gesicht!« Lucas deutete auf mich.

»Ich komme gerade vom Training«, neckte ich ihn.

»Hm, scheint als wäre es sehr anstrengend gewesen.« Lucas löffelte seine Nudelsuppe weiter und ließ das Thema fallen.

»Also, Süße, nachher geht's wieder auf Tour. Alles gepackt für die wilde Fahrt?« Eric spielte auf die Reisetabletten an, die er mir besorgte hatte.

»Alles gepackt«, bestätigte ich und nickte heftig mit dem Kopf. Liam sah mich entgeistert an. »Eric hat mir das letzte Mal Reisetabletten besorgt, da mir auf Booten oft schlecht wird«, klärte ich, an alle gerichtet, auf. Aber vor allem Liam, bei dem ich schon ein Kopfkino laufen sah.

»Also, Süße, wie sieht es heute bei dir aus? Heute Abend du, ich und der Leuchtturm?« Eric legte den Arm um meine Schultern.

»Hast du raus gesehen? Bei dem Wetter geh ich nur nach draußen, weil es sein muss.« Ich nahm seine Hand und schlüpfte aus seinem Arm.

»Du hast recht. Was bin ich für ein Idiot. Aber in meinem Zimmer ist es kuschlig warm und ich habe ein großes warmes Bett für…«, versuchte er es weiter, wurde aber unterbrochen. »Eric übertreib es nicht!« Liam unterbrach Eric in seiner Darstellung forsch und umklammerte so fest sein Wasserglas, dass ich dachte, es würde gleich in Scherben auf den Boden fliegen. Eric wusste im ersten Moment nicht was er sagen sollte.

»Ella kann für sich selbst sprechen!«, erwiderte er scharf. ›Ella weiß im Moment aber nicht was sie sagen soll‹, dachte ich. Das war aber nicht nötig, weil Liam noch nicht fertig war.

»Du solltest dich deinen Schützlingen gegenüber nicht so unprofessionell verhalten. Außerdem hat Ella heute schon was vor!« Eric zog skeptisch die Augenbrauen hoch.

»Ella, was hast du heute Abend schon vor, was sich nicht verschieben lässt?«, fragte er in einem zuckersüßen Ton. Die Situation wurde mir immer unangenehmer und ich suchte hilfesuchend Haileys Blick. Die zuckte aber nur mit den Schultern und zwinkerte mir zu. Genoss sie das?

»Ella kommt heute Abend zu mir.«
Wumm. Das saß. Am Tisch war es still. Alle sahen Liam verwundert an, nur Hailey sah mich an und lächelte kurz. Hatte sie darauf spekuliert, dass Liam weiter ging, um Eric auszuschalten? Das wurde mir hier alles zu bunt. Die beiden redeten über mich als wäre ich überhaupt nicht anwesend.

»Also Ella geht jetzt zum Boot und wo sie heute Abend hingeht, entscheidet sie selbst!« Damit stand ich auf und verließ den Tisch.

Acht

Auf dem Boot erklärte Eric uns unsere Aufgabe. Ich ging wieder mit ihm einkaufen und die anderen sollten wieder Ausschau nach dem Jungen vom letzten Mal halten, der immer noch nicht gefunden wurde. Die Reisetabletten wirkten gut und mir wurde nicht mehr schlecht.

Mehr Sorgen machte mir Charlotte. Sie sah mich wieder bösartig an und tuschelte mit Caren. Wusste sie, dass ich eine Nacht bei Liam war? Vielleicht sollte ich mit ihr reden, um die Sache zu klären. Angelegt verstreuten wir uns in die verschiedenen Richtungen. Eric und ich liefen zur U-Bahn und fuhren in ein weiter weg gelegenes Einkaufszentrum.

Es war schon seltsam. In seiner Freizeit war Eric ein Ekel, aber sobald er die Arbeit aufnahm, war er wie ausgewechselt. Keine anzüglichen Witze, keine Anspielungen, nichts. Ich stand mit ihm in der U-Bahn und wollte mich gerade an einem Griff festhalten, als ich bemerkte, dass jemand seinen Kaugummi darauf geklebt hatte. Widerlich. Da fiel mir wieder ein, warum ich es hasste U-Bahn zu fahren.

Diesmal verlief unser Einkauf ohne Zwischenfälle und wir waren pünktlich wieder am Treffpunkt zurück. Die anderen hatten den Jungen nicht gefunden und an Erics Gesicht konnte ich ablesen, dass er keine Hoffnung mehr hatte ihn aufzuspüren. Als wir uns wieder auf den Weg zurück auf die Insel machten, wurde es bereits dunkel. Es war sechs Uhr und der Wind blies immer noch ohne Gnade. Ich vergrub meine Hände tief in meinen Taschen. Meine Oberschenkel fühlten sich langsam taub an. Ich hätte auch unter Deck zu den anderen gehen können, traute meiner neu gewonnenen Reisefestigkeit aber noch nicht genug.

Meine Finger waren schon blau und meine Nase lief unablässig. Ich zitterte am ganzen Körper, als wir endlich anlegten. Eric macht noch das Boot fest und ich mich schon auf den Rückweg. Ich wollte ihm nicht die Gelegenheit geben mich nochmal in sein Bett einzuladen, außerdem war ich kurz davor zu erfrieren und wollte nur noch rein. Ich war heilfroh, dass wir nie helfen mussten die Einkäufe zur Halle zu tragen. Es standen einige Sparks der Küchencrew bereit mit Schubkarren. Als ich die Böschung zum Waldrand hochlief, wartete Liam am Pfad.

»Was machst du hier draußen?«, rief ich, da der Wind so laut war, dass man sein eigenes Wort kaum verstehen konnte.

»Komm mit zu mir!«, bat er mich. Liam stand an einem Baum gelehnt und schien überhaupt nicht zu frieren. Er trug seine schwarze Winterjacke und eine dunkelblaue Jeans. Ich hätte zu gerne ja gesagt, schüttelte aber traurig den Kopf. Liam kam auf mich zu und schlang die Arme um mich. Ich konnte wieder sein Aftershave riechen.

»Komm mit. Du bist total durchgefroren!« Ich schüttelte erneut den Kopf, auch wenn seine Badewanne gerade sehr verlockend war. In diesem Spiel würde es einen Verlierer geben und der war ich. Ich war zu unerfahren, um seine Freundin mit gewissen Vorzügen zu sein und außerdem wollte ich das nicht. Ich wollte mehr.

»Ich kann das so nicht, Liam«, schrie ich fast, weil der Wind laut um uns herum heulte. Er schaute mir tief in die Augen und küsste mich auf die Stirn.

»Ich will den Abend aber nicht ohne dich verbringen. Bitte komm mit«, flüsterte er mir direkt in das Ohr. Obwohl mein Körper unterkühlt war, durchströmte mich ein warmer Schauer. Dann begann ich wieder zu zittern. Unglaublich zu zittern. Er umschloss mich enger mit seinen Armen, um mich zu wärmen. Ich schloss die Augen und sog seine Wärme ein.

»Okay«, flüsterte ich nur und ergab mich. Er griff meine Hand und lotste mich über den dunklen Pfad direkt in sein Zimmer. Als ich noch einen Blick zurückwarf, konnte ich Charlotte und Eric sehen, wie sie uns in den Wald verschwinden sahen.

»Warte. Ich brauche trockene Sachen zum Anziehen!«, hielt ich Liam zurück als er in sein Haus laufen wollte. Er nickte kurz und bog in das Haus der Frauen ab. Wir liefen schnurstracks die Treppe nach oben und ich holte meinen großen Rucksack aus dem Zimmer. Bisher hatte ich noch keine Zeit gehabt auszupacken, also würde ich da ziemlich alles drin haben, was ich benötigte. Mit erfrorenen Fingern zog ich den Reißverschluss zu und eilte mit Liam wieder hinaus.

Vor dem Kamin saß diesmal niemand. Liam zog mich die Treppe hinauf und in sein Zimmer. Kaum war die Tür hinter uns geschlossen, ging er ins Bad und ließ das Wasser in die Badewanne laufen. Im Kamin brannte ein Feuer und ich stellte mich direkt davor. Von meiner Kleidung und meinen Haaren tropfte das Wasser herab und schon bald hatte sich unter mir eine kleine Pfütze gebildet. Ich fror immer noch unglaublich und mein Hals kratzte. Hoffentlich hatte ich mir bei diesem Ausflug keine Erkältung eingefangen.

Ich sah den Flammen zu, wie sie tanzten als ich bemerkte, dass mich Liam von der Badezimmertür aus beobachtete. Als ich zu ihm aufsah, kam er zu mir und half mir aus der Jacke. Sie tropfte den ganzen Boden voll und er hing sie über einen Stuhl ans Feuer.

»Und jetzt?«, fragte ich ihn, weil ich nicht wusste, was ich sonst sagen sollte und auch nicht wusste, was er von mir erwartete. Liam nahm meine Hand und der Temperaturunterschied schien mehrere Grad zu betragen, denn seine Hand schien mir unglaublich heiß zu sein.

»Jetzt kriegen wir dich erstmal wieder warm.« Er führte mich ins Badezimmer und verließ den Raum. Ganz langsam schälte ich mich aus meiner Jeans und meinem Pullover. Beides klebte regelrecht an meiner Haut. Meine Oberschenkel waren ein wenig blau. Ich kontrollierte die Wassertemperatur. Sie war viel wärmer als letztens, Liam hatte sich also wirklich gemerkt, dass ich eine etwas andere Definition als er von Wärme hatte. Ich ließ mich in das Wasser gleiten und merkte, wie sich meine Muskeln langsam entspannten. Erst spürte ich wieder meine Hände und dann meine Oberschenkel. Als ich vermutete langsam wieder meine Normaltemperatur erreicht zu haben, wusch ich mir die Haare und stieg wieder aus der Wanne.

Als ich einen Blick in den Spiegel warf, sah ich auf der Anrichte einen Haartrockner liegen. Hatte er den für mich besorgt, oder war das ein Überbleibsel von Charlotte? Angesichts dessen, dass ich immer noch ein wenig fror, war ich froh nicht mit nassen Haaren rumlaufen zu müssen und ignorierte die Möglichkeit, dass es Charlottes war. Also föhnte ich meine Haare trocken und zog frische Kleider an.

Als ich das Badezimmer verließ, konnte ich meinen Augen kaum trauen. Liam lag auf dem Bett und schaute fern. Direkt gegenüber vom Bett an der Wand hing ein Flat Screen Fernseher. Der war mir das letzte Mal nicht aufgefallen.

»Du hast einen eigenen Fernseher?«, fragte ich ungläubig.

Er grinste mich an: »Hat seine Vorteile Trainer zu sein.« Er kam mir entgegen und nahm mir den Rucksack ab. Mit offenem Mund sah ich immer noch auf den Bildschirm, der gerade irgendeine Tierdokumentation zeigte. Liam nahm mich bei der Hand und führte mich zum Bett. Unschlüssig blieb ich davorstehen.

»Ich glaube das ist keine gute Idee!« Ich zeigte auf das Bett. »Ich korrigiere: Ich weiß, dass das keine gute Idee ist!«

»Ella, was macht es für einen Unterschied, ob wir auf dem Sofa dort drüben sitzen, oder hier im Bett liegen mit der warmen Decke. Ich sehe doch, dass du noch immer frierst. Außerdem hat man hier den besten Blick auf den Fernseher.« Ich blickte vom Fernseher, zum Bett und zur Decke. Schließlich setzte ich mich auf die Bettkante.

»Gar keine gute Idee!«, wiederholte ich. Liam zog die Augenbrauen hoch, packte mich an den Schultern, warf mich ins Bett und legte die dicke Decke über uns. Er hielt es wohl für eine gute Idee.

Wir lagen auf der Seite, sodass wir uns ansehen konnten.

»Erzähl mir was über dich was ich noch nicht weiß«, forderte er mich auf.

»Was glaubst du denn schon zu wissen, Sherlock?«, neckte ich ihn.

Er überlegte kurz. »Also, ich weiß, dass du mit deinen Händen unglaublich gut Klavier spielen kannst und ich frage mich, wie man so schnell hintereinander die Tasten drücken kann, aber nicht einen Liegestütz schafft.« Er nahm meine Hand und verschränkte seine Finger mit meinen. »Außerdem weiß ich, dass du mit deiner Mutter zusammenlebst, weil dein Vater gestorben ist. Ich weiß auch, dass deine Augen eine komische Farbe haben. Immer wenn ich glaube zu wissen wie ich sie nennen soll, entdecke ich wieder eine andere Facette und werde unsicher.« Liam legte eine Hand an meine Wange. »Ich weiß, dass du eine Frostbeule bist und nur sehr langsam auftaust.« Ich schluckte schwer.

»Türkis.«

Er sah mich fragend an.

»Die Farbe ist türkis. Ein bisschen blau, ein bisschen grün, ein bisschen grau. Türkis eben!«, erklärte ich.

»Klavier spiele ich schon länger, als dass ich lesen und schreiben kann. Mein Vater hat es geliebt mich Spielen zu hören. Also spielte ich. Irgendwann drücken die Finger die Tasten nicht mehr, sondern sie tanzen darüber.« Ich lächelte wehmütig.

»Was ist dein Lieblingsfilm?«, fragte er mich und deutete zum Fernseher. »Hm, ich weiß nicht genau. Generell alle klassischen Weihnachtsfilme. *One silent night* ist klasse und schön idyllisch.«

Er machte eine wegwerfende Handbewegung. »Idyllisch? Geht es bei *One silent night* nicht um einen Typ, der ganz alleine unter einer Brücke Weihnachten feiert? Hört sich nicht idyllisch an.«

»Ist er aber. Er erfüllt alle amerikanischen Klischees von Weihnachten. Weihnachtsbaum, harmonische Weihnachtslieder, Schlitten fahren, eingemummelt eine Pizza essen und tolle Filmmusik. Wenn ich den Film schaue, dann bei solch einem Wetter, wenn es draußen ungemütlich ist und man sich unter einer dicken Decke verkriechen kann.« Ich hob zum Beweis die Decke an.

Liam grinste. »Ich verstehe, Miss Stone ist also eine Weihnachtselfe!« Ich nickte zur Bestätigung.

»Ich weiß fast nichts über dich. Erzähl du mir was über dich, das *ich* noch nicht weiß.« Ich betonte das ‚ich‘.

»Oh, was glaubst du denn über mich zu wissen?«, fragte er skeptisch. Ich zog eine Schnute.

»Recherchearbeit und Frauengespräche. Ich weiß zum Beispiel, dass du mich heimlich beobachtet hast.«

»Ja OK, das stimmt«, gestand er.

»Ich weiß, dass mich dein Aftershave ganz hibbelig macht und das ist nicht gut!«, zählte ich weiter auf.

»Registriert. Unbedingt Nachschub von dem Aftershave besorgen!«, grinste er und ich kniff ihn in den Oberarm.

»Außerdem weiß ich, dass du sehr lange mit Charlotte zusammen warst und ich denke auch, dass sie mich deinetwegen nicht mag.« Liam wollte gerade etwas einwerfen, da legte ich sanft meinen Zeigefinger auf seinen Mund. »Moment, ich bin noch nicht fertig. Ich weiß, dass ihr zusammen hierhergekommen seid und euch damit viel verbindet. Und ich weiß, dass es dir nicht gefällt, wie Eric mit mir redet - aber das ist kein Geheimnis, denn das hat jeder am Tisch heute verstanden. Ich weiß auch, dass du vermutlich nicht weißt, was du mit mir tust.« Als ich mit meinem Vortrag fertig war, drehte sich Liam auf den Rücken und starrte an die Decke.

»Alles was du gesagt hast stimmt und es ist erschreckend, wieviel Mädchen innerhalb weniger Stunden quatschen. Weiber…« er verdrehte die Augen. »Also, es ist wahr, dass ich mit Charlotte hier angekommen bin. Wir waren beide im gleichen Labor und beide bekamen wir um Mitternacht das Branding. Als sie uns dann in ein anderes Gebäude stecken wollten, rissen wir uns frei und konnten fliehen. Tagelang hatten wir uns im Wald versteckt, bis wir von der Insel erfahren haben.« Liam machte eine ausschweifende Handbewegung. »Auf dem Weg hier her sind wir fast ertrunken. Wir kannten hier keinen anderen und waren beide einsam. Unsere Situation hat uns verbunden und wir wurden ein Paar.« Ich schluckte. »Aber das ist das Einzige, was uns verbindet und wir haben uns eingebildet, wir könnten daraus etwas machen, was es aber nicht war. Es war nicht echt.«

Liam drehte sich wieder zu mir: »Vor einigen Monaten habe ich dich dann das erste Mal gesehen und dich immer beobachtet, weil ich dachte du hättest auf der Insel was gesehen. Einmal bist du beim Bahnhof durch die Unterführung gelaufen und wurdest von einer Familie um Geld angebettelt. Du hast ihnen etwas gegeben und bist weiter. Ich bin dir dann gefolgt und du hast den nächsten Bäcker angesteuert und eine riesen Tüte Butterbrezel gekauft. Ganz ehrlich, ich dachte schon du wärst ein Vielfraß.« Er lächelte bei der Erinnerung. »Dann bist du zurück zu der Stelle wo die Familie gebettelt hatte. Es waren nur zehn Minuten vergangen, aber sie waren schon fort. Einfach weitergezogen.«

Seine Augen blitzen mich an. »Du standst da mit deiner Tüte und hast dich nach ihnen umgesehen. Erst da habe ich verstanden, dass du die Brezeln für die Familie gekauft hattest. Ich glaube, da habe ich mich das erste Mal in dich verliebt.« Liam ließ die Worte in der Luft hängen. Was hatte er da gesagt? Er hatte sich in mich verliebt? Mein Herz pochte wie wild und ich musste mich darauf konzentrieren nicht das Atmen zu vergessen. Liam strich mir eine Strähne hinter das Ohr.

»Das erste Mal?«, flüsterte ich. Liam nickte.

»Das zweite Mal als ich dich spielen hörte. Das dritte Mal, als ich dich halb tot auf der Parkbank fand. Und das vierte Mal, als du mit Lucas an deinem Ankunftstag in die Turnhalle kamst.« Ich hatte noch nie etwas Schöneres gehört.

Ich erinnerte mich an den Tag mit der bettelnden Familie. Es war im Herbst und schon recht kühl. Meine Mutter ermahnte mich immer ihnen kein Geld zu geben, darum gab ich ihnen nur fünf Dollar. Danach fühlte ich mich schuldig und wollte ihnen etwas zu Essen bringen. Ich hatte extra etliche Brezel ohne Butter gekauft und einige mit. Ich wusste ja nicht, was sie mochten. Als ich dann zurückkam, waren sie weg und ich stand wie ein Idiot mit meinen Brezeln da. Die nächsten beiden Tage haben meine Mum und ich fast nur Brezeln gegessen.

Ich küsste ihn auf die Stirn. »Ich habe dir bereits gesagt, dass ich nicht an Liebe auf den ersten Blick glaube, aber ich habe dich jetzt schon öfter gesehen«, wiederholte ich seine Worte. »Es fühlt sich an, als würde ich dich schon lange kennen. Und genau deshalb ist es keine gute Idee, wenn ich hier bei dir bin, wenn du nur mit mir befreundet sein willst.« Ich strich ihm durch das Haar. »Wieso wolltest du unbedingt, dass ich heute Abend zu dir komme?«, fragte ich ihn.

Liam zog mich an sich und vergrub sein Gesicht in meinem Haar. »Ich wollte den Abend einfach nicht ohne dich verbringen. Allein der Gedanke daran, dass du womöglich doch mit Eric mitgehst, war unerträglich. Ach, und du hast recht. Ich mag Eric wirklich nicht.« Still lächelte ich.

»Und jetzt?«, fragte ich ihn.

»Fürs erste gute Freunde, die ineinander verliebt sind«, flüsterte er in mein Ohr.

Mehr würde ich nicht bekommen. So verfahren die Situation war, musste ich nehmen, was er mir anbot. Also stimmte ich zu. Ich konnte mir keinen Reim darauf machen, warum er nicht mit mir zusammen sein wollte. Hätte ich damals gewusst, was ich heute weiß, hätte ich ihn besser verstanden.

Den Rest des Abends saßen wir zusammen, aßen Pizza und erzählten uns abwechselnd Dinge voneinander. Liam hatte noch zwei weitere Geschwister. Eine kleine Schwester und einen großen Bruder. Seine Eltern waren schon lange geschieden und er lebte allein mit seinem Vater in Seattle bis zu seinem Geburtstag. Er erzählte mir viel und das bedeutete mir eine Menge. Ich hatte das Gefühl, ihm immer näher zu kommen. Später schlief ich erschöpft in seinen Armen ein. Er hatte recht gehabt. Das Bett war wirklich viel bequemer.

Neun

»Ella, geht's dir gut?«

Ich lag im Bett und war noch nicht richtig wach. Die Sonne warf einen kleinen Schatten auf die Bettdecke, die sich vor mir auftürmte. Ich hatte die halbe Nacht nicht geschlafen, weil Hustenanfälle mich gequält hatten. Natürlich hatte ich Liam immer wieder damit aufgeweckt und mehrmals angeboten, ich könne in mein eigenes Zimmer gehen - was er nicht zugelassen hatte. Ich blinzelte und sah, dass er mich skeptisch ansah.

»Ja, klar. Alles in Ordnung. Ist nur eine kleine Erkältung«, winkte ich ab. Ich hasste es krank zu sein und leugnete es immer so lange, bis ich es nicht mehr abstreiten konnte. Eigentlich fühlte ich mich aber gar nicht gut. Meine Brust schmerzte vom dauernden Husten und ich fror als wäre ich gerade in der Bucht schwimmen gewesen.

»Das glaube ich nicht. Zieh dich an!« Er warf mir meine Kleider auf das Bett und verließ das Zimmer in seinen Boxershorts. Was hatte das zu bedeuten? Keine nette Art jemanden aufzufordern zu gehen. Betrübt zog ich meinen Pullover über mein Schlafshirt. Gerade, als ich meinen Rucksack greifen wollte um zu gehen, kam Liam wieder rein.

»Wo willst du hin?«, fragte er mich verwundert.

»Na du weißt schon. Duschen, Training, Arbeit«, half ich ihm auf die Sprünge. Gerade als er etwas erwidern wollte, kam Lucas durch die Tür mit einer Tasche in der Hand. Schlagartig war mir klar, dass Liam nicht wollte, dass ich ging, sondern mich anziehen sollte, weil er Lucas holen wollte.

»Ach, bitte!«, protestierte ich lautstark. »Ich habe einen kleinen Husten und du rufst gleich Lucas?« Mit verschränkten Armen saß ich auf der Bettkante.

»Guten Morgen, Ella. Auch schön dich zu sehen. Hab gehört, du hast Liam nicht schlafen lassen?« Lucas grinste über beide Ohren über seinen eigenen Witz. Ich fand es überhaupt nicht komisch.

»Ich hatte angeboten zu gehen«, erwiderte ich und sah Liam missmutig an. Den kümmerte es aber nicht was ich zu sagen hatte, ignorierte mich ohne mit der Wimper zu zucken und wandte sich stattdessen an Lucas.

»Also, sie hat die ganze Nacht gehustet und ich vermute, dass sie Fieber hat. Aber kontrollier das besser. Wer weiß, ob sie dich nicht anlügt.«

Was hatte er da gesagt? Das war eine Frechheit!

»Also Ella, dann leg dich mal hin und lass den Onkel Doktor seine Arbeit machen. Ich hatte schon gestern beim Mittagessen das Gefühl, dass du ein wenig rot warst.« Lucas schob mich wieder Richtung Bett. In der nächsten halben Stunde war ich gezwungen das Spielchen mitzumachen. Liam hätte mich nie gehen lassen. Er stand mit verschränkten Armen in der Tür, als ob er jederzeit bereit wäre, einen Fluchtversuch von mir abzuwehren. Hin und wieder funkelte ich ihn missmutig an, worauf er grinste.

Lucas schaute mir in den Hals, den Rachen, die Ohren und maß meine Temperatur. Als er mir Blut abnehmen wollte, krabbelte ich wie von der Tarantel gestochen auf die andere Seite des Bettes. Alles würde ich mitmachen, aber das ging zu weit.

»Ella, jetzt stell dich nicht so an. Du kannst weggucken. Sei eine brave Patientin!«, versuchte Lucas mich anzulocken.

»Weggucken? Das Blut ist mir doch egal. Es geht um dieses spitze Ding in deiner Hand, das sich in meinen Körper bohren will! Ihr könnt machen was ihr wollt, aber das mach ich nicht!« Beherzt hüpfte ich vom Bett und versuchte das Schwindelgefühl so gut es ging zu verstecken. Liam verdrehte die Augen und kam auf mich zu.

»Ella, komm jetzt. So schlimm ist es nicht.« Ich schüttelte energisch den Kopf.

»Wenn du dich darauf einlässt, bekommst du heute Abend eine Überraschung.« Dachte er ich wäre ein Kind?

»Mich kann man nicht mit einem Lutscher ködern wie ein Kind beim Zahnarzt«, konterte ich.

»Es ist viel besser«, versprach er mir. Langsam wurde ich neugierig. Ich hasste Spritzen, aber ich war auch überaus neugierig und wenn ich nicht mitspielen würde, würde ich die Überraschung nie bekommen. Also lenkte ich ein. »Ein Königreich für einen Tropfen

Blut«, sagte ich an Liam gewandt und streckte Lucas meinen Arm entgegen wie ein Lamm auf er Schlachtbank. Liam grinste verschmitzt und schüttelte ungläubig den Kopf.

»Also, Ella. Du hast Fieber und eine starke Erkältung. Du bleibst heute auf jeden Fall im Zimmer. Ich werde Hailey bitten dir nachher Medikamente zu bringen. Etwas gegen den Husten und ein fiebersenkendes Mittel.« Lucas schrieb sich alles auf seinen Block auf und wirkte wie ein echter Arzt.

»Aber ich fühl mich gut. Nach einer Dusche geht es mir besser«, versuchte ich mich rauszureden. Ich wollte auf keinen Fall, dass die anderen mich für schwach hielten. Nach wenigen Tagen schon krank und nicht bei der Arbeit. Das käme bestimmt nicht gut an. Lucas schaute mich streng an und ich sah meine letzte Chance davonfliegen.

»Ella! Bett, Tee, Schlafen!«, kommandierte er streng mit erhobenem Zeigefinger.

»Schon gut, schon gut«. Ich hob die Hände, als würde ich mich ergeben. Als Lucas gegangen war, wandte ich mich an Liam.

»Kann ich zumindest hier bei deinem Fernseher bleiben?«

Liam lächelte und setzte sich zu mir auf die Bettkante. »Natürlich! Du kannst immer bleiben.« Er küsste mich auf die Stirn, deckte mich zu und schaltete mir den Fernseher ganz leise ein. »Ich muss jetzt zum Training. Aber ich habe noch was für dich.« Er kramte in einer Schublade.

»Die Überraschung?«, fragte ich neugierig. Liam lachte auf.

»Du hast bei deinen Erzählungen gestern vergessen zu erwähnen, dass du unglaublich neugierig bist.« Ich zuckte schuldbewusst mit den Schultern. Ja, das stimmte. Ich war schon immer sehr neugierig gewesen. Bis vor drei Jahren habe ich meine Weihnachtgeschenke vor dem Heiligen Abend schon in den Verstecken meiner Mutter entdeckt. Mit den richtigen Tricks konnte man jede Geschenkverpackung aussehen lassen, als wäre sie ungeöffnet. Bei der Erinnerung musste ich lächeln und Liam sah mich mit einem wissenden Blick an.

»Nein, die bekommst du erst heute Abend, wenn du brav Lucas Anweisungen befolgt hast.« Sofort zog ich einen Schmollmund. »Hör auf so zu gucken. Das bringt nichts.« Liam hatte endlich gefunden, was er gesucht hatte. »Hier, das ist für dich. Meine Nummer, sowie die von Hailey und Lucas ist gespeichert. Wenn was ist, ruf mich an.« Er streckte mir ein nagelneues modernes Handy entgegen.

»Du schenkst mir ein Handy?«, fragte ich ungläubig.

»Unter einer Voraussetzung!« Liam hielt das Handy noch in der Hand. »Du darfst deine Mutter und auch sonst keinen anrufen. Das wäre viel zu gefährlich. Sie sind bestimmt noch auf der Suche nach dir und hören alle Leitungen ab.«

Das hatte ich noch nicht bedacht. Ich könnte mit diesem Telefon meine Mum anrufen. Ich könnte erfahren, wie es ihr geht. Ich könnte mit ihr reden. Aber um welchen Preis. Ich nickte. »Ich rufe niemanden an, versprochen«, beteuerte ich unglücklich. Liam gab mir das Handy und strich mir eine Strähne von der Stirn.

»Schlaf ein bisschen, meine kleine Frostbeule. Nach dem Training bringe ich dir was zu Essen.« Ich nickte und er verließ das Zimmer mit einem sorgenvollen Blick. Kaum war die Tür geschlossen, fiel ich wieder in einen tiefen Schlaf.

Ich musste etwa eine Stunde geschlafen haben, als Hailey mich sanft weckte. »Mäuschen, wie geht es dir?« Sie strich mir über den Kopf und ich erkannte wieder etwas Mütterliches in ihr. Es war schön, dass sie hier war.

»Ganz OK. Die übertreiben alle«, murmelte ich und machte eine wegwerfende Handbewegung. An meiner Stimme konnte ich erkennen, dass ich heiser war. *Verdammter Husten!*

»Hast du Lust auf Frühstück? Ich habe dir ein Brötchen mitgebracht.« Ich bedankte mich, schüttelte aber den Kopf. Im Moment hatte ich keinen Appetit. Ich wollte nur schlafen. »OK. Hier, trink. Das ist gegen den Husten.« Sie reichte mir ein Glas mit einer grünen Flüssigkeit darin. Ich schluckte es runter und verzog das Gesicht.

»Igitt!«, beschwerte ich mich. Anschließend nahm ich noch eine fiebersenkende Tablette und Hailey flößte mir eine Tasse Tee ein. »Der schmeckt auch schrecklich«, krächzte ich.

»Der Erkältungstee ist von Lucas zusammengestellt. Glaub mir, er hat ein Händchen für sowas.« Kaum hatte ich den Tee getrunken, zog Hailey die Vorhänge zu und ich schlief wieder ein. Der Fernseher lief noch immer. So hatte ich das Gefühl nicht allein zu sein.

Ich wachte vom Geräusch der Dusche auf. Mein Handy zeigte dreizehn Uhr an. Ich vermutete, dass Liam nach dem Training hier gegessen hatte, denn auf dem Schreibtisch lagen noch die Reste seines Burgers. Es war ein komisches Gefühl zu wissen, dass er mich beobachtet hatte, während ich schlief. Ich blieb liegen, da mir so schwindlig war, dass ich nicht sicher war, ob ich stehen konnte. Im Nachhinein wäre es keine gute Idee gewesen zum Training zu gehen. Das hätte eine schlimme Blamage gegeben.

Plötzlich ging die Badezimmertür auf. Liam kam heraus und steuerte auf seinen Kleiderschrank zu. Er hatte noch nicht bemerkt, dass ich wach war und mir stockte der Atem, sodass ich mich nicht zu Wort melden konnte.

Liam trug nur seine Boxershorts und kein Oberteil. Mir wurde schlagartig bewusst, dass ich seinen Oberkörper etwas unterschätzt hatte. Jeder Muskel war definiert. Seine Schlüsselbeine schmiegten sich an seine breiten Schultern und sein Sixpack war gut zu erkennen. Er war unglaublich attraktiv. Ich konnte nicht glauben, dass ein Typ wie er in mich verliebt sein sollte. Irgendwo gab es einen Haken, ich hatte ihn nur noch nicht erkannt.

Als Liam sich seinem Schrank zuwandte, konnte ich es sehen. Auf seinem Rücken zwischen den Schulterblättern war ein riesiger Totenschädel. Sein Branding. Ich konnte nicht sagen warum, aber es war unglaublich schön. Es war so real. Das beste Branding, das ich bisher gesehen hatte. Der Ausdruck im Gesicht des Schädels, war, als würde er einen ansehen.

»Was bedeutet es?«, brachte ich mit gebrochener Stimme hervor. Liam drehte sich überrascht zu mir um. Als er sah, dass ich wach war, zog er schnell seinen Pullover und eine Jogginghose an und kam zu mir.

»Wieso hast du nicht gesagt, dass du wach bist? Wie geht es dir?« Liam nahm meine Hand und verschränkte seine Finger mit meinen.

»Schon besser. Was bedeutet es?«, hakte ich nach. Ich konnte unerbittlich sein, wenn ich wollte und ich musste es wissen. Bisher hatte ich keine Ahnung was seine Fähigkeit war und Hailey konnte es mir damals auch nicht sagen. Vielleicht hatte es mit seinem seltsamen Verhalten mir gegenüber zu tun. Vielleicht würde das Branding erklären, warum er nicht mit mir zusammen sein wollte.

»Es bedeutet, dass ich todtraurig bin, weil ich gehört habe, dass du heute Morgen nichts gegessen hast«, wich er mir aus. Er wollte es mir nicht sagen.

Es war schon seltsam. Manche hier gingen sehr offen mit ihrer Fähigkeit um, so wie Eric. Andere, wie Hailey zum Beispiel, behielten es lieber für sich und weihten nur wenige ein. Das musste ich akzeptieren, auch wenn es mich verletzte, dass er es mir nicht anvertrauen wollte.

»Ich hatte keinen Appetit«, murmelte ich.

»Ich habe dir Suppe von gestern mitgebracht. Magst du jetzt etwas essen?« Ich schüttelte den Kopf. Mir war noch immer nicht nach Essen.

»Bekomme ich jetzt meine Überraschung?«, hakte ich nach.

Liam grinste. »Noch nicht. Heute Abend. Jetzt ist erst Mittag. Rutsch ein Stück rüber!« Liam legte sich zu mir und hielt mich im Arm. Gemeinsam sahen wir eine Weile fern. Kurz bevor ich wieder am Einschlafen war, flüsterte er mir noch zu: »Ich muss jetzt nochmal kurz weg. Schlaf noch ein bisschen. Ich bin gegen Abend wieder da.« Er wollte aufstehen, aber ich hielt ihn am Ärmel fest.

»Nein, geh nicht«, bat ich ihn. Er küsste mich auf die Wange und deckte mich zu. Ich war schon fast eingeschlafen.

»Nichts fällt mir schwerer, als dich hier zu lassen. Aber ich bin bald wieder da«, flüsterte er. Ich wollte nochmal Einspruch erheben, hatte aber keine Kraft mehr und schlief ein, bevor die Tür ins Schloss fiel.

Ich wachte wieder auf, als jemand meine Stirn berührte. Ich erwartete Liam, aber Lucas saß an meinem Bett. »Hey, Ella. Wie fühlst du dich? Und denk daran, dass ich dir nur helfen kann, wenn du ehrlich bist.« Er zwinkerte mir zu und ich musste ein Lachen unterdrücken.

»Etwas besser als heute Morgen«, beteuerte ich. Und das stimmte tatsächlich. Ich fühlte mich wirklich besser.

»Das ist schön. Dein Puls ist auch schon deutlich besser als heute Morgen. Dein Blut zeigt einige Entzündungswerte auf. Aber nichts Bedenkliches. Du bleibst morgen noch hier und dann müsstest du wieder fit sein.« Er reichte mir eine Tasse Tee. »Mein eigenes Rezept. Probier mal!«, forderte er mich enthusiastisch auf. Ich nahm einen Schluck und verkniff mir das Gesicht zu verziehen. Er hatte sich Mühe mit dem Tee gegeben und ich wollte nicht unhöflich sein.

»Schmeckt sehr gesund«, krächzte ich. Wir mussten beide Lachen. »Ist Liam noch nicht zurück?«, fragte ich ihn.

»Doch. Er sitzt unten mit Charlotte. Ich denke, er wird bald kommen.« Ich verzog das Gesicht. Er saß unten mit Charlotte. Ich trank noch einen Schluck von seinem grässlichen Tee, um mich von diesem Gedanken abzulenken.

»Ich glaube sie mag mich nicht«, murmelte ich vor mich her. Lucas sah mich verwundert an.

»Wie kommst du darauf?« In welcher Welt lebte er denn? War das nicht klar?

»Sie sieht mich immer böse an und ich denke, dass sie noch etwas für Liam empfindet und sie mich deswegen nicht leiden kann«, erklärte ich ihm. Er dachte eine Weile über meine Worte nach.

»Nein, das glaube ich nicht. Sie hat nur Angst ihn als Freund zu verlieren. Sie haben viel zusammen durchgemacht. Ich denke, sie empfindet nur Freundschaft für ihn. Mehr ist da nicht mehr.« Ich sah ihn skeptisch an. Er sprach von ihr wie von einer Heiligen.

»So, so. Und wie lange bist du schon in sie verknallt?« Ich tippte ihm mit dem Zeigefinger auf die Brust. Lucas wurde rot. »Was ist? Ich bin krank und habe einiges von deinem Tee intus. Ich darf direkt sein«, neckte ich ihn. Er lächelte mich an.

»So ist das nicht. Wir kennen uns nur schon sehr lange und sind gut befreundet.« Dabei beließ er es, denn im nächsten Moment kam Liam in die Tür.

»Hey Lucas, was machst du denn hier?« Liam schloss die Tür und gab Lucas die Hand.

»Wollte nur kurz schauen, wie es ihr geht. Morgen muss sie noch im Bett bleiben. Dann müsste es wieder bergauf gehen. Fieber hat sie nur noch ganz leicht.« Liam nickte zufrieden.

»Ja und außerdem hat er mich noch über Freunde informiert, die verliebt ineinander sind. Verrückt so-was, oder?«, neckte ich Liam. Dieser grinste und zog die Augenbrauen hoch.

Lucas verabschiedete sich mit einem wissenden La-chen im Gesicht und verließ das Zimmer. Am liebsten hätte ich Liam nach seinem Gespräch mit Charlotte gefragt, aber ich wollte nicht wie eine eifersüchtige Nicht-Freundin wirken. Das war meine neue Bezeich-nung für uns. Er war mein Nicht-Freund. Liam setzte sich an meine Bettkante und küsste mich auf die Wan-ge.

»Ich war schon wach bevor du wiedergekommen bist«, nörgelte ich gespielt. Er lachte leise vor sich hin.

»Ich dachte du hättest schon geschlafen als ich das gesagt habe. Aber du hast unrecht. Ich wäre pünktlich gewesen, wurde aber unten noch aufgehalten.« Er sag-te nicht von wem und ich traute mich nicht zu fragen. Vielleicht, weil mir die Antwort nicht gefiel. Der Ge-danke daran, dass sie unten gemeinsam waren, verur-sachte einen stechenden Schmerz in meiner Brust.

»Und wo ist jetzt meine Überraschung?«, hakte ich nach, um das Thema zu wechseln.

»Oh mein Gott, du bist wirklich schlimmer als Sherlock Holmes!« Er zog sich die Decke über den Kopf und ich folgte ihm.

»Erzähl mir erstmal was du heute den ganzen Tag gemacht hast«, forderte er mich auf.

»Ich? Nichts. Geschlafen und Tee getrunken - wirklich widerlichen Tee. Aber sag das bloß nicht Lucas.« Gespielt legte ich mir den Zeigefinger an die Lippen. Liam kicherte.

»Ja, ich kenne seinen Tee. Aber der wirkt Wunder. Er hat das im Blut. Was hat Lucas so erzählt?«, wollte er wissen.

»Lass mich nachdenken. Meine Blutergebnisse sind soweit gut und mein Puls schon viel besser als heute Morgen«, sinnierte ich »Ach und dann habe ich noch herausgefunden, dass er vermutlich auf Charlotte steht.« Vielleicht war es unangebracht ihm gegenüber das zu erwähnen und vielleicht wollte ich nur wissen wie er reagiert. Aber er hatte mich schließlich gefragt, was ich heute gemacht hatte und das war das Spannendste, was ich berichten konnte. Ich beobachtete ihn genau, um eine Reaktion deuten zu können.

»Das ist kein Geheimnis. Er steht schon seit Jahren auf sie. Er läuft ihr hinterher und tut alles was sie will. Nicht gesund, wenn du mich fragst«, wiegelte Liam gelangweilt ab. Mir klappte der Mund auf. Da hatte ich gedacht eine Sensation entdeckt zu haben und prompt handelte es sich um eine alte Kamelle.

»Und dich hat das nie gestört?«, fragte ich verwirrt.

»Nein, irgendwie nicht. Ich mag Lucas. Er ist nett und macht einen guten Job. Er hat schon vielen hier geholfen.« Liam stupste meine Nase an. »Gerade erst heute dem Mädchen in das ich verliebt bin.«

Lächelnd erwiderte ich: »Gut, dass ich jetzt weiß wie wunderbar sein Tee hilft. Sobald der Typ, in den ich verliebt bin, einen Schnupfen bekommt, wird das literweise serviert.« Liam küsste mich auf die Wange, ganz knapp neben den Mund.

»Es ist schön, dass du hier bist«, flüsterte er in mein Ohr und der Hauch seiner Worte kitzelten meine Haut.

»Ich bin gerne hier«, bekräftigte ich ihn und umschloss seine Hand fester.

»Möchtest du jetzt deine Überraschung haben?«, fragte er. Ich riss die Decke von unseren Köpfen.

»Ja! Her damit!«, befahl ich grinsend. Liam lachte, schüttelte den Kopf und stand auf. Aus seinem Rucksack holte er eine DVD heraus.

»Ich war vorhin noch einkaufen.« Er hielt mir die Hülle so hin, dass ich den Titel lesen konnte, obwohl das nicht notwendig war. Ich kannte das Cover des Films auswendig.

»*One silent night*«, murmelte ich. »Du bist extra deswegen in die Stadt?«, fragte ich nach.

»Nein, ich bin extra in die Stadt, damit du mir deinen Lieblingsfilm zeigen kannst und mir klar wird, warum das«, er machte eine abwertende Handbewegung, »ein heimeliger Film sein soll«.

Ich überlegte einen Moment und war gerührt was er extra für mich getan hatte und sagte dann: »Na, dann los!«

Zehn

Für einen Moment dachte ich, ich würde in meinem
Bett liegen - Zuhause. Ich wartete auf das Geräusch der
Kinder, die ihre Schlitten über die Straßen zogen. Wartete auf die Rufe meiner Mutter, die mich ermahnten
endlich nach unten zu kommen. Ich hatte die Augen
noch nicht geöffnet und wollte das auch nicht tun,
denn dann hätte ich akzeptieren müssen, dass ich nicht
Zuhause war.

Eine Träne entwischte mir und rollte in Zeitlupe
über meine Wange bis zu meinem Mundwinkel. Ich
hatte sie nicht kommen gespürt. Sie war mir einfach
entwischt. Kurz bevor ich dachte, die Träne würde
meine Lippen berühren und ich würde den leicht sal-
zigen Geschmack im Mund haben, wurde sie von einem Finger weggewischt.

Ich öffnete die Augen und Liam sah mich an. »Ella,
warum weinst du?« Jetzt erst bemerkte ich, dass es
nicht nur die eine Träne gewesen war. Die hatte mich
zwar langsam aufgeweckt, aber meine Wangen waren
nass – beide Wangen. Ich musste im Schlaf geweint
haben und über mir saß Liam, der wissen wollte warum.

Es war noch mitten in der Nacht und das Zimmer war nur durch das dumpfe Licht der Sterne erhellt. Ich überlegte lange was ich sagen sollte und ging jede mögliche Ausrede durch, kam jedoch zu keiner Lüge, die er nicht sofort durchschaut hätte.

»Ich habe von Zuhause geträumt.«

Liam strich mir über das Haar und atmete tief ein.

»Ich weiß wie du dich fühlst. Anfangs ging es mir hier genauso. Ich habe meine Familie, meine Freunde und sogar den blöden Nachbarshund vermisst, der jeden Morgen um fünf Uhr angefangen hatte zu bellen.«

»Wie hast du geschafft, dass es aufhört?« Ich wünschte mir inständig, gleich die Zauberformel zu hören, um alles zu vergessen. Die Zauberformel, die alles erträglicher machte.

Liam dachte einen Moment nach und flüsterte: »Ich habe es weggeschlossen. Die ganze Angst, die Sorgen, das Vermissen. Hin und wieder fahre ich nach Hause ohne mich zu zeigen. Beobachte meine Familie in der Hoffnung zu erkennen, wie es ihnen geht. Wenn ich dann wieder gehe, ist es wieder schlimm. Bis ich es wieder weggeschlossen habe. Es liegt dann da wie in einem Tresor, in den ich nicht reinschauen kann und will. Irgendwann findet man sich damit ab und kann nach vorne schauen.« Ich nickte und verstand, was er meinte. Es gab da nur einen kleinen Unterschied.

»Ich weiß nicht, was mit meiner Mum ist«, wimmerte ich. »Ich bin weggerannt. Ich konnte nicht stehen bleiben und zurückschauen. Wir hatten verabredet, dass sie nach mir suchen würde, wenn es sich beruhigt hätte. Sie versprach mir mich zu finden. Das wird sie nie.« Eine weitere Träne rollte über meine Wange. Liam hielt sie diesmal nicht auf, sondern ließ sie über mein Kinn auf mein Shirt tropfen. »Wenn ich wüsste, dass es ihr gut ginge… Dass sie trotz allem ihr Leben lebt und glücklich ist. Sie hat keinen mehr. Nur noch mich. Aber das alles weiß ich nicht und das macht mich total verrückt.« Ich setzte mich auf und lehnte mich an das Kopfteil des Bettes. Liam sagte lange nichts, bis er sich auch aufsetzte und mein Gesicht mit seinen Händen umfasste.

»Du kannst nicht zurück nach Hause. Sie werden nicht so schnell aufgeben dich zu suchen. Über die Hälfte von den Neuankömmlingen verlieren wir auf diese Art wieder.«

Ich sah Liam erschrocken an. Wenn ich daran dachte, dass das die Hälfte meiner Trainingspartner war, wurde mir ganz übel. »Aber ich kann für dich nachsehen gehen«, beschloss er.

»Nein, das ist zu gefährlich«, erwiderte ich schnell. Ich wollte auf keinen Fall, dass er meinetwegen in Gefahr geriet.

»Für dich mehr als für mich. Ich kann nicht mit ihr reden. Ich gehe nur zum Haus und beobachte sie. Vielleicht kann ich rausfinden, ob es ihr gut geht.« Liam strich mir eine Träne von der Wange und ich nickte. Es war wohl die einzige Möglichkeit, die ich hatte. Einen Menschen, den ich liebte in Gefahr zu bringen, um zu wissen, ob es dem anderen geliebten Menschen gut geht.

»Aber nur gucken!«, ermahnte ich ihn und hob den Finger wie Lucas es getan hatte.

Liam grinste mich an. »Versprochen!«

Wir legten uns wieder hin und kurz danach war ich wieder am Einschlafen. Meine Atemzüge waren schon tief und regelmäßig. Ich lag auf der Seite und hatte meine Hand auf Liams Brust abgelegt. Unterbewusst merkte ich, wie er sich auch auf die Seite legte und meine Hand, die von seiner Brust gefallen war, umschloss. Obwohl ich schon fast schlief, spürte ich, dass er mich ansah, ohne dass ich die Augen öffnen musste. Ich dachte daran, was er schon alles für mich getan hatte und wie unsterblich ich mich in ihn innerhalb dieser kurzen Zeit verliebt hatte. Liam war so nah an meinem Gesicht, dass ich seinen Atem auf meiner Wange spüren konnte. Er strich mir meine langen dunklen Haare hinter das Ohr und zeichnete mit seinem Zeigefinger die Konturen meines Gesichtes nach. Und dann küsste er mich auf die Lippen.

Ein kurzer Moment. Eine kurze Berührung. Nur wenige Sekunden. Ich öffnete die Augen und blinzelte in die Nacht. »Ich dachte, sowas ist bei unserer Freundschaft nicht erlaubt?« Liam sah mich weiter an und zeichnete wieder die Konturen auf meinem Gesicht nach.

»Ich dachte, du schläfst schon«, flüsterte er. »Du bist wunderschön, wenn du schläfst, weißt du das?« Bevor ich etwas erwidern konnte, küsste er mich erneut. Diesmal war es ein längerer intensiverer Kuss und ich erwiderte ihn. Die ganze Sehnsucht, die ich seit dem ersten Tag hier verspürt hatte, entlud sich in diesem Moment. Liam umfasste meine Hand und drehte mich auf den Rücken. Er hatte sich über mich gestützt und sah mich kurz an, bevor er mich wieder küsste. Meine Hände glitten an seinem Rücken entlang und ich konnte seinen muskulösen Oberkörper unter seinem Shirt spüren. Liam ließ seine Hand von meinem Hals über meine Brust, bis zu meiner Taille wandern und unter mein Shirt. Unsere Küsse wurden immer leidenschaftlicher und unser Atem schneller. Ich hatte zwar schon mit einem Jungen geschlafen, aber ich konnte mich nicht daran erinnern, mich so danach gesehnt zu haben wie in diesem Moment. Ich schob meine Hand unter sein Shirt und spürte seine nackte Haut unter meinen Fingern. Ganz langsam strich ich mit meinen Fingerspitzen von seiner Brust, bis zu seinen Hüftknochen und dem Bund seiner Boxershorts.

»Hör besser auf«, flüsterte er mir ins Ohr, während er meinen Nacken küsste und mein Handgelenk von seinem Bauch wegführte. Ich schüttelte den Kopf, nahm die linke Hand und schob sie unter sein Shirt. Ganz langsam fuhr ich immer wieder mit den Fingerspitzen einige Zentimeter unter den Bund.

»Das ist keine gute Idee«, stöhnte er atemlos. Er griff auch mein anderes Handgelenk. Liam umklammerte beide und drückte meine Arme gestreckt über meinen Kopf. Er wanderte von meinem Hals wieder zu meinem Mund. Er lag jetzt fast auf mir und sein Becken berührte immer wieder mein eigenes. Ich hob es an und streckte mich ihm entgegen. Mein Atem ging nun auch schneller.

»Hör doch du auf«, forderte ich ihn heraus. Er hielt kurz inne und sah mich an. Für einen Augenblick bereute ich diesen Satz, denn ich wollte natürlich nicht, dass er aufhörte.

»Ach, scheiß drauf.« Ruckartig packte er wieder mein Handgelenk und zog mich hoch. Er zog mir das Shirt über den Kopf und schmiss es in hohem Bogen vom Bett. Seine Hände wanderten von meinem nackten Rücken zum Verschluss meines BHs. Ich schob sein Shirt nach oben zog es ihm auch über den Kopf. Er war unglaublich sexy. Sein Oberkörper wurde nur vom leichten Licht der Sterne erhellt. Ich drückte ihn nach hinten auf das Bett und setzte mich auf ihn. Langsam küsste ich seinen Nacken und wanderte immer weiter nach unten. Von seinem Hals, zu seinen Brustmuskeln und seinem Sixpack. Ich küsste am Bund seiner Boxershorts entlang, als er sich aufsetze und mich wieder aufs Bett warf. Er öffnete meinen BH und schmiss ihn in die Ecke. Schließlich zog er mir die Jogginghose aus, dann griff er sich den Bund meines Höschens uns wollte es mir gerade ausziehen, als er mein Branding entdeckte. Er strich sanft mit seiner Hand darüber. Dann zog er mich komplett aus. Ich setzte mich auf und streifte seine Boxershorts weg. Liam nahm mein Gesicht in die Hände und küsste mich leidenschaftlich. Atemlos drückte er mich sanft wieder auf das Bett zurück. Immer wieder suchten meine Lippen seine. Sein heißer Atem schlug mir entgegen.

Die anderen Male, die ich mit jemandem geschlafen hatte, waren zwar nicht schlecht gewesen, aber nicht vergleichbar mit dem hier. Ich fühlte mich mit ihm verbunden. Liam küsste mich, rollte sich dann zur Seite und zog mich in seine Arme. So lagen wir eine ganze Weile da und sagten nichts. Beide noch atemlos, hingen wir unseren Gedanken nach, bis ich die Stille durchbrach und mit einem Lächeln in der Stimme sagte: »Also ich fand die Idee gut.« Liam lachte leise und küsste mich wieder.

»Ja ist klar. Du hast es ja auch provoziert. Ich bin hier das Opfer«, gluckste er.

»Ich?«, fragte ich empört. »Also ich habe hieran am wenigsten Schuld«, gab ich an und strich mit der Hand über seinen Oberkörper.

»Oh doch. Das war ganz klar deine Schuld. Als du gedöst hast, ist dein Shirt von deinen Schultern gerutscht und ich konnte nur noch daran denken, diese wunderschönen Schlüsselbeine zu küssen.« Er strich mir wieder über das Schlüsselbein und nahm meine Hand. Ich drehte mich auf den Rücken und starrte zur Decke. Was sollte das alles hier. Ich lag bei einem Mann im Bett, den ich liebte, das war klar. Aber wie sollte es nun weitergehen.

»Ein Königreich für deine Gedanken.« Liam sah mich erwartungsvoll an. Ich schluckte, weil ich wusste, wie er immer reagierte, wenn ich ihn auf unseren Status ansprach. Dann kam das böse F-Wort. Trotzdem musste ich wissen, woran ich war.

»Was nun, lieber Freund?« Bei dem Wort ‚Freund‘ deutete ich mit meinen Fingern Gänsefüße an. Liam sagte nichts, sondern betrachtete mich nur weiter. »Ich weiß nicht was hieran falsch sein soll. Ich weiß auch nicht, warum du nicht mit mir zusammen sein willst. Ich weiß nur, dass Freunde in der Regel nicht miteinander schlafen. Vor allem nicht so wie wir gerade.«

Ich zog die Augenbrauen hoch bei der Erinnerung an gerade eben. Liam lächelte mich an.

»Ella, ich bin verliebt in dich und egal was ich mir vorgenommen hatte, ich will auf keinen Fall mehr dein Freund sein«. Er begann mich wieder zu küssen. Das waren die erlösenden Worte. Ich war nicht nur eine Bettgespielin. Er wollte nicht mehr mein Freund sein und ich wollte definitiv nicht mehr seine Freundin sein. Liam stand vom Bett auf und reichte mir die Hand. »Also ich muss duschen gehen, nachdem wir so miteinander geschlafen haben.« Er betonte das ‚so‘ und imitierte mich. Ich nahm seine Hand und folgte ihm ins Bad. Auf dem Weg dorthin machten wir immer wieder Pausen, um uns zu küssen. Um Haaresbreite wären wir auf dem Sofa gelandet, aber Liam hatte genug Selbstbeherrschung, um mich in Richtung Badezimmer zu lotsen.

Er lief vor mir her und als er in die Dusche stieg, konnte ich wieder sein Branding erkennen. Es verlieh ihm etwas Starkes und machte ihn noch attraktiver. Ich stieg zu ihm in die Dusche und küsste die Stelle. Ich wanderte mit meiner Hand über sein Branding, glitt an seinem Rücken hinab zu seiner Hüfte. Liam drehte sich zu mir um und drückte mich an die Wand der Dusche. Wir küssten uns und das Wasser rann an unseren Körpern hinab. »Du bist total verrückt«, flüsterte er mir zu.

»Nur ein wenig«, grinste ich schelmisch.

»Ella, ich geh jetzt. Ich schau nach dem Training wieder vorbei.« Liam küsste mich sanft auf die Stirn. Schlaftrunken öffnete ich meine Augen.

»OK, ich werde hier sein.« Ich zog ihn am Shirt näher ran und küsste ihn. Liam grinste »Ich beeil mich!«

Später kam Lucas vorbei, der nochmal meine Temperatur maß. »Sehr gut, Ella. Du hast kein Fieber mehr. Trink noch etwas von meinem Tee, dann ist der Husten auch bald weg.« Er wollte schon wieder gehen, als ich ihn aufhielt.

»Lucas, du hast mir doch dein Branding gezeigt als ich vor einigen Tagen hier ankam.« Lucas nickte. »Naja, ich wollte fragen, …«, ich stockte. Lucas setzte sich lachend auf das Bett.

»Du willst wissen was es bedeutet?« Ich nickte. Alles war so einfach mit Lucas. Ich brauchte mich nicht zu verstellen und konnte sagen was ich dachte, ohne dass er es mir übelnahm. »Naja, erklären ist schwer. Ich zeig es dir. Komm mit!« Er stand auf und lief zum geöffneten Fenster. Heute schneite es nicht und der Himmel war klar. Die Luft roch rein und frisch. Ich trat neben Lucas und war gespannt, was er mir zeigen wollte.

»Schau nach draußen!«, befahl er. Also starrte ich aus dem Fenster und suchte alles ab nach Irgendetwas, das mir komisch vorkam. Doch da war nichts. Ich wollte gerade fragen, auf was ich achten sollte, als sich der Himmel schlagartig verdunkelte. Von einer Sekunde auf die andere war der Himmel nicht mehr klar, sondern dicke Wolken hingen davor. Die Bäume schaukelten im aufkommenden Wind und der erste

Blitz zuckte am Himmel. Eine Böe pfiff mir durch das Haar und verstrubbelte sie. So schnell wie der Sturm gekommen war, ging er wieder.

»Was zum Teufel«, brachte ich nur hervor.

»Ich kann in bestimmten Maße die Elemente beeinflussen. Erde, Wasser, Feuer, Luft. Aber nur für einige Minuten. Dann setzt sich die Natur wieder durch. Ist aber sehr hilfreich, wenn es im Sommer länger nicht geregnet hat. Meine Pflanzen brauchen Wasser, damit ich meinen Tee mixen kann«, erklärte er und wies auf die Tasse am Bett. Mir blieb der Mund offenstehen.

»Und wie machst du das? Wie kontrollierst du es?« Im Hinterkopf hatte ich mein Gespräch mit Wade. Bald würde mein Training beginnen. Dann würde ich lernen müssen meine Fähigkeit in den Griff zu bekommen. Aber ich hatte keine Ahnung, wie das funktionieren sollte.

»Meine Fähigkeit orientiert sich an meinen Gefühlen. Anfangs als ich sie nicht kontrollieren konnte, war das hier ganz schön abwechslungsreich. War ich gut gelaunt, schien die Sonne. War ich schlecht drauf, konnte es gewittern. Ich habe gelernt meine Gefühle zu kontrollieren und mich nicht von ihnen kontrollieren zu lassen. Es ist reine Kopfsache. Heute kann ich es beliebig steuern. Fähigkeiten entwickeln sich mit der Zeit weiter.« Ich hörte ihm aufmerksam zu und hoffte inständig, dass ich das auch hinbekommen würde.

»Danke, Lucas!«, sagte ich ehrlich.

»Kein Ding. Komm zu mir, wenn du was wissen willst.« Er legte mir die Hand auf die Schulter und schaute auf den kleinen Nachttisch neben dem Bett.

Mit der freien Hand nahm er das Bild meiner Eltern, welches ich aus meinem Rucksack früher am Tag herausgenommen hatte.

»Warst du schon mal in Texas?«, fragte er mich und wies auf das Bild.

»Ja, wir haben dort gelebt. Woher weißt du, dass es in Texas aufgenommen wurde?« Ich runzelte die Stirn. »Ich erkenne die Landschaft im Hintergrund. Ich war schon einmal dort mit meiner Familie. Es ist eine schöne Erinnerung. Damals war alles noch anders.« Er ließ die Worte in der Luft hängen und verließ ohne ein weiteres Wort das Zimmer. Ich vermute, jeder hatte hin und wieder einen Moment, in dem er seinen alten Erinnerungen nachhängen wollte. Deshalb hielt ich ihn nicht auf, sondern ließ ihn allein.

Ich stellte den Fernseher an und lümmelte mich unter die Decke. Mir ging es schon viel besser und ich vermutete, dass dies nicht nur an seinem Tee lag, sondern weil ich unglaublich glücklich war. Ich nahm mein Handy und tippte eine kurze Nachricht an Liam: »*Ich vermisse dich!*« Kurz danach piepste das Handy. »*Ich vermisse dich auch! Training wird heute abgekürzt. Bin bald wieder da.*« Als ich die Nachricht las, musste ich automatisch lächeln.

»Was gibt's denn da zu grinsen?« Hailey stand in der Tür mit einem Frühstückstablett. Ich kam auf sie zu, nahm mir ein Croissant vom Tablett und tänzelte zurück zum Bett. »Na da scheint es jemandem besser zu gehen«, stellte sie fest. »Lass mich raten. Lucas Tee zaubert dir dieses Lächeln auf das Gesicht!« Ich musste lachen.

»Nein, nicht direkt.« Ich setzte mich auf das Bett und sie nahm neben mir Platz.

»Erzähl mir alles!«, forderte sich mich auf.

»Da gibt es nichts zu erzählen«, log ich.

»Mäuschen! Wades Zimmer liegt direkt neben eurem und die Wasserleitung verläuft direkt neben dem Bett. Außerdem konnten wir euch im Bad heute Nacht kichern hören. Hat uns sehr belustigt, muss ich zugeben.« Hailey lachte und ich wurde sofort rot. Vor ihr konnte man wirklich nichts verbergen.

»Liam ist nicht mehr mein Freund«, sagte ich schließlich. Hailey wusste sofort was ich damit meinte und hob die Hand, damit ich einschlagen konnte.

»Gut gemacht, Ella, jetzt kannst du bestimmt auch erraten, in welchen Situationen ich manchmal die Zeit zurückdrehe.« Sie sah mich vielsagend an. Meinte sie etwa, was ich dachte, was sie meinte?

»Du erlebst eine Nacht mit Wade manchmal nochmal?«, fragte ich ungläubig und ein wenig neidisch. Wenn ich es könnte, würde ich es sofort tun. Sie nickte grinsend. Wir mussten beide von Herzen lachen. Es war schön sie hier zu haben. »Hailey, du bist unmöglich!«

So saßen wir da und sprachen über Wade, über Liam und über Lucas. »Ella, jeder weiß, dass er sie mag. Aber der wird sich schon noch wundern.« Ich dachte einen Moment darüber nach.

»Gestern Abend hat sich Liam mit ihr unten unterhalten. Aber vermutlich war es harmlos.«

Hailey tippte mit dem Zeigefinger an meine Stirn. »Mäuschen, ich kann dir nur eins sagen. Wenn Charlotte etwas will, dann macht sie keine halben Sachen. Aber Liam hat sich von ihr getrennt und das kurz nachdem er dich das erste Mal gesehen hat.« Ich hatte ihr damals beim Frühstück davon erzählt, dass er mich hin und wieder in Seattle gesehen hatte. »Anderes Thema. Morgen ist die große Silvesterparty. Du und ich, wir gehen da zusammen hin!«, kommandierte sie mich.

Silvester. Bei allem was los war, hatte ich den Jahreswechsel total vergessen. Ich erinnerte mich an das, was Hailey mir erzählte hatte: »*Charlotte und Liam waren vier Jahre lang das Traumpaar hier. Jedes Jahr an Silvester, wenn sie Geburtstag hatten, haben sie auf der Tanzfläche um Mitternacht geknutscht. Ein wahres Spektakel!*« Ich hatte keine große Lust da hin zu gehen. Sie waren zwar nicht mehr zusammen, aber die Erinnerung würde den Abend beherrschen und ich wollte nicht das dritte Rad sein, wenn alle auf den Kuss warteten.

»Ich weiß nicht. Ich bin nicht motiviert«, versuchte ich ihr auszuweichen. »Außerdem habe ich nichts Anzuziehen für eine Party.« Das stimmte sogar. Ich hatte nur praktische Kleidung eingepackt. Konnte ja keiner wissen, dass ich in nächster Zeit die Gelegenheit hatte, auf eine Party zu gehen.

»Keine Sorge, Mäuschen, dafür habe ich schon gesorgt. Ich brezel dich auf - Liam wird dich nicht wiedererkennen!«, prophezeite sie mir. Ich verzog den Mund. »Außerdem kann ich nicht offiziell mit Wade hin. Du musst mich also begleiten. Als moralische Stütze und mein Date.« Sie sah mich mit einem Hundeblick an, dem ich nichts entgegensetzen konnte. Sie hatte schon so viel für mich getan.

»Wenn es dich glücklich macht«, gab ich schließlich nach. Sie strahlte bis über beide Ohren und nickte heftig.

Als sie gegangen war, war es kurz nach elf und ich beschloss noch kurz unter die Dusche zu springen, bevor Liam zurückkam. Allein der Gedanke brachte mich schon wieder zum Lächeln. Ich ging ins Badezimmer und duschte ausgiebig. Danach föhnte ich meine Haare und warf einen Blick in den Spiegel. Mein Gesicht hatte schon fast wieder seine normale Farbe und war nicht mehr so bleich wie gestern. Mit ein wenig Wimperntusche sah ich schon wieder ganz passabel aus. Ich bürstete meine Haare und steckte sie locker im Nacken zusammen. Danach steckte ich meine Badesachen wieder in die kleine Kosmetiktasche, die ich hier platziert hatte. Als ich nach meinem Rucksack greifen wollte, fiel mir auf, dass ich vergessen hatte ihn mitzunehmen. Ich hörte, wie die Zimmertür von Liam geöffnet wurde und freute mich, dass er schon zurück war. Also schnappte ich mir das Handtuch und band es mir locker um. Freudestrahlend verließ ich das Badezimmer.

Doch da stand nicht Liam. Auf der Bettkante saß Eric.

»Ah!«, schrie ich und versuchte das Handtuch etwas tiefer über meinen Po zu ziehen, was kaum hilfreich war, denn so rutschte es mir fast oben runter. Ich stellte mich mit dem Rücken dicht an die Wand, wie jemand, der gerade von der Polizei aufgegriffen wurde. »Was machst du denn hier? Warum klopfst du nicht an?«, kreischte ich. Eric hob die Hände

»Hey Süße, das habe ich, aber niemand hat geantwortet. Ich habe dich im Bad gehört und dachte, ich warte kurz bis du rauskommst. Ich muss sagen, das hat sich gelohnt.« Sein Blick wanderte von meinen Beinen über das Handtuch hinauf zu meinem wütenden Gesicht.

»Sehr witzig. Raus hier, du Spanner!«, versuchte ich ihn zum Gehen zu bewegen.

»Hey Ella, keine Panik. Es gibt nichts, was ich noch nicht gesehen hätte. Ich bin nur hier um dich zu fragen, wie es dir geht und ob du heute Abend mit mir endlich mal zum Leuchtturm kommst?« Er stand auf und kam auf mich zu. Was dachte er sich? Er sah mich halb nackt in Liams Zimmer und hoffte trotzdem, ich würde mich auf ein Treffen mit ihm einlassen?

»Eric, ich mag dich wirklich. Ich glaube hinter dieser Macho-Fassade steckt ein netter Kerl. Den konnte ich damals im Kaufhaus kennenlernen.« Ich drängte mich noch dichter an die Wand, als er aufstand und in meine Richtung kam. »Aber ich bin in jemand anderen verliebt und werde deshalb nicht mit dir zum Leuchtturm gehen.« Er sah mich wissend an.

»Du meinst Liam?« Ich nickte - er war aber auch ein Blitzmerker. »Süße, ich mag dich wirklich gerne und würde mich gerne mit dir treffen. Vor allem, weil das mit euch eh nur eine lockere Bettgeschichte ist. « Er kam immer näher auf mich zu.

177

»Was redest du für einen Blödsinn?«, zischte ich und fühlte die kalte Wand an meinem nackten Rücken.

»Nun, Charlotte hat uns erzählt, dass sie und Liam beschlossen haben sich ein wenig auszutoben und ab morgen sind sie dann wieder zusammen. Sowas wie eine Auszeit, um sich die Hörner abzustoßen«, erklärte er mir.

»Sie lügt!«, giftete ich ihn an und streckte eine Hand aus, mit der ich ihn an seiner Brust auf Abstand hielt.

»Hoffen wir es. Ich will nicht, dass er dich verletzt. Ich würde das nie tun!« Er griff nach einer Strähne, die aus meiner Frisur gefallen war. Sofort zuckte ich zurück.

»Ich glaube es ist besser, wenn du jetzt gehst«, befahl ich.

»Ja, das glaube ich auch!« Die Stimme kam aus der Tür, in der Liam stand. Er schaute grimmig zu Eric und ich hätte schwören können, wenn er Lucas wäre, würde jetzt ein Vulkan ausbrechen. Er sah unglaublich wütend aus und kam direkt auf Eric zu.

»Verdammt, was machst du hier?«, schrie er ihn an. Liam packte Eric am Arm und zog ihn von mir weg.

»Ganz ruhig, Liam. Ich habe Ella nur über dein Arrangement mit Charlotte aufgeklärt.« Er hob entschuldigend die Hände.

»Verschwinde hier, Eric!« Liam schubste ihn in Richtung Tür.

»Du wirst schon sehen, Ella!« Eric verließ das Zimmer und schloss schnell die Tür, bevor Liam einen Schritt in seine Richtung machen konnte. Seine Fingerknöchel waren weiß und traten hervor. Er hatte mir noch immer den Rücken zugewandt und starrte die Tür an.

»Stimmt es was er sagt?«, fragte ich ihn und presste das Handtuch mit beiden Händen oben zusammen. Liam drehte sich zu mir um und kam langsam auf mich zu. Er nahm die Strähne zwischen seine Finger und steckte sie hinter mein Ohr.

»Nein«, antwortete er. »Da ist nichts dran. Das hat sie sich nur ausgedacht. Als wir uns getrennt hatten, war es zuerst nur eine Auszeit, die dann in einer Trennung endete. Sie nutzt die Geschichte jetzt, um dich zu verunsichern.« Er sah mich lange an. »Glaubst du mir?« Ich streckte eine Hand nach seinem Gesicht aus und küsste ihn sanft.

»Aber natürlich glaube ich dir.« Er lächelte und sah an mir herab.

»Unglaublich, dass Eric dich so sehen durfte«, beklagte er sich. Und schob mich wieder in Richtung Wand. »Das ist mir vorbehalten und ich habe nicht die Absicht dich zu teilen.« Er begann mich am Hals zu küssen.

»Er wollte einfach nicht gehen«, verteidigte ich mich.

»Wer kann es ihm verdenken. Ich wäre auch geblieben. Du siehst wahnsinnig sexy aus in deinem Outfit. Ich finde, du solltest das in diesen vier Wänden hier ab jetzt immer tragen.« Er öffnete den Knoten des Handtuches und ließ es zu Boden fallen.

»Ganz schön ungerechte Verhältnisse hier«, murmelte ich und zog ihm den Pullover über den Kopf und öffnete seine Hose, die gleich zu Boden fiel. Er hob mich hoch, trug mich bis zum Schreibtisch und setzte mich darauf ab.

»Du hast mir gefehlt«, murmelte er in mein Haar, als wir danach im Bett lagen.

»Du hast mir auch gefehlt.«

Er schloss mich fester in die Arme.

»Ich weiß nicht, warum Eric so aufdringlich ist. Klar, er ist ein Macho, aber er hat fünf an jedem Finger. Vielleicht hat er wirklich was für dich übrig«, sinnierte Liam.

»Ist mir egal«, sagte ich gelangweilt. »Mich nervt nur, was Charlotte erzählt und das so kurz vor eurem großen Tag. Alle werden denken, ihr zieht eure Knutschnummer ab.« Unglücklich sah ich ihn an. Liam kniff die Augen zusammen.

»Woher weißt du… Ach Hailey. Weiber.« Er schüttelte den Kopf. »Das war damals Charlottes Idee gewesen. Sie liebt es im Mittelpunkt zu stehen. Aber glaub mir, die Einzige, die ich morgen Abend auf der Tanzfläche um Mitternacht küssen will, liegt hier.« Er tippt mit seinem Zeigefinger auf meine Nase. »Aber viel lieber wäre mir das nicht mitten in der Menge, sondern hier in diesem Bett!« Ich verzog schuldbewusst das Gesicht.

»Was?«, fragte er mich.

»Nun ja, ich habe bereits einem Date für morgen zugestimmt.« Liam stützte sich seitlich auf den Ellenbogen ab und zeichnete Linien auf meinem Bauch.

»Kein Problem. Nenn mir den Namen des Typen. Ich werde ihm ganz sachlich erklären, dass du ab sofort und für immer nicht mehr zur Verfügung stehst und er sich sein Date sonst wohin stecken kann.« Zufrieden grinste er. Ich griff seine Hand und verschränkte seine Finger mit meinen.

»Es scheint du bist es gewohnt zu bekommen, was du willst«, stellte ich fest und zog eine Augenbraue hoch.

»Naja, also ich will nicht angeben, aber ich bin der Trainer hier auf Blake Island. Ich weiß nicht, ob es dir bewusst ist, dass ich eine ziemlich große Nummer bin. Natürlich nutze ich das in der Regel nicht aus, aber wenn es sein muss, so wie jetzt, zeige ich den anderen gerne, wer der Boss ist. Und so einem Anfänger alle Mal. Ist es Danny?«

Er zählte noch einige Namen auf und ich genoss das Schauspiel schon fast. Nachdem er alle Neuankömmlinge durchhatte, wollte ich ihn aber dann doch erlösen.

»Ich habe Hailey bereits versprochen mit ihr auf die Party zu gehen. Sie will da nicht allein hin und Wade steht nicht zur Debatte wie es scheint.« Liam sah mich gespielt beleidigt an.

»So, du hast also schon ein Date für die Party. Na, da kann ich ja froh sein, dass Hailey vor Eric da war.« Ich kniff ihm liebevoll in die Seite.

»Was ist das zwischen den zwei?«, fragte ich ihn. Liam atmete tief durch.

»Er ist hier der Boss und hat das alles hier gut im Griff wie kein anderer. Vor allem, weil er keine Schwächen zu haben scheint. Nichts womit man ihn verletzen kann. Hailey ist eine Schwäche. Es ist schwer für ihn. Wir stehen uns nahe und ich weiß, wieviel sie ihm bedeutet. Aber an erster Stelle steht die Gemeinschaft.« Ich runzelte abschätzig die Stirn.

»Aber jeder weiß doch, dass zwischen denen was läuft.« Liam nickte. »Also für mich hört sich das nach einem riesen Bullshit an.« Er lachte auf.

»Lass mich sehen was ich tun kann. Vielleicht kann ich ihn überreden mit Hailey hinzugehen. Dann kann ich doch dein Date sein. Ich möchte zumindest als Ersatzdate gelistet sein, falls Hailey dich versetzt. Wer weiß wer hier sonst noch auftaucht und sich auf die Liste setzen lässt.« Er zwinkerte mir zu. Ich grinste ihn an.

»Also, wenn du das hinbekommst, muss ich mir ein ganz besonderes Geburtstagsgeschenk für morgen einfallen lassen.« Ich küsste ihn und lächelte ihn so verführerisch wie möglich an. Er erhob sich und wollte das Bett verlassen.

»Hey, wo willst du hin?«, fragte ich ihn irritiert.

»Na sofort zu Wade! Ich muss ihn unbedingt dazu bringen mit seiner Traumfrau zur Party zu gehen, damit ich mein besonderes Geschenk bekomme!«

Ich lachte und zog ihn zurück ins Bett. »Immer langsam, Cowboy. Das hat noch bis später Zeit«.

»Morgen ist kein Training«, verkündete mir Liam am Abend. Den ganzen Nachmittag hatte er Pläne geschmiedet, wie er Wade überlisten konnte. Ich hatte schon Muskelkater in meinen Wangenknochen vom Lachen.

»Was, wieso?«, fragte ich. »Am Tag der Party gehen alle immer morgens zur Arbeit, damit sie sich mittags noch ausruhen können. Außerdem habe ich an meinem Geburtstag frei«, verkündete er mit trauriger Miene.

»Das ist doch eine gute Nachricht. Warum schaust du wie drei Tage Regenwetter?«, wollte ich wissen.

»Du hast nicht frei. Du darfst morgen wieder mit Eric nach Seattle.« Dieser Gedanke behagte ihm überhaupt nicht und ich konnte ihn verstehen. Ich hatte selbst keine große Lust darauf nach dem heutigen Vorfall mit ihm einkaufen zu gehen.

»Bei der Arbeit ist er anders«, versuchte ich Liam zu beschwichtigen. Er nickte und küsste mich auf die Stirn.

Elf

»Nimm dein Handy mit!« Liam sprang mir hinterher, als ich gerade die Zimmertür öffnen wollte. Es war bereits kurz vor acht und ich musste gleich unten am Steg sein. Er steckte es in meine Tasche und küsste mich erneut.

»Willst du nicht bleiben und mir nochmal mein Geburtstagsgeschenk von vorhin geben?« Er küsste mich am Hals und die Erinnerung an die vorangegangene Stunde verursachte mir eine Gänsehaut.

»Würde ich gerne, aber ich muss los. Ich komme danach wieder her«, versprach ich und riss mich los. Kurz bevor ich die Tür hinter mir schloss, stecke ich den Kopf nochmal hinein und drückte ihm noch einen Kuss auf: »Alles Gute zum Geburtstag, oh du größte Nummer aller Nummern!«, grinste ich und verließ das Zimmer.

Das Wetter war heute außergewöhnlich gut. Die Sonne schien ein wenig und wärmte mein Gesicht. Am Steg standen bereits die anderen - inklusive Charlotte. Ich hatte verdrängt, dass sie auch mitkommen würde. Sie bedachte mich mit einem wissenden Blick, als ich an ihr vorbeiging. Wieviel wusste sie wirklich, fragte ich mich. Bisher wusste noch niemand offiziell von Liam und mir. Nur Hailey - und die hatte es ihr bestimmt nicht erzählt. Vielleicht hatte Lucas ihr erzählt, dass ich praktisch bei Liam wohnte und den Rest dachte sie sich.

Eric war damit beschäftigt das Boot startklar zu machen. Kurze Zeit später fuhren wir los. Je öfter ich auf dem Boot war, desto einfacher fiel mir die Überfahrt. Ich musste zwar noch immer an der frischen Luft bleiben, aber ich konnte den Punkt am Horizont hin und wieder vernachlässigen. Die Reisetabletten taten ihren Rest und so genoss ich das schöne Wetter auf der Überfahrt, bis die anderen an Deck kamen.

»Also, wir müssen heute alle einkaufen gehen. Wir brauchen eine Menge Alkohol.« Eric grinste und die anderen lachten. »Ella und ich gehen zu Barneys und kaufen den Alkohol. Ihr anderen geht zum Großmarkt und kauft Bier und diesen leckeren Schokoladenkuchen!« Eric war wieder in seinem Element. »Achtet auf die Polizeistreifen. Zu dieser Jahreszeit sind viele unterwegs. Haltet euch bedeckt. Wir treffen uns in zwei Stunden, also um zwölf Uhr wieder hier.« Wir nickten alle. »Ach und vergesst bloß nicht den Schokokuchen!«

Caren verdrehte die Augen. »Eric, wir denken schon an den blöden Kuchen.«

Kaum hatten wir angelegt, verstreuten wir uns in alle Richtungen. Eric und ich gingen einige Querstraßen weiter vorbei an einem Zeitungskiosk.

»Also, Süße. Ich wollte mich für gestern entschuldigen. Ich wollte dich nicht bedrängen oder verunsichern. Ich dachte nur, es wäre gut, wenn du alle Aspekte der Geschichte kennst.« Eric sah mich schuldbewusst an. Ich nickte und blieb stumm. Er hielt mich an der Hand fest und brachte mich zum Stehen. »Bitte sag, dass du nicht mehr sauer bist.« Ich überlegte einen Moment. Er meinte es ernst, das sah man ihm an.

»Ich habe einige Bedingungen, dann können wir das von meiner Seite aus vergessen. Für Liam kann ich nicht sprechen!« Er nickte. »Erstens habe ich einen Namen. Er lautet Ella und nicht Süße. Ein ziemlich einfacher Name - leicht zu merken!«, fing ich an. »Zweitens will ich nicht mit dir zum Leuchtturm gehen und nicht mehr ständig danach gefragt werden.« Eric machte einen Schmollmund, nickte aber leidig. »Und drittens, will ich nie wieder solch einen Bullshit von Charlotte aus deinem Mund hören!« Eric zog die Augenbraue hoch und sagte nichts. »Und was sagst du?«, fragte ich ihn und streckte ihm meine Hand entgegen. Er überlegte kurz und schüttelte sie anschließend.

»Einverstanden«, knurrte er.

Wir gingen weiter und erreichten den Laden, in dem Eric einkaufen wollte. Es war ein kleiner Spirituosenladen in einer Seitengasse. Er hatte nicht übertrieben, als er gesagt hatte, er wolle viel Alkohol kaufen. Er füllte den riesigen Einkaufswagen randvoll mit Wodka, Gin, Rum und allem möglichen Zeug, das ich nicht kannte.

»Das wird der uns nie alles verkaufen, ohne dass wir auffallen«, murmelte ich Eric zu. Der wiederum grinste nur und flüsterte: »Kein Stress. Der Besitzer ist Barney - der gehörte zu uns und war der größte Säufer auf der Insel!«, er zwinkerte mir zu. Ich sah um die Ecke, wo die kleine Ladentheke stand. Dahinter saß ein Mann Ende Dreißig. Er war nicht ganz so groß wie Eric und hatte bereits schütteres dunkles Haar. Seine Figur ließ aber immer noch erahnen, dass er früher mal ziemlich fit gewesen sein musste. Wir gingen an die Kasse und bezahlten die Getränke, ohne ein Wort mit Barney zu wechseln. Es waren noch andere Kunden im Laden und jedes Gespräch hätte die Aufmerksamkeit nur auf uns gelenkt.

»Wie immer?«, fragte er Eric, nachdem er kassiert hatte. Eric nickte. Daraufhin nahm Barney den gefüllten Wagen an sich und schob ihn in einen Nebenraum.

»Los, lass uns gehen«, sagte Eric und wies mit dem Kopf Richtung Ausgang. Ich schaute ihn verwirrt an.

»Und unser Einkauf?«

»Der wird auf dem Boot sein, bevor wir dort ankommen.« Eric nahm mich an die Hand und zog mich aus dem Laden. Auf dem Rückweg kamen uns einige Jugendliche entgegen, die noch die letzten Raketen zu Silvester gekauft hatten. Ich beobachtete eine Gruppe, die vor einem Musikladen herumlungerte und die Abendplanung besprachen, als mir eine Idee kam. Ich hielt Eric zurück.

»Können wir da kurz reingehen?«, fragte ich ihn.

»Klar. Brauchst du was Bestimmtes?« Ich deutete auf den Musikladen.

»Ich will da eine CD kaufen«, erklärte ich ihm. Eric sah sich prüfend um und stimmte dann zu. Wir betraten den Laden, in dem es vor Leuten wimmelte.

»Ella, das ist keine gute Idee hier«, flüsterte er mir zu und deutete auf zwei Polizisten, die in der Rockabteilung standen.

»Ich beeil mich!«, versicherte ich ihm. Und das tat ich auch. Ich wusste genau, wo ich nach der CD suchen musste, die ich im Sinn hatte. Klassikabteilung. Ich griff mir die CD mit dem Klavier auf dem Cover.

»Flying von Grace Stone«, las Eric ab. »Kenn ich nicht.«

Ich zog die Augenbrauen hoch. »Du bist doch ein schlaues Kerlchen. Denk scharf nach.« Ich war schon an der Kasse. »Können Sie es bitte einpacken?«, bat ich den Verkäufer. Eric überlegte immer noch, als ihm endlich ein Licht aufging.

Er grinste mich an und lief in das Regal zurück. »Ich nehme auch eine!«

Gemeinsam verließen wir das Geschäft. »Du spielst Klavier?«, fragte er mich als wir den Laden hinter uns gelassen hatten.

»Ja, das habe ich, als ich noch Zuhause war. Die CD habe ich vor vier Jahren für meinen Vater aufgenommen. Er fand sie so toll, dass er ein Label fand, das sie vermarktete.« Eric wendete die CD und las die Titel der Songs.

»Ich bin gespannt!«, verkündete er.

Am Boot wartete schon Charlotte. »Wo sind die anderen?«, wollte Eric sofort wissen. Charlotte deutete auf einen Hot Dog-Stand einige Meter entfernt und Eric entspannte sich wieder. »Ich mach schon das Boot startklar.« Damit ließ er uns beide allein zurück. Keiner von uns sagte ein Wort, bis Charlotte die Stille unterbrach.

»Egal was er dir erzählt hat. Er lügt!« Ihr Ton war feindselig und ich wusste genau, wen sie meinte.

»Ich weiß nicht was du meinst«, antwortete ich gelangweilt. Ich wollte mich nicht auf ihr Niveau begeben.

»Heute Abend werden Liam und ich wieder zusammen sein, und du Geschichte, Schätzchen.« Sie machte eine wegwerfende Handbewegung.

»Wenn du meinst. Aber vielleicht solltest du dir nur zur Sicherheit doch einen anderen für den Mitternachtskuss suchen. Ich denke nämlich, dass Liam für dich nicht zur Verfügung stehen wird«, fauchte ich zurück. Ich wollte gar nicht so zickig klingen wie es aus meinem Mund kam. Aber diese Frau machte mich rasend.

»Wir werden sehen«, sagte sie wieder mit einem wissenden Blick.

Auf dem Rückweg wechselten wir kein Wort mehr miteinander. Als wir anlegten, stand Liam schon am Pfad, um mich abzuholen. Immer wenn ich ihn sah, konnte ich mein Glück kaum fassen. Er war verliebt in mich und ich war es auch in ihn. Ich weiß, dass es einen Unterschied gibt zwischen Liebe und verliebt sein. Man kann verliebt in einen Menschen sein, ohne ihn zu lieben - meist wird einem erst später klar, dass es keine Liebe war, sondern nur eine kleine Verliebtheit. Aber das was ich empfand, als ich ihn dort stehen sah, war mehr als nur eine kleine Verliebtheit. Ich wurde aus meinem alten Leben rausgerissen und war hier gelandet ohne Hoffnung auf ein glückliches Leben. Aber mir hatte immer etwas gefehlt. Und jetzt weiß ich, was es war. Liam. Er hatte mir schon gefehlt, bevor ich ihn kannte. Ein Leben ohne ihn schien mir unmöglich. Er lächelte mich an, als ob er gerade etwas Ähnliches dachte. Ich lief ihm direkt in die Arme und er küsste mich zärtlich.

»Na endlich. Das wurde auch Zeit. Ich habe dich schon lange vermisst«, flüsterte er. Ich nickte und nahm seine Hand.

»Ich dich auch.« Zusammen schlenderten wir zurück in sein Zimmer. Es hatte wieder zu schneien begonnen und die Flocken fielen leise auf den Weg vor uns. Kurz bevor der Pfad endete, hielt ich ihn zurück und öffnete meine Jacke.

»Ich habe noch ein Geburtstagsgeschenk für dich!« Liam verzog das Gesicht.

»Hier draußen? Also ich weiß nicht, ob das bei der Kälte alles funktioniert wie es sollte.« Ich musste lachen und schüttelte den Kopf. Sein Gesichtsausdruck war zu komisch.

»Ich bin eine Frostbeule, das weißt du doch. Nein ich habe etwas anderes für dich. Ein echtes Geschenk!« Ich griff in die Innentasche meiner Jacke und zog die CD raus. »Für dich!« Ich streckte sie ihm entgegen. Fragend sah er mich an und drehte sie in seinen Händen hin und her. »Na mach schon auf!«, forderte ich ihn auf. Er nickte und öffnete das Geschenkpapier. Liam betrachtete den Titel und wusste sofort, dass Grace Stone ein Pseudonym für Ella Stone war.

»Sind das deine Lieder vom Klavier?«, fragte er erstaunt. Ich nickte.

»Du meintest, dass du sie mochtest und da dachte ich mir, da ich dir nicht vorspielen kann, bekommst du zumindest die CD.« Er sah mich intensiv an. »Das größte Geschenk bist du für mich. Wie habe ich dich nur verdient!« Ich küsste ihn und wir gingen gemeinsam zurück zum Haus.

Am Nachmittag hörten wir gemeinsam die Musik und lagen vor dem Kamin.

»Vermisst du es?«, fragte er mich.

»Ja, sehr!«, gestand ich. »Ich kam zum Klavierspielen durch meinen Vater und jedes Mal, wenn ich spiele, fühlte es sich an, als wäre er wieder da.« Liam nahm meine Hand und streichelte sie.

»Ich bin sicher das ist er auch auf die ein oder andere Weise.« Ich nickte stumm. Plötzlich klopfte es an der Tür.

»Seid ihr angezogen?«, rief jemand von außen. Hailey.

Liam flüsterte mir zu: »Wenn wir ganz leise sind, hört sie uns vielleicht nicht.« Die Tür schwang auf.

»Also nur, dass ihr es wisst. Ich kann jedes Wort draußen verstehen und ich gehe auch gleich wieder, nehme aber Ella mit!« Hailey spazierte in das Zimmer und baute sich vor uns auf. Liam sah mich unglücklich an.

»Wieso denn jetzt schon? Es ist gerade mal sechs Uhr. Die Party beginnt erst um neun.« Er tippte auf seine Armbanduhr.

»Frauensache. Aber glaub mir. Du wirst es lieben!«, prophezeite sie ihm mit einem verschmitzten Lächeln. Liam zog die Augenbrauen nach oben.

»Ungern, aber wie ihr wollt«, brummte er. Was wollte Hailey so lange mit mir anstellen? Duschen, Anziehen, Schminken brauchte exakt dreißig Minuten. Fünfundvierzig, wenn ich mir besonders viel Mühe gab. Aber es hatte keinen Sinn ihr zu widersprechen und insgeheim freute ich mich darauf, ein wenig Zeit mit ihr zu verbringen.

»Bis später. Wir sehen uns dann dort.« Ich beugte mich zu ihm und gab ihm noch einen Kuss. Er schloss die Augen und atmete tief ein.

»Gut, dann gehe ich jetzt allein duschen«, flüsterte er mir zu. Mit einem Schmollmund sah ich ihn an.

»Ja, und ich mit Hailey«, flunkerte ich und grinste als sein Mund offen stehen blieb. »Ach und Liam. Ella ist die im blauen Kleid. Nur falls du sie nicht erkennst.« Hailey stand in der Tür und winkte mich heran.

»Würde mir nicht passieren!«, maulte er, doch Hailey hatte die Tür schon zugezogen.

Nun wusste ich, warum mich Hailey bereits abgeholt hatte. Sie beförderte mich in Wades Zimmer. »Wir richten uns hier. Eigene Dusche und so. Wade ist schon in der Halle«, meinte sie nur knapp. Es musste schwer für sie sein nicht mit ihm dorthin gehen zu können. Ich würde zwar auch nicht mit Liam hingehen können, aber ich wusste, dass er dort auf mich wartete. Also riss ich mich für sie zusammen.

»OK, was machen wir zuerst?«

Hailey stellte mich als erstes unter die Dusche und gab mir ihr Shampoo. Es machte meine Haare ganz weich und seidig. Es duftete nach ihr. Manchmal verbindet man einen bestimmten Geruch, oder ein Lied mit einer ganz bestimmten Person. Das Aftershave von Liam oder eben das Shampoo von Hailey, das ganz leicht nach Kokos duftete. Dann gab sie mir eine Bodylotion, die einen ganz leichten Schimmer hatte. Nicht aufdringlich, sondern nur so, dass es im Licht ein wenig glitzerte. Ich wollte schon anfangen meine Haare zu föhnen, als sie mir den Haartrockner wieder aus der Hand nahm und den Kopf wie eine Lehrerin schüttelte, die einem Schüler eine schlechte Klassenarbeit zurückgab. Sie machte etwas Styling Schaum in mein feuchtes Haar und wickelte dann Strähne für Strähne auf große Lockenwickler. In der Zwischenzeit feilte und lackierte sie meine Nägel in einem durchsichtigen Nagellack.

»Pastell oder blau?«, fragte sie mich knapp aus dem Badezimmer heraus.

»Was meinst du?« Ich sah mich unsicher um.

»Na, der Lidschatten. Pastell oder blau?« Sie hielt zwei Döschen in die Höhe.

»Eindeutig Pastell!« Zuerst trug sie ein leichtes Makeup auf, um mich danach in Pastelltönen zu Schminken. Zum Schluss legte sie ein wenig Rouge und einen Lippenstift auf, der fast die Farbe meiner eigenen Lippen hatte, aber den Grundton etwas satter machte. Als sie mir endlich die Lockenwickler aus dem Haar nahm, war es bereits halb neun. Hailey steckte mir die Haare locker in den Nacken und ließ sie in Wellen um meine Schultern fallen. »So, du kannst schon mal das Kleid anziehen, das ich in dem Kleidersack für dich an die Schranktür gehängt habe. Ich richte mich auch noch kurz.«

Hailey hüpfte ins Badezimmer und begann sich selbst zu schminken. Ich ging zum Schrank und nahm den schwarzen Kleidersack von der Tür. Als ich den Reißverschluss öffnete, kam ein schulterloses blaues Kleid zum Vorschein. Nein, es war nicht blau. Es war türkis. Der glatte seidige Stoff endete knapp über meinen Knien.

»Gefällt es dir nicht?« Hailey stand hinter mir und sah meinen skeptischen Gesichtsausdruck.

»Doch, es ist wunderschön. Aber ein wenig auffällig. Sie werden mich alle anstarren.« Bei dem Gedanken wurde mir ganz übel.

»Du wirst wunderschön darin aussehen.« Sie legte mir die Hände auf die Schultern und drückte sie. Sie selbst trug ein rotes Kleid. Auch schulterlos, aber um einiges kürzer. Ich pfiff, als sie es überzog. »Alles OK. Sie werden nur auf dich schauen!«, gluckste ich.

»Man muss zeigen was man hat, oder was einem eventuell entgeht!« Sie spielte auf Wade an. Richtig so. Dem würden die Augen ausfallen, wenn er sie sah. Sie trug ihre schwarzen Haare geglättet und geschickt nach hinten geflochten. Das Kleid unterstrich ihre leuchtend grünen Augen. Dass es zusätzlich noch ein tolles Dekolleté machte, war nicht von Nachteil.

Ich schlüpfte in mein Kleid und zog die silberfarbenen High Heels an, die sie mir hingestellt hatte. Ich lief am Spiegel vorbei und mir blieb der Mund offenstehen. Hailey hatte ganze Arbeit geleistet. Ich erkannte mich zwar wieder, aber sie hatte meine Vorzüge so betont, dass sie noch besser zur Geltung kamen. Ich war immer noch ich, aber die sexy Version. Das Kleid hatte exakt die Farbe meiner Augen, die durch das schwarze Kajal und den Eyeliner richtig zur Geltung kamen. Sie strahlten richtig.

»Na, zufrieden?«, grinste sie mich an. Ich nickte stumm.

Zwölf

Es war viertel nach neun, als wir endlich an der Halle
ankamen. Draußen war kein Licht zu sehen und hätte
ich es nicht besser gewusst, hätte ich gesagt, dass niemand hier wäre. Nur das leise Geräusch von Musik
ließ vermuten, dass wir nicht allein waren. Wir betraten die Halle und vor mir erstreckte sich eine riesige
Tanzfläche, auf der sich schon etliche Leute vergnügten. An den Wänden entlang standen Tische mit Cocktails, Bier und Häppchen. Die Lichtanlage tauchte die
ganze Halle in abwechselnd rotes und blaues Licht. Ich
sah mich nach Liam um und entdeckte Eric, der sich
auf der Tanzfläche gerade einen Dirty Dancing mit
Caren lieferte. Den würde ich heute Abend auf jeden
Fall nicht am Rockzipfel hängen haben.

Dann entdeckte ich Liam. Er stand an einem der
Stehtische mit einem Bier in der Hand und sprach mit
Wade. Nein, er schien mit ihm zu diskutieren. Wade
schüttelte immer wieder den Kopf und sah zu Boden.
Über was sie wohl sprachen? Hailey hatte sie auch
entdeckt und sah etwas traurig aus. Plötzlich sah Liam
auf und blickte mich an. Fast ließ er sein Bier fallen.
Nur durch Wades Reaktion, der es auffing, landete es

nicht auf dem Boden. Liam deutete in unsere Richtung und sagte irgendetwas zu Wade, der nun auch zu uns herübersah. Auch er kniff immer wieder die Augen zusammen, als würde er schlecht sehen. Dann sah er Liam an und nickte.

»Da kommt Wade!«, flüsterte ich Hailey zu. Sie war angespannt, das sah ich ihr an.

»Entschuldigung, Miss. Ich suche schon seit zwanzig Minuten ein Mädchen. Viel kleiner als sie, aber genauso wunderschön!«, sagte Liam zu mir und nahm mich in den Arm. »Du siehst unbeschreiblich aus. Aber damit hast du dafür gesorgt, dass ich heute nicht von deiner Seite weichen werde. Wenn dich die anderen Männer entdecken, werden sie nicht zögern dich auf die Tanzfläche zu schleifen«, flüsterte er mir ins Ohr. Ich lächelte ihn an.

Wade stand vor Hailey und schien nicht so recht zu wissen, was er sagen sollte. Aber er starrte sie immer noch an und musste immer wieder seinen Mund zuklappen.

»Hey, Hailey! Du siehst scharf aus heute. Kommst du mit Tanzen?«. Ein Junge, den ich schon einmal in der Kantine gesehen hatte, stand neben ihr und sah sie erwartungsvoll an. Liam wechselte einen vielsagenden Blick mit Wade. Das war wohl das Stichwort für ihn gewesen. Er schob sich zwischen Hailey und den Jungen.

»Sie kann nicht mit dir tanzen, Ben.« Wade blickte den Jungen, Ben hieß er in dem Fall, düster an und der zog verdutzt ab. Wade wandte sich an Hailey, zog sie an sich und küsste sie. Alle anderen um uns herum hatten das Schauspiel auch mitbekommen und tuschelten. Wade schien das ziemlich egal zu sein. Er drückte Hailey gegen die Wand und küsste sie noch intensiver.

»Nehmt euch doch ein Zimmer!«, lachte Liam laut. Wade drehte sich zu ihm um und stieß ihn freundschaftlich gegen die Schulter. Hailey wirkte wie benommen. Benommen, aber glücklich. Sie gingen gemeinsam zur Tanzfläche und scherten sich nicht darum, was die anderen dachten. Ich freute mich unglaublich für die beiden. Liam grinste und ich ahnte, wer dafür verantwortlich war. »Hast du was damit zu tun?«, ich nickte in Richtung Hailey und Wade.

»Ich habe ihm nur gesagt, wie schön es ist, wenn man zeigen kann wie glücklich man ist und dass das seinem Einfluss auf die Gemeinschaft nicht schadet.« Liam legte meine Arme um seinen Nacken, umfasste meine Taille und begann zur Musik hin und her zu wippen.

»Du weißt, dass du dir damit dein ganz besonderes Geburtstagsgeschenk verdient hast«, flüsterte ich ihm zu, während ich ganz leicht an seinem Ohr knabberte.

»Na dann kann ich froh sein, dass Hailey heute Abend als zweitschärfste Frau noch zwei gute Argumente mitgebracht hat.« Er lächelte mich verschmitzt an.

Es wurde ein Lied nach dem anderen gespielt und wir standen zu viert an der Bierbar. Wir lachten und scherzten. Wade hielt in der einen Hand sein Bier und in der anderen Haileys Hand. Liam hatte den Arm um mich gelegt. Es war alles perfekt. Hätte mir in diesem

Augenblick jemand gesagt, dass es bald wieder anders sein würde, hätte ich ihn für verrückt erklärt.

Hailey tat, als würde sie ein Mikro in der Hand halten, hielt es uns beiden unter das Kinn und ich sang mit ihr. Liam und Wade lachten über unsere Vorstellung und ich muss zugeben, dass der Cocktail seine Wirkung tat.

»Liam holt uns gerade etwas zu essen. Ich fürchte, er hat Angst, dass wir die beiden noch blamieren«, schrie ich Hailey ins Ohr. Sie lachte und nahm mich in den Arm.

»Danke!«, sagte sie. Ich nickte und gönnte ihr alles Glück der Welt. Es war schön sie so zu sehen. Sie hatte es verdient.

»Wo bleibt er denn? Ich habe jetzt schon einen Bärenhunger!« Es war kurz nach zehn. Noch zwei Stunden bis Mitternacht. Ich sah mich um und entdeckte ihn an einem Stehtisch mit Charlotte. Sie sah unglaublich aus. Ihre blonden Haare trug sie elegant auf der Seite und ihr durchtrainierter Körper steckte in einem pinken Kleid. Noch kürzer als das von Hailey. Sie legte die Hand auf Liams Arm und redete auf ihn ein. Er sagte kaum ein Wort. Es machte mich fast wahnsinnig. Ich vertraute Liam zwar, aber er hatte auch schon etwas getrunken und außerdem war sie ein Biest.

»Nicht so gucken, das gibt nur Falten. Da ist nichts!« Hailey verfolgte meinen Blick und kniff auch die Augen zusammen. »Was für eine Schlange«, spuckte sie aus.

Ich musste lachen und sie sah mich verwirrt an. »Wieso lachst du?«, wollte sie wissen.

»Nur, weil du sie so schön solidarisch für mich hasst«, kicherte ich. In dem Moment sah Charlotte zu uns herüber. Sie grinste mich heimtückisch an und legte die andere Hand in Liams Nacken. Mir blieb fast die Luft weg. Liam sah zu mir herüber, machte einen Schritt nach hinten und ließ sie einfach stehen. Nun war ich es, die sie anlächelte. Er gesellte sich wieder zu uns und küsste meinen Nacken.

»Kein Grund zur Sorge, meine kleine sexy Frostbeule«, flüsterte er mir zu. Ich lächelte ihn sanft an und gab ihm einen leidenschaftlichen Kuss. Irgendwann würde dieses Biest schon kapieren, für wen Liam sich entschieden hatte. Als ich den Kuss beenden wollte, zog er mich wieder an sich heran und küsste mich. »Du siehst wirklich verdammt heiß aus, habe ich das schon erwähnt?«, flüsterte er, während er mich Richtung Ausgang zog.

Hailey unterhielt sich gerade mit Ben, der Wades kurze Abwesenheit nutzen wollte, um sich für sein Verhalten zu entschuldigen. Liam hatte recht gehabt. Alle hatten solchen Respekt vor Wade. Da machte es keinen Unterschied, ob er Hailey an der Hand hielt oder nicht.

»Sind wir ein wenig beschwipst?«, kicherte ich.

Liam zog mich hinter sich her in die Umkleidekabinen. Ich war angetrunken und musste mich konzentrieren, mit meinen Schuhen nicht der Länge nach hinzufallen. Kaum war die Tür hinter uns geschlossen, begann Liam mich wieder zu küssen und öffnete den Reißverschluss meines Kleides.

»Möglicherweise. Aber das heißt nicht, dass ich das nicht schon den ganzen Abend vorhatte. Schließlich habe ich viel für mein besonderes Geburtstagsgeschenk getan!« Ich musste leise lachen.

»Was ist, wenn jemand reinkommt?« Liam grinste mich an, ging zur Tür und verriegelte sie mit einem Stuhl, den er unter die Klinke stellte. Vom Alkohol betört grinste ich ihn an und ließ mein Kleid fallen. Liam hob mich hoch und die nächste halbe Stunde war die Umkleidekabine besetzt.

»Wo wart ihr denn?«, fragte Hailey ironisch.

»Das geht dich nichts an, Hailey«, fiel Wade ihr ins Wort. »Frag lieber, ob wir da jetzt auch endlich hinkönnen!« Wir lachten. Hailey hatte recht gehabt. Wade hatte unter seiner harten Schale einen witzigen, weichen Kern. Gut, er war auch angetrunken, aber diese Version von ihm mochte ich, vor allem, weil er Hailey zum Strahlen brachte.

Es war halb zwölf und Wade ging mit Hailey zur Tribüne, um die Neujahrsansprache um kurz vor zwölf zu halten. »Ich gehe mich kurz frisch machen«, schrie ich Liam ins Ohr und verschwand Richtung Toilette. Ich richtete nochmal mein Make-up und trug etwas Parfum auf. Nach einem prüfenden Blick in den Spiegel, war ich noch ganz zufrieden mit meinem Aussehen. Plötzlich stolperte jemand aus der Kabine, die sich hinter mir befand.

»Eric!« ich sah ihn vorwurfsvoll an. »Was zum Teufel tust du in der Damentoilette?« Er schien auch schon etwas getrunken zu haben, konnte aber noch gerade laufen.

»Sorry, aber die Umkleidekabine war besetzt«, grinste er. Was hatte er da gesagt? Im Spiegel sah ich noch eine Person aus der Kabine kommen. Caren! Sie zupfte ihr Kleid zurecht und sah ziemlich verstrubbelt aus. Sofort wurde ich rot.

»Ich äh. Ja, also viel Spaß noch!« Sofort verließ ich den Waschraum. Ich hoffte, dass sie schon fertig gewesen waren, als ich die Toilette betreten habe. Ekel schüttelte mich.

Als ich zurückkam, stand Liam nicht mehr an der Biertheke. Ich konnte ihn nirgends entdecken und wartete einige Minuten auf ihn. Vielleicht war er nur kurz auf der Toilette. Als er um viertel vor zwölf nicht wieder da war, lief ich durch die Menge und versuchte ihn zu finden. Ich wollte das neue Jahr nicht ohne ihn anfangen. Hoffentlich hatte er nicht zu viel getrunken und lag unter einem Tisch.

Plötzlich ging auf der Bühne das Licht an und Wade kam mit Hailey an der Hand nach vorne. Sie sah glücklich aus. Es wurde still im Raum und die Musik wurde abgedreht. Wo war nur Liam?

»Heute, an der Schwelle zum Jahr 2042 feiern wir nicht nur Silvester. Wir feiern auch, dass wir dieses Jahr fast keinen Spark verloren haben!« Die Menge jubelte und pfiff. Wade sah stark aus und sprach mit einer klaren Stimme, die nichts von seinem Alkoholkonsum verriet. »Auch im kommenden Jahr werden wir wieder alles dafür tun, um unseresgleichen hier her zu bringen. Auf unsere Insel. In unser Zuhause!« Erneuter Applaus. »Deshalb gibt es jetzt nur noch eines für mich zu sagen. 10, 9, 8,«

Wo war Liam, verdammt? Ich drückte mich durch die Menge hindurch.

»5, 4, « ich konnte ihn einfach nicht sehen.

»2, 1, « die Musik ging wieder an und die Korken knallten.

Es war Mitternacht. Alle fielen sich in die Arme und küssten sich. Sogar Wade und Hailey auf der Bühne. Plötzlich jubelte hinter mir die Menge. Ich drehte mich um und blickte in die Richtung, in die alle schauten. Da stand Liam. Mit Charlotte. Sie hatte die Arme um ihn geschlungen und sie küssten sich.

Eine Sekunde, zwei Sekunden. Sekunden, die mir wie Minuten, Stunden, oder sogar Tage vorkamen. Alle Versprechungen, die er mir gegeben hatte, liefen in rasender Geschwindigkeit vor meinem inneren Auge ab. Mir traten die Tränen in die Augen und ich hatte das Gefühl, dass meine Lungen beschlossen hatten, keinen Sauerstoff mehr aufzunehmen. Ich konnte es nicht fassen. Eric hatte recht gehabt. Es war alles nur ein Spiel gewesen und das letzte Mal hatte er es in der Umkleide vorhin gespielt, um jetzt zu seiner Charlotte zurückzukehren. Es war alles nur eine große Lüge gewesen. Jeder Moment mit ihm. Jede Liebesbekundung. Nichts als dummes Gefasel für eine dumme Kuh, die das auch noch glaubte. Ich fühlte mich wie die schief gegangene Pointe eines Witzes. Und jeder auf dieser Party hatte den Witz gehört.

Liam rückte von Charlotte ab und sah sie ungläubig an. Dann sah er sich hektisch um und erblickte mich. Ich schüttelte angewidert den Kopf und eilte zum Ausgang. Niemand beachtete mich. Alle waren wieder am Tanzen, oder lagen sich noch in den Armen. Ein Adrenalinstoß holte mich zurück in die Gegenwart. Ich rannte aus der Halle in den Wald und setzte mich hinter einen Baum, keine zehn Meter von der Waldgrenze entfernt hin.

»Ella!« Liam hetzte aus der Tür und suchte den Vorplatz ab. Es war stockdunkel und er konnte mich unmöglich sehen. Ich konzentrierte mich darauf nicht zu weinen. Ich wollte ihn nicht sehen, oder mit ihm reden. Was für eine Demütigung.

»Ella, es ist nicht so wie es aussieht!«, rief er in den Wald. Er fluchte und lief den Pfad zu den Unterkünften entlang, direkt an mir vorbei. Als er endlich weg war, begann ich leise zu wimmern. Wie konnte er mir das nur antun. Hatte ich mich wirklich so getäuscht? War alles nur gespielt gewesen. Mein Gott, wie dumm war ich. Ich fror in meinem dummen blauen Kleid und vermutlich war das Make-up schon verlaufen.

»Ella?« Erics Stimme war direkt hinter meinem Baum. Ich verhielt mich ganz still, um mich nicht zu verraten. »Du weißt aber schon, dass ich im Dunkeln sehen kann«, sagte er. So ein Mist. Er kam um den Baum herum und kniete sich zu mir hin. »Alles klar bei dir?« Ich nickte.

»Du kannst dir dein ›ich hab's dir doch gesagt‹ sparen. Geh wieder rein zu deiner neuen Eroberung«, flüsterte ich mit erstickter Stimme. Eric setzte sich neben mich in den Schnee.

»Ich bin nicht froh, dass ich recht hatte und wenn ich ihn das nächste Mal sehe, poliere ich ihm die Fresse!« Er warf einen Stein, den er vom Boden aufgehoben hatte, gegen einen Baum. Ich blickte zu ihm rüber. Er schien nicht so betrunken zu sein, wie ich in der Toilette geglaubt hatte. Zumindest hatte er einen klaren Blick und lallte nicht. Wir saßen eine Weile im Schnee und ich sagte nichts.

Er legte den Arm um mich und ich weinte an seiner Schulter. Es gab keine anzüglichen Bemerkungen. Keine Anmache. Er war einfach ein guter Freund.

»So, jetzt ist Schluss, Ella. Meiner Meinung nach hast du jetzt zwei Möglichkeiten.« Ich sah ihn aufmerksam mit verweinten Augen an. »Möglichkeit eins: Du bleibst hier sitzen und weinst weiter. Damit wissen dann alle, wie sehr es dich verletzt hat. Möglichkeit zwei: Du beißt die Zähne zusammen und kommst mit mir wieder rein. Ein Sieg ist nur so lange toll, wie der Feind am Boden liegt.«

Er stand auf und streckte mir seine Hand entgegen. Ich wollte nicht wieder in die Halle. Liam war zwar noch nicht zurückgekommen, aber alle hatten mich zuvor mit ihm gesehen. Alle wussten, dass ich das dumme Huhn war, das nur benutzt wurde. Anderseits wollte ich Charlotte auch nicht den Triumph gönnen mich verletzt zu haben.

Ich packte seine Hand und stand auf. Eric wischte mir die letzten Tränen weg und führte mich zurück in die Halle, direkt an die Schnapsbar. »Hier, ich glaube du kannst einen vertragen.« Er reichte mir einen Schnaps. Aus dem einen wurde noch einer und bei fünf hatte ich aufgehört zu zählen. Ich konnte schon fast nicht mehr geradeaus gehen. Charlotte stand an der gegenüberliegenden Wand und sah mich verwundert an. *'Ja, du blöde Kuh. Ich bin wieder hier und ihr seid mir total egal.'*« Eric schnappte sich meine Hand »Tanzen!«, befahl er. Auch er war nun betrunken, aber ich stütze mich trotzdem an seinem Arm ab, als er mich auf die Tanzfläche zog. Der Boden unter mir schien zu schwanken. Ich war mir nicht sicher, ob das eine gute Idee war. Eric war ein guter Freund, aber ich hatte das Gefühl, dass er sich mehr erhoffte. Trotzdem ließ ich mich von ihm überreden und folgte ihm. Wir hüpften und sprangen zu einem Rock Song und ich musste lachen, als Eric fast gestürzt wäre. Als ein langsameres Lied anklang, legte er meine Arme um seinen Nacken und zog mich an sich. Ich wollte noch sagen, dass wir besser wieder von der Tanzfläche runtergingen, doch da fing er bereits an uns im Takt der Musik zu wiegen. Mir war bereits so schwindlig, dass ich meinen Kopf an seine Brust legen musste, weil er mir so schwer vorkam. Seine Schultern waren stark und mein Kopf lag hart an seiner Brust.

»Ella!« Liam stand neben uns und griff nach meiner Hand. Ich schlug sie ihm sofort weg. »Bitte lass uns reden. Es war nicht so wie es ausgesehen hat.« Er sah mich verzweifelt an.

»Ach, für mich hat es so ausgesehen, als ob ihr eure jährliche Show abzieht«, lallte ich und mir stiegen wieder Tränen in die Augen. Es brach mir das Herz.

»Ella bitte, du bist total betrunken! Lass uns hier abhauen und ich erkläre dir alles!« Liam griff wieder meine Hand und ich zuckte zurück.

»Ich bin nicht annähernd so betrunken, wie sauer auf dich und ich komme nicht mit dir mit!«, zischte ich. Eric stellte sich vor mich.

»Sie hat nein gesagt. Es ist wohl besser, wenn du wieder zu deiner Charlotte zurückgehst. Ella hat dich jetzt lange genug unterhalten!« Liam funkelte Eric an.

»Hast du sie abgefüllt? Geh mir aus dem Weg, Eric!«, befahl Liam. Eric bewegte sich aber keinen Zentimeter von der Stelle. Ich musste wohl doch betrunken sein, denn trotz der angespannten Situation kam mir der witzige Gedanke, dass auch Eric der Meinung war, hier eine große Nummer zu sein.

Es begann damit, dass Liam Eric zu Seite schieben wollte und ihm einen kleinen Schubs gab. Daraufhin holte Eric aus und schlug Liam ins Gesicht.

Ich ging sofort zu Boden und hielt mir die Wange. *Oh nein!* Liam wiederum hatte nichts gespürt, erkannte den Grund dafür nicht, sondern stürzte sich auf Eric und rammte ihn die Faust in die Magengrube. Ich krümmte mich auf dem Boden und mein Bauch zog sich schmerzhaft zusammen. Als ob mir nicht schon übel genug wäre. Ich schrie, doch sie beachteten mich nicht. Mit jedem Tritt, jedem Hieb und jedem Schlag fühlte ich, was die beiden spüren müssten. Was dachten sie, warum sie keine Schmerzen hatten? Hielten sie sich für Batman und Robin? Nach einem weiteren Schlag von Liam auf Erics Nase, die daraufhin blutete, verlor ich fast das Bewusstsein.

»Aufhören!« Das war Wades Stimme. Im gleichen Moment kniete sich jemand neben mich und hob meinen Kopf an. Hailey! Ich blinzelte und sah, dass Wade die beiden mit Leichtigkeit auseinanderzog.

»Seid ihr bescheuert? Was habt ihr angerichtet?« Wade deutete auf mich. Die beiden sahen mich ungläubig an und dann fiel der Groschen langsam. Eric fasste sich an die blutende Nase und registrierte, dass sie nicht weh tat. Liam hatte Tränen in den Augen und kam einen Schritt auf mich zu.

»Verschwinde, oder ich tu dir weh!«, fauchte Hailey ihn an. Sie war wie eine Löwin, die ihr Junges beschützte. Er zuckte zurück. Wade schubste ihn zur Seite und hob mich hoch. Ich schrie vor Schmerz auf. Wade eilte mit mir aus der Halle. Mit jedem Meter, den er zurücklegte, wurden meine Schmerzen weniger. Sie kehrten zurück zu ihren eigentlichen Eigentümern und ich hoffte, dass es ihnen genauso weh tat wie mir.

Ich war erschöpft und Tränen rannen mir über die Wangen. »Mir ist übel!«, flüsterte ich. Wade ließ mich im Wald ab und ich rannte sofort zum nächsten Baum, um mich in den Schnee zu erbrechen. Jemand hielt mir die Haare und strich mir sanft über den Rücken. Tränen mischten sich mit Erbrochenem und ich fühlte mich elend. Hailey reichte mir ein Taschentuch, mit dem ich mir den Mund abwischte.

»Es wird alles wieder gut«, flüsterte sie mir. Ich schüttelte nur benommen den Kopf, als Wade mich wieder auflud.

Dann wurde ich auf einem Bett abgelegt. Wir waren in Haileys Zimmer.

»Du kannst jetzt gehen. Ich kümmere mich um sie. Sieh mal nach Liam«, flüsterte sie ihm zu. Er nickte und küsste sie. Dann verschwand er. Hailey legte sich zu mir ins Bett und hielt mich im Arm, während ich weinte.

»Ist schon gut!«, versuchte sie mich zu trösten und streichelte mir sanft über das Haar. Ich weinte lange. Die Schmerzen der Schlägerei waren fort, aber die, die Liam in meinem Herzen hinterlassen hatte, taten unglaublich weh. Mit jeder Minute, in der ich nüchterner wurde, wurde es schlimmer. Was hatte er nur getan? Was hatte ich getan? Ich hatte Eric benutzt. Hailey wiegte mich im Arm.

»Vermutlich ist es anders als es ausgesehen hat. Es tut mir so leid, dass ich nicht da war. Als ich zurückkam, hat mir Lucas davon erzählt. Es tut mir leid!«, wiederholte sie sich.

»Schon gut. Aber es war so wie es ausgesehen hat. Sie haben sich geküsst. Sie hatte die Hände um sein Gesicht gelegt, wie ich es immer bei ihm tue.« Ich wimmerte wieder. »Du kannst ruhig zu Wade gehen. In eurer ersten offiziellen Nacht solltest du bei ihm sein.« Sie sah mich ungläubig an.

»Ich glaube du spinnst. Ich bleibe genau hier wo ich bin. Wade hat bis morgen Zeit.« Sie strich mir über das Haar und ich war froh, dass sie bei mir blieb.

Kurze Zeit später war ich fast eingedöst, als es leise an der Tür klopfte. Hailey stand vorsichtig auf und öffnete. »Was willst du?«, zischte sie leise.

»Ist sie bei dir?« Es war Liam.

»Sie ist gerade eingeschlafen und ich lasse dich nicht rein!« Hailey sprach sehr deutlich und ließ kei-

nen Zweifel ihren Willen zur Not mit Gewalt durchzu-
setzen.

»Hailey, es war nicht... Charlotte wollte nur mit mir
reden. Sie war noch nicht über uns hinweg und hatte
geweint. Ich bin mit ihr raus und hab ihr klar gesagt,
dass ich mit Ella zusammen bin. Um kurz vor Mitternacht bin ich wieder rein. Als es zwölf war, schlang
Charlotte die Arme von hinten um mich. Im nächsten
Moment hat sie mich schon geküsst.« Liams Worte
gingen immer wieder unter und ich konnte hören, wie
er gegen den Türrahmen schlug.

»Psst!«, zische Hailey. »Nicht wecken! Weißt du Liam, ich glaube dir. Aber das ist nicht wichtig. Du hast
Ella das Herz gebrochen. Du hättest niemals mit Charlotte mitgehen sollen. Du weißt, wie sie ist! Besser du
gehst jetzt. Vielleicht spricht sie morgen mit dir.« Ich
hörte, wie Hailey die Tür zuschieben wollte.

»Bitte sag ihr, dass es mir leid tut und, dass ich
nichts für Charlotte empfinde. Sag ihr, dass sie mir
fehlt.«

Hailey schloss die Tür und ich hörte, wie sich Liams
Schritte langsam und träge entfernten. Sie kam wieder
zu mir. »Alles gehört?«, fragte sie mich. Sie wusste
also, dass ich wach war. Ich ließ die Augen geschlossen
und nickte. Wenn ich sie geöffnete hätte, wären mir
wieder Tränen entwischt und ich hatte heute Abend
schon genug geweint. Irgendwann schlief ich in Haileys Arm ein.

Dreizehn

Die nächsten Tage verließ ich Haileys Zimmer nur, um ins Badezimmer zu gehen. Liam kam mehrmals am Tag vorbei.

»Sie will dich nicht sehen.« Hailey stand in der Tür und hielt ihn davon ab einzutreten. Ich ging weder zum Training noch zur Arbeit. Hailey hatte sich ihre Funktion als Gesundheits- und Krankenpflegerin zunutze gemacht und mich krankgeschrieben. Es wäre aber gar nicht notwendig gewesen, da weder das Training, noch die Ausflüge nach Seattle stattfanden. Eric hatte eine gebrochene Nase und Liam eine geprellte Wange. Beide waren von Lucas wirklich krankgeschrieben worden. Drei Tage nach der Party verließ mich Hailey hin und wieder, um zu Wade zu gehen. Ich ermutigte sie dazu, denn ich konnte sehen, wie sehr er ihr fehlte. Zumindest war eine von uns glücklich. Ich lag dann im Bett und starrte zur Decke.

Es klopfte an der Tür. Ich rührte mich nicht.

»Ella, bitte lass mich rein.« Liam stand wieder davor. »Wenn du nicht aufmachst, dann geh von der Tür weg, denn ich trete sie jetzt gleich ein.« Er hämmerte gegen die Tür. Ich fasste allen Mut zusammen und öffnete.

Liam sah schrecklich aus. Seine linke Gesichtshälfte war blau angelaufen. Seine Augen waren rot, so wie meine. Er trug ein schwarzes T-Shirt und auf seinen Armen zeichneten sich noch mehr blaue Flecke ab. Ich erschrak bei seinem Anblick.

»Hi«, hauchte er. »Lässt du mich bitte rein?«, sagte er fast flehend. Ich nickte stumm und trat zur Seite. Er stand vor mir und sah mich traurig an. »Ella, es tut mir leid. Ich wünschte ich könnte das alles rückgängig machen. Ich wollte sie nicht küssen.« Er nahm meine Hände in seine. Am liebsten hätte ich mich ihm in die Arme geworfen und alles vergessen was geschehen war, aber das konnte ich nicht. Ich zog meine Hände zurück.

»Ich glaube dir nicht«, flüsterte ich tränenerstickt. »Es war genauso, wie Charlotte es rumerzählt hat. Ich war für dich nur ein Zeitvertreib, eine neue Erfahrung. Ich war nur zu dumm, um es zu merken.« Ich hielt kurz inne, um meine Stimme nicht zu verlieren. »Aber es ist mein Fehler. Du wolltest mich von Beginn an auf Abstand halten. Ich wünschte, du hättest es getan«, zischte ich. Liam schwieg und rang sichtlich mit sich.

»Ella, das hatte andere Gründe.« Liam ballte seine Fäuste.

»Hat es etwas mit deinem Branding zu tun?« Die Frage schoss einfach aus mir heraus. Ich hatte schon oft darüber nachgedacht. Warum wollte er mir seine Fähigkeit nicht verraten? Warum wollte er anfangs nicht mit mir zusammen sein? Liam schien überrascht über meine Frage.

»Ja«, antwortete er kalt. »Ich kann dir nicht sagen, was es ist. Aber ich habe es jetzt unter Kontrolle.« Er umfasste meine Wange. Was sollte ich nur darüber denken?

»Kennt Charlotte deine Fähigkeit und die Gründe?«, fragte ich ihn stumpf.

»Das spielt keine Rolle. Wir kennen uns schon lange. Sie war dabei, als ich mein Branding bekommen habe. Klar, kennt sie die Hintergründe«, versuchte er mir zu erklären. Ich war so verletzt. Nicht nur, dass er sie geküsst hatte. Gewollt oder ungewollt. Sie hatte auch noch einen besonderen Status bei ihm. Sie wusste alles von ihm. Kannte ihn besser als ich. Und er war nicht bereit, mich genauso nah an ihn heran zu lassen. Dem konnte ich nichts mehr hinzufügen. Ich holte aus und gab ihm eine Ohrfeige. Keine gute Idee. Sofort fasste ich an meine glühende Wange und musste mich auf das Bett setzen.

»Ella, bitte glaub mir. Du bist die Einzige für mich!« Mir rannen Tränen über die Wangen.

»Selbst, wenn ich dir glauben könnte, weiß ich trotzdem, dass du eine Wahl gehabt hättest. Man wird nicht einfach geküsst und ist total wehrlos dagegen.« Liam nahm mein Gesicht in seine Hände. »Ella, glaub mir. Ich war total überrascht. Ich hatte das nicht kommen sehen. Für mich gibt es nur dich. Bitte komm mit mir mit. Du fehlst mir.« Er legte seine Stirn an meine.

»Du fehlst mir auch. Aber ich kann dir nicht glauben und ich kann dir nicht verzeihen.« Liam atmete tief ein und küsste mich urplötzlich und grob. Ich war total überrumpelt.

»Hast du das kommen sehen?«, wollte er wissen.

Ich schüttelte den Kopf.

»Nein, aber das ändert nichts daran. Es ist vorbei.« Meine Stimme brach. Liam schüttelte energisch den Kopf.

»Nein Ella. Sag das nicht!« Er drückte mich an sich und ich konnte sein Aftershave riechen.

»Du solltest jetzt gehen. Wir sehen uns beim Training«, wimmerte ich. Er schüttelte den Kopf.

»Nein, bitte tu das nicht.« Wie gerne hätte ich ihn auch umarmt und ihn geküsst. Aber ich hatte immer noch das Bild von ihm und Charlotte in meinem Kopf. Ich schob ihn von mir weg und konnte ihn nicht mehr ansehen. Liam stand auf und ging zur Tür.

»Du fehlst mir wie verrückt. Die letzten drei Tage waren die schlimmsten in meinem Leben.« Er sah mich an und schloss die Tür hinter sich. Ich war allein.

»Du fehlst mir auch.«

An diesem Tag zog ich wieder in mein Zimmer. Hailey holte meine Sachen von Liam ab und brachte sie mir vorbei. »Ella, bist du sicher, dass das der richtige Weg ist? Ich bin zwar voll auf deiner Seite, aber er sieht wirklich schlecht aus.« Hailey legte den Rucksack auf meinem Bett ab. Ich starrte aus dem Fenster und sah, dass ein Sturm aufkam. Die Tannenspitzen bogen sich stark nach rechts und der Wind rüttelte am Fenster.

»Ich kann ihm nicht verzeihen und nicht mehr vertrauen«, sagte ich mehr zu mir selbst, als zu ihr.

Die nächsten Tage begann ich wieder zu joggen. Ich hatte kein Klavier, um mich auszupowern. Aber ich konnte laufen. Und das tat ich. Stundenlang. Ich joggte, ich spazierte, ich rannte. Rannte fort von allem. Um die halbe Insel und wieder zurück. Ich ging zum Strand und starrte auf die Lichter von Seattle. Was meine Mum wohl gerade tat? So allein wie im Moment hatte ich mich noch nie gefühlt, seit ich hier angekommen war.

Liam kam jeden Tag, aber ich ließ ihn nicht rein. Er bemühte sich so sehr. Hailey erzählte mir, dass er Charlotte keines Blickes würdigte und auch allen, die ihn darauf ansprachen sagte, dass es ein Missverständnis gewesen sei und er nicht mit ihr zusammen war. Hatte er vielleicht nicht gelogen und es war nicht alles nur ein Witz mit uns? Auch wenn es so war. Er hatte sie geküsst. Das tat weh.

Mitte Januar raffte ich mich morgens auf und beschloss, dass das Leben weitergehen musste. Ich würde zum Training und zur Arbeit gehen. Außerdem hatte ich Liam nun seit einer Woche nicht gesehen und das machte mich fast wahnsinnig. Er fehlte mir unglaublich und wenn er vor meiner Tür stand, war ich nur einen Schritt davon entfernt, sie zu öffnen.

Als ich die Turnhalle betrat, stand er gerade bei Danny, der ihm etwas über ein neues Trainingsgerät erzählte. Liam schien ihm gar nicht zuzuhören und starrte ihn mit leeren Augen an. Die Tür fiel hinter mir zu und Liam blickte auf. Ich kam einige Schritte auf die beiden zu. *Du schaffst das, Ella. Es ist nur ein Training.*

Liam kam mir mit zügigen Schritten entgegen und nahm mich sofort in den Arm. Er drückte mich so fest an seine Brust, dass ich glaubte, seinen Herzschlag hören zu können. Es tat gut, ihn zu spüren. »Tut mir leid, aber das habe ich jetzt gebraucht«, flüsterte er mir zu. Ich nickte stumm. Danny sah beschämt zu Boden. So standen wir da, bis die andern zu uns kamen. Dann löste ich mich von Liam und wir begannen das Training.

Es war nicht so anstrengend wie sonst. Liam gab nicht die Geschwindigkeit vor, sondern lief still neben mir her. Nach dem Training saßen wir gemeinsam mit Hailey, Wade, Eric und Lucas am Tisch. Als ich mich mit Eric zur Arbeit aufmachte, sah Liam mich leidend an. Ich wusste nicht, was er über Eric und mich dachte, aber es schien ihm zu schaffen zu machen.

Charlotte war heute nicht dabei. Vielleicht hatte sie sich einen Tag freigenommen. Mir kam das gerade recht. Ich lief mit Eric durch die Stadt und wir kauften ein. Über den Abend sprachen wir nicht und ich war froh, dass er das Thema nicht anschnitt.

So vergingen die nächsten Tage. Ich ging zum Training und versuchte nicht wieder in Liams Armen zu liegen. Irgendwie musste ich über ihn hinwegkommen und so wurde das nichts. Also liefen wir nebeneinander her und er sah mir leidend hinterher, wenn ich mit Eric zur Arbeit ging. Eric und Liam sprachen nie miteinander. Jeder Tag war eine neue Herausforderung und quälte mich. Allein Liam zu sehen, fühlte sich an, als würde jemand mein Herz zerquetschen. Ich konnte kaum etwas essen und schlief schlecht allein in meinem Zimmer. »*Irgendwann wird es besser!*«, hatte Hailey gesagt. Aber wann würde das sein? Im Moment fühlte ich mich zumindest so, als würde der Schmerz ewig anhalten.

Vierzehn

»Hey Ella. Kann ich mitkommen?« Ich war gerade auf dem Weg in den Wald um Laufen zu gehen, als Eric hinter mir aus der Haustür trat. Wir hatten seit Silvester nicht mehr über die Sache gesprochen und ich wollte wissen, ob zwischen uns alles in Ordnung war.

»Klar, wenn ich mit dir mithalten kann.« Mit wenigen Schritten war er an meiner Seite und wir liefen los.

Es schneite leicht und ich konnte den Blick nicht vom Boden abwenden, aus Angst, ich würde hinfallen. Keiner von uns sagte ein Wort, bis wir das Ufer und den Leuchtturm erreicht hatten.

»Warte kurz!« Eric hielt mich am Arm fest und zwang mich damit zum Stehen. Ich drehte mich zu ihm um und meine Haare flogen mir um das Gesicht. Es schneite nun stärker und der Wind pfiff vom Wasser über unsere Köpfe hinweg. Bald würde es hier sehr ungemütlich werden. »Ich wollte noch kurz mit dir reden wegen Silvester.« Eric steckte seine Hände unbeholfen in seine Taschen. »Es tut mir wahnsinnig leid, dass wir dir Schmerzen zugefügt haben. Ich kannte deine Fähigkeit nicht und mir fiel es auch nicht auf als ich zuschlug.« Er tänzelte mit den Füßen hin und her um sich warm zu halten, oder vielleicht aus Unbeholfenheit?

»Ist schon gut. Du konntest es nicht wissen.« Ich musste schon fast brüllen, denn der Wind hatte in den wenigen Minuten so stark zugenommen, dass ich mein eigenes Wort fast nicht mehr verstand.

»Ich glaube, wir bekommen hier gleich einen richtigen Schneesturm.« Eric deutete nach oben. »Zum Zurücklaufen wird es nicht mehr reichen. Wir sollten Schutz suchen, bis der Wind sich etwas gelegt hat.« Die Hälfte von dem was er sagte konnte ich nur erahnen. Er hatte recht. Das Wetter machte mir etwas Angst. Ich nickte und Eric bedeutete mir, ihm zu folgen. Es schneite so stark, dass ich ihn vor mir kaum noch ausmachen konnte. Vermutlich ging es ihm ähnlich, denn er streckte seine Hand nach hinten, damit ich sie greifen konnte. Vor meinen Füßen erschienen, wie aus dem Nichts, Treppenstufen. Wir eilten sie hinauf, Eric stoß eine Tür auf und zog mich in das Innere eines kleinen Raumes mit einer riesigen Wendeltreppe, die mehrere Meter hoch führte.

«Wo sind wir?«, fragte ich ihn, während ich mir den Schnee von meinen Klamotten abklopfte. Der Wind rüttelte an der Tür und heulte um die Wände herum.

»Im Leuchtturm.« Ich starrte ihn erschrocken an. »Nun mal keine Panik. Das war das Einzige in der Nähe, das uns Schutz bieten kann. Also hab dich nicht so.« Er kramte in seiner Jackentasche und holte eine kleine Taschenlampe hervor.

»Lass uns nach oben gehen. Da gibt es ein kleines Zimmer, in dem wir warten können.« Schnurstracks nahm er meine Hand und führte mich nach oben. Mit jeder Stufe, und es waren sehr viele, wurde mir unwohler. Ich hatte mir geschworen, niemals mit Eric hier hin zu gehen. Die runden Wände waren kahl und hier und da bröckelte der Putz ab. Als wir endlich oben ankamen, öffnete er eine kleine Luke über unseren Köpfen und stieg durch sie hindurch. Zögerlich blickte ich nach oben, entschied mich dann aber, ihm zu folgen. Ich hatte keine andere Alternative.

Ich zog mich nach oben durch und Eric reichte mir seine Hand, um aufzustehen.

»Wir dürfen hier kein Licht anmachen. Der Leuchtturm ist vom Festland aus gut zu sehen«, erklärte er. Es war bereits später Nachmittag und um diese Jahreszeit wurde es früh dunkel. Der Raum war nur noch in ein schummriges Licht getaucht, das durch die verglasten Wände um uns herum hereinkam. Das Zimmer war kreisrund und roch nach einer alten Mottenkiste. In der Mitte standen ein rotes schäbiges Sofa und ein kleiner runder Tisch. Mehrere Gläser standen im Raum und angetrunkene Wasser- und Bierflaschen lagen herum. Alles in allem kein besonders toller Ort. Nur die Aussicht konnte man nicht kleinreden. Sie war wunderschön. Man konnte tatsächlich bis an die Küste von Seattle sehen.

»Du solltest dein Zeug hier nicht rum liegen lassen, wenn du deine Eroberung herbringst«, ich deutete auf die diversen Flaschen und Gläser. Eric zog die Augenbraue nach oben und trat zu mir an die Aussicht.

»Also erstens bin ich sehr umweltbewusst. Ich würde nie meinen Müll hier zurücklassen. Und zweitens ist es nicht so, dass ich hier ständig ein anderes Mädchen hoch schleppe.« Er drehte sich um und ließ sich auf das Sofa plumpsen.

»Naja, so oft wie du mich hierherlocken wolltest, hatte ich eigentlich mit einem 'Nicht stören'-Schild an der Luke gerechnet.« Ich grinste ihn an und ließ mich neben ihm auf das Sofa nieder.

»Was du wieder denkst.« Er schüttelte den Kopf und streckte seine Beine von sich. Es war bitter kalt. Obwohl wir nicht mehr draußen waren, zitterte ich am ganzen Körper. Vom Laufen war ich nassgeschwitzt und meine Klamotten klebten an meinem Körper.

»Ist dir kalt?« Eric sah mich von der Seite an und legte den Arm um mich. Zuerst wollte ich protestieren, doch dann ließ ich es. Die Fronten zwischen uns waren geklärt und ich war auch niemandem eine Rechenschaft schuldig. Ich zog die Beine auf das Sofa und ließ meinen Kopf an seine Schulter sinken.

»Was glaubst du, wie lange wird der Sturm dauern?«, murmelte ich unter dem Kragen meiner Jacke hervor, die ich mir bis über den Mund gezogen hatte.

»Ich weiß es nicht genau. Aber in der Regel hält die Windstärke nicht stundenlang an. Sobald der Wind nachlässt, sollten wir uns auf den Rückweg machen. Nachts wird es hier nicht wärmer.« Bei dem Gedanken daran die Nacht hier verbringen zu müssen, lief mir ein kalter Schauer über den Rücken. In dem Zimmer war nichts zu hören, außer dem Wind, der draußen heulte. Eine beklemmende Stille, die mir klarmachte, dass wir noch nicht locker miteinander umgehen konnten.

»Hast du dich mit Liam versöhnt?« Eric durchbrach die Stille mit einem Räuspern. Innerlich zuckte ich bei Liams Namen zusammen. Ich wollte nicht über ihn reden. Vor allem nicht mit Eric.

»Nein«, sagte ich knapp angebunden und hoffte, er würde das Thema fallen lassen.

»Das hoffe ich auch nicht. Wenn ich nur daran denke, was er dir angetan hat, würde ich ihm am liebsten wieder eine reinhauen.« Er ballte die Fäuste und als ich zu ihm hochsah, waren seine Lippen zu einer schmalen Linie verzogen.

»Ich weiß du meinst es nett, Eric. Aber ich wäre froh, wenn ihr euch nicht gegenseitig schlagen würdet. Vor allem, weil ich womöglich die Leidtragende wäre«, erinnerte ich ihn.

»Diesmal würde ich schon darauf achten, dass du nicht in der Nähe wärst.« Schweigend rieb er sich die Stirn. »In dem Fall ist es vorbei? Ich meine du und er. Ihr seid nicht mehr zusammen?« Seine Stimme klang unsicher, als ob er nicht wusste, ob er die Frage stellen sollte oder nicht. Ich überlegte einige Sekunden, was ich ihm sagen sollte. Natürlich waren Liam und ich nicht mehr zusammen. Nur es laut auszusprechen, machte daraus eine Absolute Sache. Aber das war es doch auch bereits: Absolut.

»Ja«, hauchte ich leise. »Es ist aus. Aber ich möchte nicht mehr darüber reden. Bitte.« Eine Träne entwischte meinem rechten Auge und ich wischte sie schnell mit der Hand fort. Eric hatte das bemerkt, griff meine Hand, bevor ich sie wieder ablegen konnte, und legte sie um seinen Oberkörper unter seiner geöffneten Jacke, sodass ich ihn umarmte.

»Ist gut. Ich werde es nicht mehr erwähnen. Aber dafür«, er strich mit der freien Hand an der Tränenspur meiner Wange entlang, «wird er büßen!« Er zog mich fester an sich und legte sein Kinn auf meinen Kopf.

Plötzlich schlug etwas Großes gegen die Scheibe direkt vor uns. Es knallte so laut, dass ich erschrak und mich an Eric festklammerte. »Keine Sorge, das war nur ein großer Ast, der vom Wind gegen die Scheibe geschlagen wurde.« Ich sah zu der Stelle. Die Scheibe hatte nicht einmal einen Kratzer abbekommen. Aber vermutlich musste das so sein in einem Leuchtturm. Als ich die Scheibe nach Rissen absuchte, viel mir in dem etwa fünfzig Zentimeter hohen Kniestock ein kleiner silberner Nagel auf. Er steckte unnatürlich gebogen in der Wand.

Langsam setzte ich mich auf und ging darauf zu. Ob es nun aus Langeweile war, oder eine Eingebung kann ich heute nicht mehr sagen. Ich kniete mich vorsichtig davor und untersuchte den Nagel. »Was treibst du da?« Eric trat neben mich und bückte sich zu mir runter.

»Was ist das?«, fragte ich ihn. Etwas verwirrt blickte er mich an.

»Ein Nagel. Das benutzt man, um etwas zu befestigen.« Ich schaute ihn missmutig an.

»Ich weiß, was ein Nagel ist. Aber sieh mal. Rund herum ist die Wand porös.« Ich fuhr mit dem Finger die Risse in der Wand nach und blieb mit dem Finger an dem Nagel stehen. Ganz vorsichtig steckte ich meinen Zeigefinger hindurch und zog leicht daran. Die Wand bewegte sich minimal.

»Was zum Teufel ist das?« Eric kniete nun neben mir.

»Es scheint ein Fach zu sein und der Nagel ist der Griff. Ich bekomme es aber nicht auf.« Ich zog mit aller Kraft, konnte die Wand aber nicht weiter öffnen.

»Lass mich mal.« Eric schob mich beiseite und zog mit aller Kraft an dem Nagel. Von der Wand bröselte der Putz und plötzlich hielt Eric ein Stück Wand in der Hand. Ich hatte recht gehabt. Dahinter befand sich tatsächlich ein Fach. Modriger Geruch stieg mir in die Nase und ich hoffte inständig, dass wir nicht aus Versehen ein Rattennest geöffnet hatten. Eric schaute mich erwartungsvoll an.

»Schau du nur zuerst nach«, bestärkte ich ihn. Grinsend zog er die Augenbrauen hoch.

»So viel zur Emanzipation.« Beherzt griff er in das dunkle Fach und wühlte mit der Hand darin herum. Es raschelte und ich war schon darauf vorbereitet wegzuspringen, wenn eine Ratte zum Vorschein kam, als er ein Bündel Dokumente herauszog. Er wischte mit der Hand darüber, um eventuellen Staub zu entfernen. Jedoch war nicht so viel darauf, wie ich erwartet hatte.

»Was sind das für Papiere?« Ich nahm ihm einige aus der Hand und versuchte zu entziffern, was darauf stand. »Verdammt, ich kann nichts erkennen. Es ist zu dunkel!« Ich führte die Papiere so nah an meine Augen, dass sie meine Nasenspitze berührten.

»Ach, gib schon her. Ich kann das auch ohne Licht lesen.« Eric nahm mir die Dokumente wieder aus der Hand und begann sie zu studieren.

»Was steht da nun?«, fragte ich ungeduldig, nachdem einige Minuten verstrichen waren, ohne dass er etwas gesagt hatte.

»Warte noch kurz.« Nach weiteren Minuten ließ er die Papiere sinken und setzte sich zurück auf das Sofa.

»Hallo, ich hatte dich was gefragt.« Ich lief zu ihm rüber und schaute ihn erwartungsvoll an.

»Das sind Berichte«, begann er und deutete auf den Platz neben sich. Ich setzte mich so hin, dass ich ihn ansehen konnte. »Wissenschaftliche Berichte. Ich weiß nicht, wie das Zeug hierherkommt. Aber es sind Aufzeichnungen von Untersuchungen.« Er sprach nicht weiter und ich hatte das Gefühl, dass er sich dessen gar nicht bewusst war, sondern in seinem Kopf seine Gedanken sortierte.

»Was für Untersuchungen?«, drängte ich. Leidend sah er mich an. So hatte ich ihn noch nie gesehen.

»Untersuchungen von Sparks. Es scheinen Aufzeichnungen der Regierung zu sein. Sie beschreiben die Versuche, die gemacht wurden. Ich will das im Einzelnen aber nicht wiederholen. Glaub mir, es ist besser so.« Ich schluckte schwer und er fuhr fort. »Ein Ergebnisbericht einer Blutanalyse zeigte eine Genveränderung an, die man unseren Fähigkeiten zuschreibt. In dem Bericht steht, dass nicht klar ist, wie diese zustande kommt, aber, dass alle Umweltfaktoren in Betracht kommen«, erklärte er. »Sprich, jedes Gas, jedes Lebensmittel, jede Pflanze. Außerdem sind die Genveränderungen bei keinem Spark gleich. Jede Fähigkeit hat einen anderen genetischen Code. Nur bei zwei Sparks wurde eine Übereinstimmung von knapp 98 Prozent gefunden.« Er sah mir tief in die Augen und nahm meine Hände in seine, da ich wieder angefangen hatte zu zittern. »Die beiden Sparks hatten kompatible Fähigkeiten. Der eine konnte die Körpertemperatur eines Menschen beliebig steigen lassen. Die andere konnte sie sinken lassen. Eine Vermutung geht deshalb dahin, dass es zu jedem Spark eine kompatible Fähigkeit gibt.«

Ich lehnte mich zurück und Eric legte wieder seinen Arm um mich. Wenn das, was Eric da eben gesagt hatte stimmte, was wäre dann die kompatible Fähigkeit von mir? Und wer hatte sie? Jeder von uns hing seinen Gedanken nach.

»Wir sollten die Dokumente wieder verstecken.« Eric stand auf, legte die Papiere zurück und wollte gerade das Fach verschließen.

»Sollten wir es nicht Wade zeigen?« Ich tigerte im Raum hin und her.

»Ich weiß nicht. Irgendjemand hat sich hier viel Mühe gegeben das Zeug zu verstecken, vermutlich weil er mit der Regierung zusammenarbeitet. Wenn man eins und eins zusammenzählt, muss es jemand von der Insel sein.« Eric sah mich erwartungsvoll an. Der Gedanke war mir natürlich auch schon gekommen. Ich konnte mir aber niemanden vorstellen, der solche Informationen hatte.

»Aber Wade doch nicht«, warf ich ein. »Und vielleicht liegen die Dokumente schon ewig hier und die

Person ist längst nicht mehr auf der Insel.« Der Wind hatte nachgelassen und auch der Schneefall wurde weniger.

»Wie lange bist du schon hier, Ella? Und wie gut kennst du alle? Klar, Wade ist unser Boss. Aber kannst du mit hundertprozentiger Überzeugung sagen, dass er es nicht ist?« Eric stand nun vor mir und hielt mich an den Schultern fest. Innerlich focht ich einen Kampf aus zwischen dem, was mir richtig erschien, und meinem Herzen. Vielleicht hätte ich ihm widersprochen, wenn ich nicht eben erst von Liam so hintergangen worden wäre. Aber die Sache hatte mir gezeigt, wie sehr ich mich in Menschen täuschen konnte.

»OK. Lass es uns wieder verstecken.« Ich nickte zur Bestätigung und sah Eric zu, wie er das Fach wieder schloss. Wir beschlossen, vorerst keinem von unserem Fund zu erzählen und die Augen offen zu halten. Vielleicht konnten wir herausfinden, wer die Unterlagen hier deponiert hatte.

»Der Wind hat nachgelassen. Wir sollten los gehen.« Eric deutete nach draußen und öffnete die Luke. Ich blickte mich noch einmal im Raum um und sah zum versteckten Fach, dann stieg ich Eric hinterher die Treppe hinunter. Er reichte mir wieder seine Hand, da es in der Zwischenzeit noch dunkler geworden war und die Wendeltreppe sehr steil war. »Wir laufen am besten so schnell wie möglich zurück, damit wir Zuhause sind, bevor es komplett dunkel ist.«

Ich nickte und trat mit ihm an der Hand nach draußen. Es war bitterkalt geworden und unsere Spuren im Schnee waren längst verweht.

»Was treibt ihr denn da?« Als ich aufblickte sah ich Liam, der wie vom Donner gerührt vor uns stand. Ich war nicht im Stande etwas zu sagen, sondern ließ nur abrupt Erics Hand los. Liam bemerkte das und ich sah, dass es ihn verletzte.

»Es ist nichts passiert. Wir haben nur Schutz vor dem Wetter gesucht.« Eric, der seine Hände wieder in den Taschen vergraben hatte, lief an Liam, ohne ihn eines Blickes zu würdigen vorbei, und auf den Waldrand zu.

Ich konnte mich noch immer nicht bewegen. Warum eigentlich. Ich war ihm nichts schuldig. Keine Erklärung und vor allem keine Rechenschaft. Aber ich sah ihm an, dass es ihn schmerzte mich gerade mit ihm hier zu finden.

»Warum bist du hier?«, fragte ich ihn. Meine Frage holte ihn aus seinen Gedanken zurück.

»Du warst nicht in deinem Zimmer und deine Laufschuhe waren weg. Als der Sturm anfing und du nicht zurückkamst habe ich mir Sorgen gemacht und dich gesucht.« Ich nickte langsam.

»Das hättest du nicht tun müssen«, murmelte ich und ein schlechtes Gewissen überkam mich, bei dem Gedanken, dass Liam bei dem Sturm draußen nach mir gesucht hatte, und ich mich an Eric gekuschelt hatte, damit ich nicht fror. Liam schien zu ahnen was ich dachte und schaute zum Leuchtturm hinauf. Eric war bereits an der Waldgrenze und ging im Laufschritt in den Wald hinein. Der Wind frischte wieder etwas auf.

»Es ist nichts passiert«, flüsterte ich und griff instinktiv nach seiner Hand. Er schaute auf unsere Hände und nickte.

»Lass uns zurückgehen. Hailey flippt fast aus vor Sorge.« Damit war das Gespräch beendet und wir folgten Eric zurück durch den Wald.

Fünfzehn

»Heute werden wir zwei das erste Mal die Sucher sein!«, verkündete Eric mir. Das Boot schaukelte unter uns. »Ihr anderen geht einkaufen.« Ich fixierte einen Punkt am Horizont. »Wir suchen ein Mädchen. Sie wurde gestern 18 und wurde von unserem Mittelsmann aus dem Labor geschleust. Danach hat er sie verloren. Es handelt sich um Mia Davis. Blonde Haare, grüne Augen, etwa 1,75 groß. Sie trägt eine blaue Jacke und schwarze Jeans. Vermutlich versucht sie die Stadt zu verlassen.« Eric sprach mit seiner autoritären Stimme. Charlotte unterhielt sich mit Caren und schien nicht richtig zuzuhören.

»Hey!«, schrie Eric sie an und instinktiv zuckten beide zusammen. »Aufpassen, verdammt noch Mal. Es wird mehr Polizei als sonst unterwegs sein. Also haltet die Augen offen. Ella und ich werden zuerst den Bahnhof und dann den Flughafen absuchen. Wir treffen uns um 18 Uhr wieder am Steg.« Damit verließen wir das Boot. Die anderen liefen Richtung Innenstadt.

»Was ist mit dir und Caren? Ich hatte das Gefühl, dass ihr euch ganz gut verstanden habt an Silvester«, fragte ich ihn etwas unsicher. Ich erinnerte mich an die beiden in der Toilette. Aber die letzten Tage hatte Eric sich nicht um sie bemüht.

»War nur eine einmalige Sache und hatte nichts zu bedeuten.«

»Schade, ich habe das Gefühl, dass sie dich mag«, gab ich zurück. Es war nicht zu übersehen, wie Caren ihn anhimmelte. Komisch, dass sie nicht merkte, wie er sich nicht um sie scherte. Aber was sollte ich schon sagen, ‚*Wer im Glashaus sitzt...*' Eric lief zügig weiter.

»Sie ist nicht die Richtige!« Wir bogen in eine kleine Seitengasse ein, um nicht an der Hauptstraße entlang laufen zu müssen. Überall waren große Pfützen von dem Tauwetter der letzten Tage und wir mussten uns konzentrieren, nicht hineinzutreten.

»Aber vielleicht wäre sie das, wenn du dich ein wenig mehr mit ihr beschäftigen würdest. Du musst den Menschen eine Chance geben, dich besser kennenzulernen«, versuchte ich ihm klar zu machen. Ich mochte Eric wirklich sehr gerne. Er kam die letzten Tage immer wieder bei mir vorbei, um nach mir zu sehen. Er war für mich da, ohne seine blöden Witze. Er war einfach nur mein Freund.

»Sag mal, Ella, checkst du es nicht?« Abrupt drehte er sich zu mir um, sodass ich fast in ihn reinlief. Mir blieb der Mund offenstehen.

»Nein, nicht richtig, wenn ich ehrlich bin. Wo ist das Problem? Hast du Angst dich auf einen anderen länger einzulassen, als nur für eine Nacht?«, zickte ich ihn an. Er konnte schon hören, wie die Frauenwelt sowas sah. Eric sah zum Himmel und schüttelte den Kopf. Was hatte er nur für ein Problem? Ich dachte, dass er und Caren... Eric unterbrach meine Gedanken, als er mich plötzlich an sich zog und mich küsste. Ich war so überrascht, dass ich nicht wusste, wie mir geschah. Sekunden vergingen, bis ich wieder Herr meiner Sinne war und ihn sanft von mir wegschob.

»Eric, das ist keine gute Idee!«, sagte ich leise. Er strich mir sanft über die Wange. »Doch, das ist es- nur im Moment eben nicht. Ich lasse mich schon auf mehr ein, aber nicht, wenn es nicht die Richtige ist. Das wäre Zeitverschwendung! Die Richtige ist eben noch nicht frei im Kopf. Aber ich kann warten.« Mit diesen Worten nahm er mich wieder an die Hand und zog mich weiter.

Wir nahmen die U-Bahn Richtung Bahnhof. Ich war verdammt nah an meinem Zuhause und hoffte, dass mich niemand erkannte.

»Kopf unten lassen!«, wies Eric mich an. In seinem Ton war keine Spur mehr von dem, was vorhin zwischen uns war. Er war wieder einhundert Prozent konzentriert. Mir schwirrten die Gedanken noch immer. Eric war ein guter Freund ich mochte ihn sehr. Aber der Kuss hatte mir nichts bedeutet. Alles, was er mir klargemacht hatte war, dass mir Liam unglaublich fehlte. Seine Küsse waren ganz anders und obwohl wir kein Paar mehr waren, fühlte ich mich, als hätte ich ihn gerade betrogen. Vielleicht kam mir das aber auch nur so vor, weil ich ihn noch immer liebte.

Wir standen an dem ausgehängten Fahrplan auf Gleis eins und sahen uns unauffällig um. »Eric, hier wimmelt es von Reisenden. Wie sollen wir sie hier nur finden?« Ich versuchte einen Überblick über die ganzen Menschen zu bekommen.

»Versuch dich in ihre Lage zu versetzen. Du bist allein und verängstigt. Wo würdest du hingehen, wie würdest du dich verhalten?«, flüsterte er mir zu. Ich dachte an mich selbst vor einigen Wochen. Ich lag hilflos am Hafen und wäre gestorben. Es war nur Zufall, dass Liam mich gefunden hatte. Davor hatte ich mich in einer dunklen Ecke verkrochen, um das Schiff zu erreichen.

»Lass uns da runter gehen.« Ich deutete in die Richtung einer Treppe, die in einen Lagerraum zu führen schien. Eric nickte und nahm mich bei der Hand. Die schmale Treppe führte tief unter das Gleis und endete an einer Tür. Eric hielt sich den Finger vor die Lippen, um mir zu deuten, dass ich still sein sollte. Dann zeigte er auf das Vorhängeschloss. Es war aufgebrochen. Langsam schob Eric die Türe auf. Es fiel ein winziger Lichtstrahl in den Raum und erhellte ihn nur minimal. Es war ein kleiner Lagerraum für ausgemustertes Zeug. Auf dem Boden lagen alte Fahrpläne und in der Ecke stand ein uralter Ticketautomat. Ich konnte nichts sehen, aber Eric schon. Er spähte in den Raum hinein und winkte mich hinein. Wir standen im Dunkeln.

»Mia, du kannst rauskommen. Wir tun dir nichts.« Eric sprach ganz leise und sanft, so wie mit einem Kind, das zum Einschlafen ermuntert werden sollte. Ich drehte mich um meine eigene Achse und sah mich um. Ich konnte nichts erkennen. Plötzlich raschelte es hinter einem Regal. Ganz langsam konnte ich einen Turnschuh erkennen. Wenn ich nicht gewusst hätte, in welche Richtung ich schauen sollte, hätte ich sie nie entdeckt. Erics Gabe war unglaublich.

»Mia, du kannst uns glauben. Wir wollen dir nur helfen.« Langsam ging ich in ihre Richtung und kniete mich vor das Regal. Ich hörte sie leise atmen.

»Wir sind wie du!«, versuchte Eric nochmal sein Glück. Schließlich drehte Mia den Kopf und sah an dem Regal vorbei in unsere Richtung.

»Ich bin Ella!« Ich reichte ihr die Hand. Sie zögerte.

»Sie werden mich holen kommen!«, wimmerte sie.

»Das werden wir nicht zulassen, aber du musst jetzt mit uns mitkommen«, versprach ich ihr. Angst flackerte in ihren Augen auf. Minuten vergingen in Stille, bis sie nickte und meine Hand packte. »Schön dich kennenzulernen, Mia. Wir haben dich schon gesucht.« Ich legte einen Arm um sie. Eric sah mich lächelnd an. Sein Blick sagte ‚*Gut gemacht.*'.

»Was jetzt?«, fragte ich an Eric gewandt. Der kramte daraufhin in seinem Rucksack und zog eine pinke Jacke und eine tiefe Mütze heraus.

»Anziehen und Haare darunter verstecken«, wies er Mia an. Als sie fertig war, betrachtete Eric sie voller Sorge. »Naja, das wird reichen müssen.« Zügig, aber ohne Hektik, liefen wir die Treppe nach oben und über das Gleis in Richtung Ausgangshalle. Es waren gerade einige Reisende angekommen und wir hatten Mühe durch die Menge zu kommen, als Eric stehen blieb und in die Richtung lief, aus der wir gekommen waren.

»Dreht um!«, befahl er. Ich konnte keine Polizisten erkennen.

»Wieso?« Wir bogen um die nächste Ecke.

»Hier stimmt was nicht!«, flüsterte er. Ich wusste nicht was er meinte. Mir war nichts aufgefallen. »Wir werden beobachtet!« Er deutete auf einen Kiosk, an dem zwei Männer standen und Kaffee tranken. Wir liefen weiter und wollten den Südausgang nehmen. »Scheiße!«, fluchte Eric.

Dann ging alles ganz schnell. Die beiden Männer, die davor noch am Kiosk gestanden waren, liefen nur zehn Schritte hinter uns her und vor uns standen zwei Polizisten, die uns entgegenkamen. »Lauft!« Eric stieß uns die Treppe zur Unterführung runter. Mia hatte Mühe an uns dran zu bleiben. Sie war schwach und nicht trainiert. Ich nahm sie an der Hand und zog sie hinter mir her. Plötzlich wurde mir ihre Hand entrissen. Ich wirbelte herum. Ein Polizist hatte sie gepackt und hielt sie fest. Ich blieb wie angewurzelt stehen. »Ella, lauf weiter!«, schrie Eric mich an. Er stand schon am Ausgang und wartete auf mich. ‚Jeder ist auf sich allein gestellt.‘ hörte ich Wade sagen.

Mia weinte und wand sich in seinem eisernen Griff. Ich nahm Anlauf und stieß beide zu Boden. Mia konnte sich befreien und rollte sich an die Wand. Ich rappelte mich auf und wollte ihr gerade die Hand reichen, als der Polizist seine Waffe zog und abdrückte.

Der Schuss hallte in der Unterführung nach. Auf meiner Jeans hatte sich auf dem Oberschenkel ein kleiner roter Fleck ausgebreitet.

Er hatte mich getroffen. Nicht Mia. Sondern mich.

Der Schmerz durchfuhr mich und mein Bein glühte. Nur mit Mühe konnte ich mich aufrecht halten. Mia starrte mich mit weit aufgerissenen Augen an.

»Ella!« Eric schrie und stürzte sich auf den Polizisten, bevor er nachladen konnte. »Lauft!«, brüllte er.

Ich packte Mia am Arm und zog sie Richtung Ausgang über die Straße zur S-Bahn. Wir mussten hier so weit wie möglich weg, aber ich konnte kaum laufen. Die S-Bahn fuhr gerade ein, als wir die Treppe hoch stolperten. Ich öffnete die Tür und stieg ein. Mia hatte den ersten Fuß schon in der S-Bahn, als sie jemand an den Schultern packte und zurückzog. Sie schrie und wehrte sich. Es waren die beiden Männer des Kiosks. Die Türen schlossen sich und ich konnte sie nicht mehr öffnen. Ich musste zusehen, wie sie Mia die Treppe nach unten zogen. Sie sah mich an und schrie immer wieder meinen Namen. Tränen rannen mir über die Wangen. Die S-Bahn fuhr los und Mia verschwand aus meinem Sichtfeld.

Benommen saß ich in der S-Bahn. Nur wenige Leute waren in meinem Abteil und daher hatte kaum einer die Szene mitbekommen. Die einzelnen Pendler, die hier saßen, waren genug mit ihrem eigenen Kram beschäftigt, um zu bemerken, dass ein heulendes und verblutendes Mädchen auf dem Boden kauerte.

Was war mit Eric? Konnte er fliehen? Hatten sie ihn geschnappt, so wie Mia? Was würden sie mit ihr anstellen? Wo sollte ich nun hin? Ich musste so schnell wie möglich untertauchen. Es würde nicht lange dauern, bis ich auffiel. Meine Hose war schon blutgetränkt und ich würde es nicht unbemerkt zurückschaffen.

»Lexington Road.« Die automatische Stimme der S-Bahn verkündete die nächste Haltestelle. Meine Haltestelle. Von der Station bis Zuhause waren es nur wenige Minuten. *Ja, ich würde nach Hause gehen.* Ich musste an Liam denken, der mich ermahnt hatte nicht zurückzugehen. Aber ich hatte keine andere Wahl und Liam war nicht hier. Wenn ich nicht schnell die Blutung stoppte, würde das alles sowieso keine Rolle mehr spielen.

Die S-Bahn hielt und ich stolperte heraus. Ich hielt mich fernab der Hauptstraße. Es war bereits sechs Uhr abends und die anderen würden wissen, dass etwas nicht in Ordnung war. Ich näherte mich von hinten meinem Zuhause. Es lag komplett dunkel da. Kein Licht war an. Vorsichtig zog ich den Ersatzschlüssel unter dem Blumenkübel hervor und schloss die Tür auf.

»Mum«, flüsterte ich.

Keine Antwort. Ich hinkte in das obere Stockwerk und sah in ihrem Zimmer nach. Auch nichts. Im Badezimmer setzte ich mich auf den Boden und schnitt meine Jeans auf. Es sah schlimm aus. Die Kugel hatte ein Loch in meinen Oberschenkel gerissen, aus dem unablässig Blut quoll.

Ich nahm mir aus dem Medikamentenschrank eine Mullbinde und versuchte so gut es ging einen Druckverband hinzubekommen. Die Blutung ließ ein wenig nach, aber der Schmerz war unglaublich. Ich nahm zwei Schmerztabletten und setzte mich wieder auf den Badezimmerboden. Es war stockdunkel, da ich nicht gewagt hatte ein Licht anzumachen. Leise begann ich zu weinen. Ich dachte an Mia und Eric. Ich wusste nicht, wo meine Mum war. Würde sie gleich nach

Hause kommen? Und ich vermisste Liam. Wenn er nur hier wäre. Von den Tabletten wurde ich schläfrig und nickte eine Weile ein.

Ein Geräusch riss mich aus dem Schlaf. Etwas brummte in meinem Rucksack. Mir war übel und ich sah, dass der Druckverband blutdurchnässt war. Was brummte hier? Ich kramte in meinem Rucksack. *Mein Handy*, dachte ich schlagartig. Das Handy, das mir Liam geschenkt hatte. Ich kramte wild darin herum. Dann verstummte es.

Als ich es fand, zeigte die Uhr halb eins an und das Display zwanzig entgangene Anrufe. Alle von Liam und Hailey. Mit zittrigen Fingern drückte ich die Rückruftaste.

»Ella!« Es war so schön Liams Stimme zu hören und ich brachte kein Wort hervor, sondern schluchzte nur in das Telefon.

»Ella, wo bist du?« Liam wiederholte die Frage immer wieder, bis ich endlich antwortete.

»Zuhause.« Am anderen Ende der Leitung wurde es still. »Sie haben sie mitgenommen. Ich konnte ihr nicht helfen und ich weiß nicht was mit Eric ist!«, wimmerte ich. Liam schien seine Stimme wieder gefunden zu haben.

»Eric ist hier. Es geht ihm gut. Kannst du aufstehen?« Ich schüttelte den Kopf bis mir auffiel, dass er mich nicht sehen konnte.

»Nein.«

»OK, hör zu. Wir holen dich jetzt ab. Bleib wo du bist. Wir sind in zehn Minuten da.« Liam wollte schon auflegen.

»Sie ist nicht da!«, brachte ich hervor. »Meine Mum, sie ist nicht da. Wieso ist sie mitten in der Nacht nicht da?« Jetzt weinte ich noch lauter.

»Ella. Es wird alles gut.« Liam klang nervös. Auf dem Badezimmerboden hatte sich eine kleine Blutlache gebildet.

»Nichts wird wieder gut.« Ich legte auf. Liam versuchte mich erneut anzurufen, aber ich nahm nicht ab.

Die nächsten Minuten saß ich da. Alles war still. Ich hörte nur meinen eigenen Atem, der immer schneller ging. Mir war schwindlig und übel. Die Badezimmeruhr tickte ihre vertrauten Laute, als unten ein Fenster eingeschlagen wurde. Ich traute mich nicht mich zu bewegen. Ich wusste zwar, dass es wahrscheinlich Liam war, aber es bestand auch die Möglichkeit, dass es jemand anders war der mich suchte. Meine Augen waren schwer und ich konnte sie kaum offenhalten.

In der Tür stand Liam und hinter ihm Lucas.

»Ella!« Liam kniete sich neben mich und nahm mich in den Arm. Lucas kramte in seinem Rucksack.

»Ella, sieh mich an!«, forderte Lucas mich auf und untersuchte die Wunde. »Ich muss die Kugel rausholen. Sie kratzt an einer wichtigen Arterie. Du musst jetzt auf die Zähne beißen!« Ich sah ihn erschrocken an und nickte. »Halt sie fest«, flüsterte er Liam zu. Der nickte. Liam drückte mit der einen Hand meinen Oberkörper an seinen und mit dem anderen Arm meine Beine auf den Boden.

»Aaahhh!!«, schrie ich. Lucas begann die Kugel herauszuschneiden. Die Wunde pochte vor Schmerz und mein Körper drückte gegen den von Liam.

»Sieh mich an, Ella!«, befahl er und gab mir einen kleinen Klaps auf die Wange. Mit roten Augen sah ich ihn an. »Konzentrier dich nur auf mich. Ich werde dich hier nicht verbluten lassen und darum musst du dich jetzt zusammenreißen!« Er sagte das mit einer solchen Überzeugung, dass ich wusste, dass er es ernst meinte. Ich würde hier nicht verbluten. Ich biss erneut die Zähne zusammen. Seine Augen waren rot, als ob er schon länger nicht mehr richtig geschlafen hatte. Sein Gesicht war nur wenige Zentimeter vor meinem und etwas in mir wollte ihn unbedingt küssen. Als ich endlich ein klirrendes Geräusch auf dem Badezimmerboden hörte, registrierte ich das nur im Hintergrund. Die Kugel rollte über die Fliesen und stoppte in der Ecke. Danach wurde mir schwarz vor Augen.

Sechzehn

Ich erwachte im selben Zimmer wie das letzte Mal, als ich bewusstlos auf Blake Island gelandet war. Nur, dass ich nicht allein war, sondern Liam meine Hand hielt und sein Kopf schlafend auf der Matratze lag.

Ich konnte mich dunkel daran erinnern durch die Nacht getragen geworden zu sein. Dann ein kleines Motorboot und Haileys Stimme, die mir gut zusprach. Die Sonne schien durch das Fenster. Es musste Mittag sein. Ich versuchte mich aufzusetzen, als Liam aufwachte. Er blinzelte mich schlaftrunken an, so wie er es immer tat, wenn er gerade am Aufwachen war. Er hob den Kopf und sah mich an. Seine Augen glitzerten.

»Wie geht es dir?« Ich nickte noch benommen.

»Was ist passiert?«, wollte ich wissen. Liam erzählte mir, dass die anderen ohne uns beide zurückgekommen waren und Alarm geschlagen hatten. Wade, Hailey, Lucas und er sind dann auf das Festland gefahren und fanden Eric bereits am Hafen warten. Er hatte den Polizisten bewusstlos geschlagen und konnte fliehen.

»Aber du warst nicht bei ihm!« Schmerzverzerrt sah Liam mich an. »Wir haben dich tausend Mal angerufen. Weißt du überhaupt, was ich durchgemacht habe?

245

Wie konntest du mir das nur antun?«, fragte er mich verständnislos. Er nahm mein Gesicht in seine Hände und küsste mich auf die Stirn.

»Ich habe gar nicht mehr an das Handy gedacht. Ich konnte nur an Mia und Eric denken. Ich wusste nicht wo meine Mum war. Ich habe nicht daran gedacht«, wimmerte ich. »Es tut mir leid, Liam.« Er nickte und wischte mir eine Träne weg.

»Mia?«, fragte ich ihn. Er schüttelte den Kopf. Ich atmete tief durch.

»Es ist nicht deine Schuld. Es war eine Falle. Keiner hätte euch so schnell erkennen dürfen. Wäre Eric nicht schnell aufgefallen, dass ihr beobachtet werdet, wärst du heute nicht hier. Kurz nachdem Eric den Bahnhof verlassen hatte, kam eine Hundertschaft von Polizisten. Wir versuchen gerade herauszufinden, wie die Regierung an diese Information herangekommen ist!« Liam ballte die Fäuste. Ich nickte. Es war mir egal. Mein Kopf war voll. Ich konnte mich auf nichts konzentrieren.

»Ich hatte ihr versprochen sie in Sicherheit zu bringen.« Ich zögerte und blinzelte die Tränen weg, denn es gab etwas, das mich noch mehr belastete. »Sie war nicht da!« Das war das Einzige, was ich dachte. Liam strich mir die Haare zurück und sah mich an.

»Vielleicht ist sie auf der Suche nach dir!« Ich zuckte mit den Schultern. Vermutlich hatte er recht. Aber sie würde mich nicht finden.

»Danke, dass du mich gerettet hast. Schon wieder«, flüsterte ich und starrte zur Decke. Liam nahm mein Gesicht in seine Hände.

»Wie könnte ich nicht. Tu mir das nie wieder an!«
Ich nickte. Liam kam näher und ich wusste, dass er
mich gleich küssen würde. Die Bilder von ihm und
Charlotte kamen mir in den Sinn. Wie sie sich küssten.
Wie sie Geheimnisse austauschten, die ich nicht kann-
te. Und das Bild von Eric, wie er mich küsste.

»Eric hat mich geküsst«, wimmerte ich und drehte
den Kopf leicht zur Seite, sodass ich ihn nicht ansehen
musste. Liam sagte nichts. Sekunden wurden zu Minuten. Die Stille schien mich fast zu erdrücken. Ich war
Liam keine Rechenschaft schuldig, aber ich wollte dieses Geheimnis nicht vor ihm haben. Ich konnte seinen
Atem auf meiner Wange spüren. Dann küsste er sie.

»Als du nicht abgenommen hast, dachte ich, ich hätte dich verloren. Wenn ich nur mit dir zusammen sein
kann, wenn ich nur dein Freund bin, dann bin ich einverstanden. Aber ich will mich nicht mehr von dir
fernhalten. Das ertrage ich nicht länger!« Ich drehte
mich zu ihm um.

»Du bist mir nicht böse? Glaub mir, es hat nichts
bedeutet!«

»Nein, aber ich weiß jetzt wie du dich gefühlt haben
musst.« Liam sah zu Boden. Wie gerne hätte ich ihn in
die Arme genommen. Ihm gesagt, wie sehr er mir fehlte. Seine Berührungen, sein Lachen. Die Art wie er an
meinen Haaren schnupperte. Aber ich sagte nichts
dergleichen, sondern nickte nur.

Den Rest des Tages und auch die folgenden war Liam fast jede Sekunde an meiner Seite. Ich schlief oft
und immer, wenn ich die Augen wieder öffnete, war er
da. Er weckte mich, wenn ich Albträume hatte und

nach Mia oder Eric schrie. Es musste schwer für ihn sein. Hailey kam mich täglich besuchen und versuchte mich mit dem neusten Klatsch und Tratsch aufzuheitern.

»Charlotte und Lucas sind jetzt offiziell zusammen«, grinste sie mich an. Liam stand am Fenster und sah hinaus.

»Armer Trottel«, zischte er. Hailey hob die Augenbrauen.

»Nun, es soll sich schon der ein oder andere auf sie eingelassen haben«, zickte sie ihn an. Über die Schulter hinweg sah er Hailey sauer an. Kein gutes Thema, versuchte er ihr mit diesem Blick zu sagen. Lucas sah täglich nach mir und war sehr zufrieden mit dem Heilungsprozess meiner Wunde.

»Du wirst schon bald wieder die alte Ella sein«, grinste er mich an. Ich konnte ihm nicht genug danken. Er war das Risiko eingegangen und hatte mich mit Liam gesucht. Auch Eric sah hin und wieder vorbei. Ich versicherte ihm immer wieder, dass es nicht seine Schuld war. Liam wich nicht von meiner Seite, wenn er da war und warf ihm böse Blicke zu. Er wusste zwar, dass Eric richtig gehandelt hatte. Trotzdem hatte er mich das zweite Mal in Seattle verloren und Liam trug ihm das nach. Außerdem schien er ihm den Kuss übel zu nehmen wie mir.

»Kommst du zum Kampf am Wochenende?« Eric saß an meinem Bett und hatte mir eine heiße Schokolade mitgebracht. Es ging mir schon viel besser und ich durfte schon morgen das Krankenhaus verlassen.

»Was für ein Kampf?«, fragte ich ihn. Eric zog eine Augenbraue hoch und sah Liam vielsagend an. Der wiederum schüttelte warnend den Kopf. »Was geht hier vor?«, drängte ich.

»Lass es gut sein, Eric!«, warnte Liam.

»Wo liegt das Problem? Vielleicht will sie ja kommen. Du hast nur Angst vor dem, was dabei rauskommt.« Eric kramte in seinem Rucksack und zog einen bunten Zettel heraus. »Hier!« Er reichte ihn mir.

»Boxturnier«, las ich laut vor. Der Flyer kündigte für dieses Wochenende einen Boxkampf an. Ich schaute von Liam zu Eric. Warum machte Liam so ein Geheimnis darum?

»Warum hast du mir nichts davon erzählt?« Ich sah Liam an, der Eric einen bösen Blick zu warf.

»Das liegt wohl auf der Hand!« Liam verschränkte die Arme vor der Brust. Ich sah ihn verständnislos an. »Was glaubst du was passieren wird, wenn du zum Zuschauen kommst und einer von uns auf die Fresse bekommt?« Liams Stimme war hart. Jetzt wusste ich, was Eric damit gemeint hatte.

Wenn ich Liams Schmerz spüren würde, dann wäre klar, dass er mir noch etwas bedeutete. Wenn nicht, dann wäre auch sicher, dass es vorbei war. Aber er hatte ‚uns‘ gesagt. Klar war mir Eric wichtig und ich hatte bei der Schlägerei auch seine Schmerzen gefühlt, aber aus Liams Mund hatte das eine andere Bedeutung. Ich schwieg und sah Liam schmerzerfüllt an.

»Also, ich geh dann. Wäre toll, wenn du kommst, Ella!« Er zwinkerte mir zu, dann ging er zur Tür.

»Ja, danke Eric«, brummelte Liam ihm hinterher.

»Aber gern geschehen. Ich bin immer daran interessiert, dass alle auf dem aktuellen Stand sind.« Eric schloss die Tür und ich vermutete, dass er mit dem aktuellen Stand nicht den Boxkampf meinte, sondern meine Gefühlslage.

»Was für ein Arsch! Ihm ist es scheiß egal, ob du dabei Schmerzen haben könntest. Es geht ihm nur darum herauszufinden, was in dir vorgeht.« Liam sah wieder aus dem Fenster.

»Und du willst das nicht?«, flüsterte ich. Er drehte sich zu mir um und setzte sich an mein Bett.

»Doch. Aber nicht um jeden Preis!«

»Liam will nicht, dass ich zum Kampf komme!«

Hailey saß auf meinem Bett und blätterte in einer Zeitschrift. Über den Rand sah sie mich an. »Ja, ich weiß und er hat meine volle Unterstützung!«, sagte sie knapp.

Die hatten sich gegen mich verschworen. Ich schwieg vor mich hin und sah Hailey weiterhin an. Schließlich legte sie die Zeitschrift weg.

»Also. Warum willst du da überhaupt hin? Dir muss doch schon klar sein, was du fühlst und da ich deine beste Freundin bin, weiß ich das auch. Ein rationales Ergebnis dieser Analyse ist, dass du besser nicht kommst um zu spüren, wie die beiden Prügel einstecken. Und glaub mir, so toll ist es nicht. Die einzigen, die da Spaß haben, sind die Cheerleader und die Männer. Ich finde das eher langweilig.« Sie hob wieder ihre Zeitschrift und lehnte sich zurück.

Ich saß an meinem Schreibtisch und dachte über das nach, was sie gesagt hatte. Sie hatte recht. Warum wollte ich dahingehen? Ich hatte noch nie etwas mit Boxen anfangen können. Und so sehr wie Liam mir fehlte, würde das für mich nicht gut ausgehen.

»Wer sind die Cheerleader?«, wollte ich wissen.

»Ach, nur so ein paar Mädchen«, wiegelte Hailey ab und versteckte sich hinter ihrer Zeitschrift. Eine böse Vorahnung überkam mich. Mit einem Ruck riss ich ihr die Zeitschrift weg.

»Hailey! Los sag schon! Ich finde es auch ohne dich raus!«, forderte ich sie auf.

Sie atmete genervt ein »Keine Ahnung. In der Regel Caren, Amy, Patricia und Charlotte.« Mit jedem Namen wurde sie leiser und Charlotte nuschelte sie nur noch.

Charlotte. Bei dem Gedanken, dass sie leichtbekleidet Liam im Ring zujubelte, wurde mir übel.

»Oh nein, guck nicht so bitte, Mäuschen!« Hailey setzte sich auf und beugte sich zu mir vor. »Liam liebt dich und du kannst ihn wiederhaben, das weißt du schon, oder?« Ich nickte.

»Aber er hat Charlotte geküsst«, erwiderte ich.

»Ja. Und du hast Eric geküsst!« Wumm. Das hatte gesessen.

»Das war anders. Ich war zuvor nicht mit Eric zusammen gewesen und Liam und ich waren schon getrennt. Außerdem wollte ich das nicht.« Ich wusste selbst, dass meine Argumentation in Teilen hinkte. Dementsprechend erntete ich von ihr einen abschätzigen Blick. »Lass uns zusammen dahingehen«, bat ich sie, doch Hailey schüttelte energisch den Kopf.

»Nein, nein, nein. Ich habe einen Deal mit Liam gemacht. Ich halte dich von dem Kampf fern und bekomme dafür seinen iPod.« Sie grinste mich schief an.

»Hailey!«, rief ich empört und sie hob entschuldigend die Hände.

»Hey, er hat einen tollen Musikgeschmack und ich keinen iPod. Win-win sozusagen.« Er hatte sie tatsächlich bestochen. Wie konnte ich da dagegenhalten? Ich sah nur eine Möglichkeit - ich musste ihre gutmütige Art ausnutzen.

»Bitte Hailey. Für mich. Ich kann nicht hier sitzen, wenn ich weiß, dass Charlotte dort ist.« Eine Träne rann mir über die Wange und ich musste sie nicht einmal rauspressen. Der Gedanke hier im Zimmer zu sitzen, während Charlotte um ihn tänzelte war unerträglich. Hailey sah mich leidig an. »Bitte!«, wiederholte ich. Hailey griff in ihre Hosentasche und förderte einen silbernen iPod ans Tageslicht.

»Dann muss ich den wahrscheinlich zurückgeben.« Ich lächelte sie an, während Hailey unglücklich auf den iPod starrte.

Die Halle war brechend voll. Der Ring war in der Mitte aufgebaut und rund herum standen die Zuschauer. Wir kamen relativ spät und stellten uns an die Wand, sodass wir einen guten Blick auf den Ring hatten. Ich hatte Hailey versprechen müssen, dass ich sofort mit ihr verschwinden würde, wenn die Schmerzen kamen.

Ich stimmte zu und schwor mir selbst, mir die Hiebe solange wie möglich nicht anmerken zu lassen.

Es waren insgesamt zehn Teilnehmer. Die ersten Kämpfe bestritten junge Sparks, die noch nicht viel Erfahrung hatten. Ich kannte keinen von ihnen und hatte daher auch keine Schmerzen. Selbst als einer der Boxer k. o. ging, stand ich da, als wäre nichts gewesen.

Von Liam und Eric war bisher nichts zu sehen. Von dem Flyer wusste ich, dass Liam als nächster dran war und gegen einen gewissen Michael antrat, den ich aber auch nicht kannte.

»Was zum Teufel machst du denn hier?« Liams Stimme riss mich aus meinen Gedanken, gerade als der Gong zur nächsten Runde ertönte.

»Zuschauen. Ich interessiere mich sehr für Boxen.« Mit erhobenem Kopf widmete ich mich wieder dem Ring. Ich würde mir von ihm nicht vorschreiben lassen, wo ich zu sein hatte.

»Hailey!« Liam sah sie wütend an. Sie zuckte mit den Schultern und kramte in ihrer Tasche.

»Bruder vor Luder, oder so! Naja, im übertragenen Sinne, versteht sich.« Sie hielt ihm die Hand vor die Nase und der iPod baumelte daran herab. Liam verzog den Mund und ergriff ihn.

»Wieso bist du nur so stur?« Er stellte sich in mein Blickfeld, sodass ich ihn ansehen musste. Er wollte mich nicht hier haben und das machte mich wütend.

»Ich könnte auch zu den Cheerleadern gehen«, blaffte ich zurück. Liam schüttelte ungläubig den Kopf.

»Weiber! Du bist dir schon im Klaren wie dumm das ist, oder?« Damit ging er davon.

»Da geht er hin«, sagte Hailey traurig.

»Soll er doch!« Ich war noch immer sauer.

»Ich meine den iPod! Komm, lass uns weiter nach vorne gehen.« Hailey hatte mir erzählt, dass Liam dieses Turnier regelmäßig gewann und das führte dazu, dass er für mich noch unerreichbarer schien. Wir drängelten uns durch die Menge, bis wir in der dritten Reihe standen. Rund um den Ring standen die Cheerleader in ihren kurzen Röckchen und vollführten gerade einen Tanz.

Charlotte sah wirklich heiß aus. Offiziell war sie zwar mit Lucas zusammen, der ihr auch von der anderen Seite aus zujubelte, aber nach dem Gespräch auf dem Boot vor der Party konnte ich ihr nicht glauben, dass sie Liam abgeschrieben hatte. Der letzte Kampf war vorbei und Liam betrat mit Michael den Boxring.

Laute Jubelschreie ertönten aus allen Ecken. Er war ein Rockstar, das war mir jetzt klar. Liam warf mir einen missmutigen Blick zu.

»Da ist aber einer sauer!«, flüsterte mir Hailey zu. Ich verschränkte die Arme vor der Brust und stellte auf stur. Innerlich war ich angespannt. Ich wollte weder, dass Liam Schläge kassierte, noch wollte ich dafür büßen. Konnte er nicht ein anderes Hobby haben? Schach zum Beispiel.

Der Gong riss mich aus meinen Gedanken und der Kampf begann.

Und der Kampf war zu Ende.

Es hatte keine zehn Sekunden gedauert, bis Liam Michael einen so starken Hieb verpasst hatte, dass der am Boden lag und nicht mehr aufkam. Michael hatte nicht einmal die Gelegenheit auszuholen. Die Menge jubelte und ich klatschte wie benommen in die Hände.

»Okay, das ging schnell. Ich vermute, dass Liam heute auch keine Lust hat Schläge zu kassieren.« Hailey sah mich vielsagend an. Liam verließ den Ring und ging direkt in die Umkleide, ohne sich zu mir umzudrehen. Er war wirklich sauer auf mich.

»Vielleicht war das doch keine gute Idee«, murmelte ich vor mich hin während des nächsten Kampfes.

»Vermutlich nicht«, stimmte Hailey mir zu. Als nächstes kam Eric dran.

»Ich bin gleich wieder da!«, brüllte ich ihr in das Ohr und sie nickte. Langsam quetschte ich mich durch die Menge und steuerte auf die Umkleiden zu. Ich wollte unbedingt mit ihm sprechen. Ich fühlte mich miserabel, weil wir stritten. An der Tür blieb ich stehen und spickte hinein. »Ist jemand hier?«, flüsterte ich. Ich wollte auf keinen Fall Zeugin sein, wenn sich hier die anderen umzogen.

Keine Antwort. Ich schlich hinein und sah mich um. Keiner da. Wo war er nur? Plötzlich ging die Tür des Duschraums auf und Liam kam nur mit einem Handtuch bekleidet heraus. Bei seinem Anblick blieb mir die Spucke weg. Ich sehnte mich unglaublich nach ihm und wäre ihm am liebsten in die Arme gefallen. Aber ich riss mich zusammen.

»Was machst du denn in der Männerumkleide?« Liam sah sich um und stellte beruhigt fest, dass wir allein waren. Ich war nervös und spielte mit meinen Haaren herum.

»Also, wenn du willst, dass ich gehe, dann werde ich verschwinden«, sagte ich und starrte zu Boden. »Ich will nicht mit dir streiten«, ergänzte ich. Liam atmete tief aus und kam auf mich zu. Kurz vor mir blieb er stehen und ich konnte sein Aftershave riechen.

»Ich will auch nicht mit dir streiten, aber ich verstehe nicht, warum du unbedingt herkommen wolltest!« Er nahm meine Hand, mit der ich an meinem Haar herumzupfte, in seine.

»Vielleicht aus dem gleichen Grund, aus dem du mein Krankenzimmer nie verlassen hast, wenn Eric da war.« Ich flüsterte diesen Satz nur ganz leise. Kaum hörbar. Aber er hatte es verstanden. Keiner von uns sagte ein Wort und das einzige Geräusch war die Dusche, die noch nachtropfte.

»Ach, Ella!« Liam zog mich in seine Arme und ich legte meinen Kopf an seine Brust. Seine Umarmung war fest und ich schloss sofort die Arme um ihn. Eigentlich wollte ich das vermeiden. Aber ich hatte einen schwachen Moment. Liam roch an meinen Haaren und murmelte. »Von mir aus kannst du bleiben. Hoffen wir, dass die anderen genauso schnell k. o. gehen, wie Michael.« Ich hob den Kopf und grinste ihn an.

»Ich habe gehört du gewinnst das Ding hier immer.« Er sah zu mir herab und gab gespielt an.

»Ja, das stimmt. Und es ist nicht einfach, wenn ich so abgelenkt werde. Ich habe einen Ruf zu verlieren.« Ich stieß ihm leicht in die Rippen und wollte mich von ihm lösen, doch er hielt mich weiterhin fest. »Noch nicht!«, bat er. Unsere Nasenspitzen berührten sich fast und ich wusste, dass er mich gleich küssen würde.

War ich schon soweit? Ich wusste es nicht und drehte den Kopf bekümmert weg. Ich hatte das Gefühl, dass Liam sich genauso danach sehnte wie ich, denn er sackte ein wenig in sich zusammen und hielt mich noch fester.

»Liam, du kommst gleich wieder dran. Eric hat gewonnen!« Wade streckte den Kopf zur Tür herein. »Oh, hallo Ella«, beschämt sah er zu Boden. »Also, zwei Minuten Liam! Ohne Handtuch, aber mit Hose bitte! Ach, und Ella: Die Damenumkleiden sind hinter der nächsten Tür!« Damit verschwand Wade grinsend wieder.

Langsam ließ mich Liam los.

»Ich geh dann auch mal.« Ich war schon an der Tür, als ich mich noch einmal umdrehte. »Ach und noch was«, begann ich. Liam sah mich erwartungsvoll an. »Ganz billiger Trick mit dem Aftershave. Als würde ich das nicht durchschauen! Ich weiß genau, dass du dich da drin sicher nicht rasiert hast und trotzdem trägst du es!« Ich grinste ihn an und er lächelte.

»Auch eine große Nummer wie ich muss hin und wieder in die Trickkiste greifen.«

Die nächsten Kämpfe gewann Liam immer, ohne dass er einen einzigen Schlag abbekam. Und ich jubelte ihm begeistert zu. Hailey und ich waren nach den Cheerleadern die, die am lautesten klatschten und schrien. Jedes Mal, wenn er gewonnen hatte, sah er mich an und lächelte. Sein Plan schien aufzugehen.

Erics ersten Kampf hatte ich verpasst. Als er wieder dran war, erkannte ich, dass auch er ein äußerst guter Boxer war. Er tänzelte um seine Gegner herum und kassierte nur wenige Schläge, die aber nicht kraftvoll waren. Hailey sah mich dann immer mitleidig an, aber ich konnte mich einigermaßen zusammenreißen. Eric schien zu wissen, dass ich seinen Schmerz spürte, denn bei ihm fehlte er. Zufrieden lächelte er in meine Richtung, als der Kampf vorbei war. Was er wohl dachte, was das zu bedeuten hatte.

Die Stimmung war gut und alle fieberten mit den Boxern mit. Liam sah großartig aus in seinen roten Shorts und ich strahlte ihn glücklich an, als er das Finale erreichte.

»Ella, wir sollten jetzt gehen!«, forderte mich Hailey auf.

»Was, warum das denn?« Ich sah sie irritiert an.

»Hast du gesehen, wer gegen Liam im Finale ist?« Sie zog die Augenbrauen nach oben und deutete an die Wand, an der eine Tafel mit der aktuellen Platzierung hing. Direkt unter Liams Namen stand Erics.

»Oh«, brachte ich nur hervor.

»Ja, genau. Oh. Dir ist klar, dass es egal ist wer gewinnt? Denn du bist auf jeden Fall der Verlierer!« Sie hatte recht. Würde Liam Eric so zurichten wie die anderen zuvor, läge ich bewusstlos am Boden. Und wenn Liam getroffen wurde, reichte schon ein kleiner Hieb von Eric, um mich niederzustrecken.

»Verdammt!« Ich stampfte mit dem Fuß auf den Boden und sah zu Charlotte hinüber. Sie hatte damals auf der Party natürlich die Schlägerei mitbekommen und auch sonst jeder. Mein kleines Handicap hatte sich rumgesprochen und genau das führte dazu, dass sie mich jetzt hinterhältig anlächelte. Ein paar Meter hinter ihr stand Liam und sprach mit Eric. Der schüttelte immer wieder nur den Kopf. Was sie wohl besprachen? Ob es um mich ging? Es kam mir zumindest so vor, denn Liam deutete mehrmals in meine Richtung. Dann erklang der Gong und sie beide kamen auf die Bühne.

»OK, lass uns gehen!«, sagte ich zu Hailey. Sie sah mich verwundert an. »Ich will nicht, dass er verliert, weil er Eric nicht schlagen will und so wie er guckt, kommt genau das dabei heraus!« Ich packte sie am Arm und trat den Rückzug an.

»Aufgrund einer Verletzung eines Finalisten, wird der Drittplatzierte vorrücken und das Finale bestreiten.« Die Stimme von Wade am Mikrofon hallte durch die Halle. Ich drehte mich abrupt um. Wer war verletzt von den beiden? Ich hatte nichts gespürt. Mit den Augen suchte ich den Ring ab. Beide standen noch an der gleichen Stelle, wie vor einigen Sekunden. Beide schienen unverletzt.

»Liam wird den letzten Kampf leider nicht bestreiten können. Einen großen Applaus für ihn!« Die Menge jubelte, als Liam den Ring verließ und sich durch die klatschenden Zuschauer drängte. Sie klopften ihm auf die Schulter und schlugen mit ihm ein. Liam aber schien das nicht zu registrieren, denn er kam direkt auf mich zu. Die Zuschauer sahen ihm hinterher und schienen sich auch zu fragen, wohin er wollte. Das war der Moment, in dem ich etwas nervös wurde.

»Liam, hast du dich verletzt, denn ich kann…« zu mehr kam ich nicht, denn er zog mich an sich heran, hob mich hoch, sodass meine Füße in der Luft baumelten und küsste mich. Er hatte mich so schnell in seine Arme gezogen, dass ich nicht wusste, wie mir geschah. Ich wusste nur eines. Er war definitiv nicht verletzt und das konnte nur eines bedeuten. Er hatte wegen mir aufgegeben.

Ich war so überwältigt von seinem Kuss, dass ich ihn erwiderte und nicht darauf achtete, was die anderen dachten. Ich legte meine Hände in seinen Nacken und zog ihn zu mir herunter. Von weit weg konnte ich die Menge jubeln hören, doch das spielte keine Rolle. Als er mich endlich wieder abließ, war ich wie benommen.

»Warum hast du das getan?«, hauchte ich. Er zuckte mit den Schultern.

»Manchmal gibt es wichtigeres als zu gewinnen. Ich hatte mir schon ausgemalt wie ich einen Kuss von dir ergattern könnte, wenn ich gewinnen würde. Aber ich hatte gehofft, dass du den Drittplatzierten auch nicht wegstoßen würdest.« Ich lächelte ihn an.

»Scheint ganz so.« Er nahm meine Hand und zog mich aus der Halle. Es war bereits dunkel draußen.

»Wo ist Hailey?« Ich sah mich um. Es war keine Spur von ihr zu sehen.

»Die hat sich vorhin heimlich aus dem Staub gemacht«, grinste er verschmitzt. Wir kamen am Brunnen vor unseren Unterkünften an. Er hielt noch immer meine Hand und es fühlte sich unglaublich gut an. »Kommst du mit?« Er deutete zum Haus der Männer und strich mir sanft über die Handflächen.

Er trug kein Shirt und fror mit Sicherheit. Die Temperaturen waren nur knapp über Null und es hatte wieder angefangen leicht zu schneien. Ganz leise landeten die winzigen Schneeflocken auf dem Brunnenrand und auf meinen Haaren.

»Ich weiß nicht«, sagte ich. »Du hast immer noch Geheimnisse vor mir, die du mit Charlotte teilst.« Die Worte kamen einfach aus meinem Mund, ohne dass ich zuvor wusste, dass mir die Tatsache, dass Charlotte von Liams Fähigkeit wusste, so zu schaffen machte.

»Ella, ich kann nicht.« In seinem Blick war ein Schmerz zu sehen, den ich nicht einordnen konnte. Ich nickte und schaute auf den Boden zu unseren Füßen, um die Tränen herunter zu schlucken. Er gab mir einen Kuss auf den Scheitel. »Wie gesagt, ich kann warten bis du mir verzeihst und vertraust, dass du alles weißt was wichtig ist.« Damit verließ er mich und eilte in das Haus. Eine Träne rann mir über die Wange.

Vielleicht war es an der Zeit, dass ich ihm verzieh?

Siebzehn

Es war Anfang März, als ich endlich wieder am Training teilnahm und zur Arbeit ging. Ich brachte es nicht über das Herz nochmal jemanden zu suchen. Das Bild von Mia, wie sie weggezogen wurde, verfolgte mich jede Nacht. Ich erzählte Eric davon und er teilte mich nur noch für das Einkaufen ein.

»Ella, du hast das aber gut gemacht. Du hattest sofort einen Draht zu ihr.«, versuchte er mich zu einem neuen Versuch zu ermuntern. Ich lehnte ab. Liam holte mich immer am Steg ab. Ich hatte das Gefühl, dass sobald er mich im Boot entdeckte, eine Last von seinen Schultern auf den Boden donnerte.

Eric sprach mich nie auf den Boxkampf an, der nun eine Woche zurücklag. Er hatte den Kuss vermutlich auch mitbekommen und erkannt, dass er zwar das Turnier am Ende gewonnen hatte, aber nicht mein Herz. Liam und ich sahen uns jeden Tag, aber er versuchte mich nicht noch einmal zu küssen. Meist saßen wir in meinem Zimmer, oder machten einen Spaziergang. Es zerriss mir fast das Herz.

Dann kam der Tag, an dem mein erstes mentales Training stattfand. Ich sollte mich nach dem Mittagessen bei Wade melden. Die ganze Nacht lag ich wach, weil ich nicht wusste was mich erwartete. Also schlenderte ich mit dunklen Ringen unter den Augen und einem verklärten Blick mit Hailey zu Wade. Sie öffnete die Tür zu seinem Zimmer und ich sah Wade mit Liam am Kamin stehen.

»Was soll das?«, flüsterte ich Hailey zu. Sie machte ein unschuldiges Gesicht, aber ich erkannte, dass sie mehr wusste, als sie zugeben wollte.

»Also, Ella«, begann Wade. »Du musst lernen deine Fähigkeit zu kontrollieren. Wenn du siehst, dass ein geliebter Mensch verletzt wird, übernimmst du diesen Schmerz. Erst wenn er aus deinem Blickfeld gerät, ebbt er ab. Und wir wissen, wie das ausgehen kann.« Er sah Liam wütend an. »Ich will jetzt, dass du versuchst den Schmerz wieder zurückzuschieben.«

Er hatte mich damit überrumpelt. Liam sollte nicht hier sein.

»Aber wie soll ich das machen?«, fragte ich ihn und hob die Arme. Ich konnte mich nicht konzentrieren, wenn Liam dabeistand, das musste Wade doch wissen.

»Du musst es nur genug wollen. In dem Moment, in dem der Schmerz kommt, musst du versuchen deine Gefühle für die betroffene Person abzustellen«, sagte er trocken. Abstellen? Langsam dämmerte mir, warum Liam da war.

»Und du willst Liam als Versuchskaninchen nutzen? Wir sind nicht mehr zusammen. Das wird nicht funktionieren.« Ich verschränkte die Arme vor meiner

Brust und versuchte so glaubwürdig wie möglich zu wirken. Ich war schon immer eine schlechte Lügnerin gewesen und besonders, wenn ich selbst nicht an meine Lüge glaubte.

»Denke ich nicht, aber hey, wir können das ganz einfach rausfinden. Liam hat sich angeboten und ich hatte außerdem noch keine Gelegenheit, ihm nach Silvester in die Fresse zu treten. Win-win-Situation.«

War das der neue Spruch von Hailey und Wade? Unglaublich, was sie hier abzogen. Ich sah Liam an, der schwer schluckte. Wieso hatte er dem zugestimmt? War es ein Test, um zu erfahren was ich für ihn empfand? Das war so gemein. Ich dachte, er hätte Geduld. Bei dem Kampf wollte er auf keinen Fall, dass ich verletzt wurde und nun bot er sich als Versuchskaninchen an. Insgeheim wusste ich, dass ich meine Fähigkeit nur unter Kontrolle bekommen könnte, wenn ich die Gelegenheit hatte sie zu testen.

Missmutig nickte ich.

»Also, halt dich bereit, Ella. Ich will, dass du dich konzentrierst.« Wade nahm Liams Arm und zog ein Taschenmesser aus seiner Hosentasche. Vorsichtig stach er mit dem Messer ein klein wenig in seine Haut. Ich hatte die Arme immer noch verschränkt, spürte aber an meinem linken Arm einen kleinen Stich. Ich zuckte nicht mit der Wimper. Wade zog das Messer über Liams Arm und eine winzige Blutlinie zeichnete sich darauf ab. Mein Arm brannte, aber ich biss die Zähne zusammen.

Wade steckte das Messer weg und rammte Liam urplötzlich den Ellenbogen in den Magen. Ich konnte kaum noch stehen. Jeder Atemzug tat weh.

»Wie wär's, wenn du mal abwechselst und Hailey als Versuchskaninchen nimmst«, murmelte Liam, der sich zwar den Bauch rieb, aber augenscheinlich keine Schmerzen hatte. Wade sah ihn wütend an und schlug mit seiner Faust auf seinen Oberschenkelkochen. Ich sackte sofort zusammen und der Schmerz fuhr durch mich hindurch.

»Ella!« Liam wollte zu mir kommen, doch Wade hielt ihn auf.

»Schieb es wieder zurück, Ella!«, forderte er mich auf und kniete sich direkt vor mich hin.

»Es geht nicht!«, schrie ich ihn an. »

Schalt deine Gefühle ab. Er verträgt das schon. Du musst diese Bürde nicht für ihn tragen!« Wade half mir auf die Beine. Liam sah mich unglücklich an. »Wir versuchen es nochmal!«, befahl Wade. Er packte Liams Hand und legte sie auf die Kante einer geöffneten Schublade. Er wollte die Schublade schließen und Liams Hand einklemmen. Ich schluckte bei der Vorstellung.

»Oh Gott, Ella. Schieb das weg!« Liam sah mich flehend an. »Es ist wirklich OK!«

Wade holte aus und knallte die Schublade zu. Ich schrie und hielt mir die Hand. Tränen liefen mir über das Gesicht. »Ich kann nicht!«, schluchzte ich.

»Oh doch, du kannst. Du musst nur mutig genug sein und den Willen dazu haben!« Es war Liam. Er kniete neben mir. Seine Hand war rot und geschwollen. Sie war bestimmt gestaucht. *Wille, Mut und Möglichkeit.* Das waren nahezu die Worte meiner Mutter, bevor ich sie verlassen musste.

»Ella. Gib mir den Schmerz wieder zurück. Ich habe die letzten Wochen schlimmeres durchgemacht.« Er sah mich an und lächelte mir aufmunternd zu.

Plötzlich war der Schmerz fort und Liam fasste sich an die Hand. »Verflixt, tut das weh! Wade, du Arsch! Das war zu fest!«

Ich hatte es geschafft. Das Pochen in der Hand ließ nach.

»Wie hast du das gemacht?«, wollte Wade wissen.

»Ich weiß nicht genau«, gab ich zu. Wade lief zu Liam und packte seine Hand.

»Wade, das reicht jetzt!«, mischte sich Hailey ein. Wade drückte Liams verletzte Hand zusammen. Ich schrie wieder vor Schmerz.

»Mach es nochmal!«, forderte er mich auf. Ich konzentrierte mich und dachte nach, was ich vorhin getan hatte. Da fiel es mir ein. Ich hatte daran gedacht, wie glücklich ich war, als Liam mir gesagt hatte, dass er in mich verliebt war. Das war mein schönster Moment mit ihm gewesen. Ich rief mir die Szene wieder in den Kopf. Und dann noch eine. Wir beide unter der Bettdecke. Liam wartend am Waldweg. Liam an meinem Bett. Der Schmerz klang ab und verschwand.

»Sehr gut«, lobte mich Wade. Hailey atmete lautstark aus und Liam entzog Wade seine Hand.

»Ich kann die Gefühle nicht abstellen. Das ist unmöglich. Aber wenn ich an die schönsten gemeinsamen Momente denke, verschwindet der Schmerz«, erklärte ich. Liam sah mich an und lächelte. Dachte er an die gleichen Momente wie ich? Wade war für heute zufrieden.

»Wir üben nächste Woche nochmal. Vielleicht kannst du dich mit einem noch größeren Idioten anfreunden, damit wir Liam nicht mehr benutzen müssen«, scherzte er und klopfte ihm auf die Schulter. Ich nickte und verließ das Zimmer. Liam kam mir hinterher.

»Ella, warte!« Wir standen direkt vor seiner Zimmertür, die direkt neben Wades lag. »Kannst du mir kurz helfen, den Arm zu verbinden?« Er öffnete die Tür und zeigte nach drinnen. Ich zögerte, aber willigte schließlich ein. Er hatte sich für mich verletzt und durch ihn hatte ich erkannt, wie ich es kontrollieren konnte. Ich betrat sein Zimmer. Die Erinnerung traf mich wie ein Schlag. Wir beide im Bett, wie wir *One silent night* sahen. Wir beide auf dem Schreibtisch. Das war mir zu viel. Ich schluckte eine Träne hinunter.

Liam ging in das Badezimmer und kam mit Verbandszeug zurück. Wir setzten uns auf das Sofa.

»OK. Zeig mal her!«, sagte ich geschäftsmäßig und bemüht um eine ruhige Stimme. Ich nahm seine Hand und drehte sie. Es musste furchtbar weh tun. Sie war dick angeschwollen und hatte eine leuchtend rote Farbe. Ich trug ein wenig Salbe auf und verband den Handrücken so gut es ging. Als ich fertig war und den Klebestreifen festgedrückt hatte, griff er nach meiner Hand und verschränkte seine Finger mit meinen.

»Pass auf, du solltest die Hand besser ruhig halten!« Ich wollte meine Hand wegziehen, aber er hielt sie fest.

»Das ist nicht so schlimm, wie wenn ich dich loslasse und du gehst.« Ich sah ihn an und die Sehnsucht zerriss mich. Einerseits glaubte ich ihm, dass es ein böser Hinterhalt von Charlotte war und an der Geschichte mit der Auszeit nichts dran war. Aber trotzdem hatte er sie geküsst. »Du fehlst mir, Ella! Jeden Tag. Jede Stunde. Jede Sekunde. Ich kann nicht schlafen, wenn du nicht da bist. Mir bleibt die Luft weg, wenn du mit Eric weggehst. Ich liebe dich über alles. Bitte bleib bei mir!« Er strich mir mit der gesunden Hand eine Strähne hinter das Ohr. Was hatte er da gesagt? Er liebte mich? Eine Träne entwich meinem Auge und bahnte sich den Weg nach unten.

»Du hättest mich küssen sollen um Mitternacht. Nicht sie«, schluchzte ich. Auch Liam hatte glasige Augen.

»Ich weiß!« Er nahm mein Gesicht in seine Hände und küsste mich. Ich hatte nicht mehr die Kraft mich von ihm fern zu halten. Ich wollte bei ihm sein. Und wenn das bedeutete, dass ich versuchen musste, die Sache zu vergessen, würde ich das tun.

Liam zog mich an sich und atmete den Duft meiner Haare ein. »Du hast mir sehr gefehlt!«, wiederholte er.

»Du hast gesagt, dass du mich liebst«, stellte ich fest.

»Hatte ich das bisher noch nicht getan?«

Ich schüttelte den Kopf und er küsste mich erneut. »Ich liebe dich über alles, meine kleine Frostbeule«, flüsterte er mir zu. Es tat gut bei ihm zu sein.

»Ich liebe dich auch«, hauchte ich. »Und ich habe dich wahnsinnig vermisst.« Ich zog ihn auf die Beine und führte ihn zum Bett. Langsam zog ich mein Oberteil aus und streifte sein Shirt ab. Ich drückte mich an seine Brust und fühlte die Wärme, die davon ausstrahlte. Er hob mein Kinn an und küsste mich. Wie sehr hatte ich das vermisst. Er schob mich zum Bett und wir schliefen miteinander. Aber es war anders als die anderen Male. Es hatte mehr Sehnsucht. Jedes einzelne Körperteil von mir wollte seine Nähe spüren und ihm schien es genauso zu gehen. Danach lagen wir eng umschlungen im Bett. »Ich liebe dich!«, flüsterte er immer wieder. Ich blieb die ganze Nacht.

Ich zog bei Liam ein. So richtig. Ich packte all meine Sachen und er räumte den halben Schrank frei. Als er mich gefragt hatte, ob ich zu ihm ziehen wollte, hatte ich sofort zugestimmt. Hailey war bereits vor einigen Wochen zu Wade gezogen und ich war sowieso jede Nacht bei Liam. Außerdem wollte keiner von uns den anderen zu weit von sich entfernt wissen. Also sagte ich ja. Ich räumte mein Zeug in sein Badezimmer und schmiss den Rucksack in den Schrank. Den würde ich so schnell nicht mehr brauchen. Ich fühlte mich hier fast wie Zuhause. Liam krabbelte zu mir ins Bett und stöhnte auf.

»Was ist los?«, wollte ich wissen.

»Ach, diese neuen Anfänger machen mich fertig. Langsamer als die Enten im Teich.« Ich musste lachen.

»Na danke dann auch. Ich war nicht viel schneller in den ersten Wochen«, stupste ich ihn an. Er grinste.

»Ja, aber du hattest einen hübscheren Hintern.« Ich kiff ihn in die Seite.

»Wie wäre es mit einer Massage für meinen armen Trainer?«, sagte ich verlockend. Er grinste mich an und zog bereitwillig sein Shirt aus. Obwohl wir nun schon seit drei Wochen wieder fest zusammen waren, stockte mir immer noch der Atem, wenn ich seinen Oberkörper sah.

Ich besorgte etwas Creme und er legte sich auf den Bauch. Auf seinem Rücken prangte sein Branding. Ich strich vorsichtig darüber und zeichnete die feinen Linien nach. Liam hatte mir immer noch nicht verraten, was es damit auf sich hatte. In der Regel vermied er es, mir den nackten Rücken zuzudrehen, damit das Thema erst gar nicht aufkam. Der Totenschädel starrte mich an.

»Ich kann den Tod eines Menschen sehen.« Liams Stimme erfüllte den Raum. Er drehte sich um, sodass ich nun auf seinem Bauch saß. Er nahm behutsam meine Hände und sah mich an. »Immer, wenn ich jemanden berühre, kann ich sehen, wie dieser jemand sterben wird.« Ich hörte seine Worte, aber irgendwie wollten sie nicht in meinen Kopf.

»Warum erzählst du mir das gerade jetzt?«, flüsterte ich.

»Weil ich keine Geheimnisse mehr vor dir haben will. Du bist mein Leben.« Er strich mir sanft über den Oberschenkel. Langsam begannen meine Gehirnzellen auf Hochtouren zu Arbeiten.

»Damals als du mich gefunden hast. Da hast du mich berührt und sofort deine Hand weggezogen. Hast du da auch meinen…?« Ich ließ den Satz in der Luft hängen. Liam nickte. Jeder muss irgendwann sterben und das Gute daran war, dass man nicht wusste, wann es soweit sein würde. Nun gab es jemanden, der genau wusste wie ich sterben würde.

»Du weißt, dass ich dich nicht erst am Hafen zum ersten Mal gesehen hatte«, begann Liam. »Ich wollte dich unbedingt retten, doch als ich dich berührte, hatte ich diese Bilder im Kopf.« Er kniff die Augen zusammen. »Es fiel mir schwer sie abzuschalten, wie ich es in der Regel bei anderen tue. Die Bilder waren nicht klar und ich musste mehr wissen.« Er verstärkte den Griff um meine Hand. »Immer wieder habe ich deine Hand gehalten und mir die Bilder angesehen, um zu wissen, wann es soweit sein würde.« Ich wurde ganz bleich. »Als ich dann bemerkte, dass du mich auch mochtest, wollte ich auf Abstand bleiben. Wie kann man mit jemandem zusammen sein, wenn man ihn dauernd sterben sieht. Es war Folter.«

Vor meinem inneren Auge liefen die Bilder ab. Liam, wie er in der Turnhalle an meinem ersten Abend meine Hand hält. Liam, wie er mich zum Steg begleitet und wieder meine Hand nimmt.

»Ich war da schon so verliebt in dich, dass ich es nicht ertragen konnte. Charlotte sah meine Ängste und stellte mich zur Rede, als du krank warst.« ,

Liam sitzt unten mit Charlotte', das waren Lucas Worte, als er mich am Krankenbett besuchte. Das war der Abend, bevor ich das erste Mal mit Liam schlief.

»Sie riet mir mich von dir fernzuhalten und das hatte ich ursprünglich auch vor. Aber ich war nicht stark genug. Du hattest mich schon zu sehr in deinen Bann gezogen.« Er zog mich zu sich herunter und küsste mich.

»Was hast du gesehen?«, wollte ich wissen. Ich konnte nicht glauben, dass ich das wirklich gefragt hatte. Wollte ich das tatsächlich wissen?

»Ella, willst du das wirklich wissen?« Hatte er etwa meine Gedanken gehört? Ich nickte. Liam atmete tief durch und sah zur Decke. »Ich konnte sehen, wie du erschossen wurdest. Du warst keinen Tag älter als zu der Zeit, in der ich dich kennengelernt habe.« Mir blieb der Mund offenstehen. »Als ich dann hörte, dass du angeschossen wurdest, bin ich fast ausgerastet. Ich hatte mir geschworen auf dich aufzupassen.« Liam umklammerte meine Hüfte.

»Liam, du hast dich geirrt«, versuchte ich ihn zu beruhigen. »Ich wurde angeschossen, aber du hast mich gerettet. Ich bin nicht tot!« Ich strich ihm durch die Haare und er nickte.

»Ja, aber seither sehe ich gar nichts mehr bei dir. Ich bin stundenlang an deinem Bett gesessen und habe versucht ein Bild zu sehen. Nichts, nur die alten Bilder.« Er wirkte bedrückt und mir war komischerweise nach einem Scherz zumute.

»Vielleicht kannst du immer nur den ersten Versuch des Todes sehen und wenn man dem von der Schippe springt, wie ich, dann bist du blind.« Ich lächelte ihn aufmunternd an. So richtig schien ich ihn nicht überzeugt zu haben.

»Hoffen wir es.« Er drehte mich unter sich. »Denn ich habe nicht vor, dich gehen zu lassen.« Ich nickte heftig. Ich hatte auch nicht vor ihn zu verlassen. Ich konnte Liam nun verstehen, dass er niemandem sein Geheimnis anvertraute. Ich küsste ihn und zog die Decke über uns.

Achtzehn

Mitten in der Nacht wurde ich wach. Ein Knall. Hatte ich das richtig gehört? Nochmal ein Knall. »Liam, wach auf!« Ich rüttelte ihn wach. Er blinzelte ins Dunkel. Der nächste Knall. Sofort saß er senkrecht im Bett. Die Tür wurde aufgestoßen und Hailey kam hereingestürmt.

»Kommt, wir müssen hier weg!« Sie hatte Tränen in den Augen und zog mich am Arm aus dem Bett.

»Hailey, was ist los?«, brüllte ich. Noch ein Knall.

»Drüben wird geschossen. Es sind Soldaten der Regierung da. Wade ist schon rüber.« Die Tränen kamen in Strömen aus ihren Augen. Liam sprang aus dem Bett und holte aus dem Schrank eine Waffe.

»Hailey, du weißt wo ihr sein solltet! Beeilt euch!« Liam verließ das Zimmer. Ich hatte keine Chance ihn aufzuhalten oder noch ein letztes Wort mit ihm zu wechseln. Ihn noch einmal zu küssen. Er war weg. Noch ein Knall.

»Komm, Ella!« Hailey zerrte mich aus dem Bett und zog mich hinter sich den Gang hinunter. Am Ende des Flurs war ein alter Wandschrank. Sie öffnete ihn und ich konnte meinen Augen nicht trauen. In dem

Schrank hingen keine Mäntel oder Kleider. Nein. Es war eine Treppe, die steil bergab führte. Sie schob mich hinein und schloss die Tür hinter uns.

»Lauf!«, schluchzte sie ins Dunkel. Wir stiegen die Treppe hinab. Ein modriger Geruch stieg uns in die Nase. Unten angekommen, fühlte ich Erde unter meinen nackten Füßen. Ich hatte nur meine kurzen Shorts an und ein dünnes T-Shirt.

Es war kalt. Verdammt kalt.

Hailey rannte den Tunnel entlang. Wir bogen links ab, dann wieder rechts. Dann nochmal rechts und wieder links. Dann erschien eine Leiter, die hinaufführte. Sie war nass und glitschig und wir mussten aufpassen, dass wir mit unseren Füßen nicht abrutschen. Hailey trug ein transparentes Negligé. Für sie schien der Angriff genauso unvorbereitet gekommen zu sein wie für uns. Oben angekommen, öffnete sie eine Luke und half mir rauf. Wir standen in einer Art Höhle.

Und wir waren nicht allein. Viele andere waren gekommen, um sich hier zu verstecken. Vor allem Frauen und Neuankömmlinge. Nicht Liam und nicht Wade. Ich konnte auch Eric und Lucas nicht entdecken.

»Was hat das zu bedeuten?« Ich schüttelte Hailey an den Schultern, die wie paralysiert wirkte.

»Ich weiß es nicht. Sie sind noch nie hierhergekommen«, wimmerte sie und fiel mir in die Arme. In diesem Moment war sie nicht mehr wie gewohnt stark. Sie wirkte klein und zerbrechlich. Die anderen saßen an die Wände gelehnt und lagen sich in den Armen. Ich dachte an Liam. Wenn ihm jetzt etwas passieren würde, hätte ich ihm nicht einmal mehr sagen können, wie viel er mir bedeutete. Es vergingen einige Stunden. Immer wieder hörten wir Schüsse. Jeder Knall ließ mich zusammenfahren. Es war bitter kalt, darum saßen Hailey und ich ganz nah beieinander.

Dann wurde es still. Totenstill.

Keiner wagte es ein Wort zu sprechen. Schritte vor der Höhle.

Danny erhob sich und richtete eine Waffe auf den Eingang. Wer auch immer da kommen mochte, Danny hatte nicht vor, sich einfach abknallen zu lassen. Ein weißes T-Shirt, das blutverschmiert war. Eric. Er stolperte in die Höhle und ich lief ihm sofort in die Arme.

»Eric. Oh mein Gott. Geht es dir gut?«

Ich hatte bereits Tränen in den Augen, spürte aber keinen Schmerz. »Mir geht es gut. Es ist nur ein Streifschuss«, beruhigte er mich und streichelte mir sanft über den Rücken. Ich drückte ihn fest an mich.

»Es ist vorbei. Ihr könnt wieder zurückkommen«, sprach er zu den anderen. Dann kam Wade. Hailey lief ihm in die Arme und er legte ihr seine Jacke um. Wo war Liam? Tränen rannen mir über die Wangen.

»Wo ist Liam?«, fragte ich Eric.

»Ich bin hier!« Liam stand hinter mir und zog mich in seine Arme. Ich weinte an seiner Schulter. »Ist schon gut. Mir geht es gut!«

Gemeinsam gingen wir zurück. Wade verlangte, dass sich jeder sofort in der Halle einzufinden hatte. Ich rannte in unser Zimmer, zog mir was über und ging wieder zurück zu den anderen. Liam blieb immer direkt neben mir und ließ mich nicht aus den Augen.

In der Halle hatten sich schon die meisten eingefunden. Wade betrat die Bühne.

»Heute Nacht sind fünf Soldaten der Regierung bei uns eingefallen. Es wurden zehn Sparks angeschossen und einer verschleppt.«

Stille. Jeder sah sich nach seinen Lieben um, um zu sehen, ob er da war.

»Lucas.« Wade hielt inne.

Mir stockte der Atem und ich sah Liam an. Er wusste es bereits. Er war dabei gewesen. Er nickte unglücklich. »Wir wissen nicht, was sie bei uns wollten. Wir vermuten, dass sie einen Spark mit einer besonderen Fähigkeit gesucht haben. Ob sie mit Lucas denjenigen gefunden haben, wissen wir noch nicht.« Wade fiel es sichtlich schwer zu sprechen. »Irgendjemand hat uns verraten. Sie wussten genau, wo unsere Häuser stehen. Auch der Angriff vor einigen Wochen in Seattle ist uns nicht entgangen. Irgendjemand hat Informationen weitergegeben und wir werden diesen jemanden finden. Wir konnten zwei der Wachmänner eliminieren und werden nun das gesicherte Material sichten. Sobald wir Neuigkeiten haben, werdet ihr sofort informiert.« Wade verließ die Bühne und zog Hailey hinter sich her. Beide verließen die Halle. Meine Augen suchten die Halle ab, bis sie gefunden hatte, was sie suchten. Eric. Er sah mich an und nickte stumm.

Liam zog mich raus und steuerte auf unser Zimmer zu, lief aber daran vorbei und betrat Wades Zimmer. Hier hatten sich neben Wade und Hailey bereits Eric und drei andere Männer versammelt. Ich hatte sie schon einmal unten vor dem Kamin gesehen und vermutete, dass sie auch wie Liam oder Eric zu den Ausbildern und Gruppenleitern gehörten.

»Was machen wir hier?«, flüsterte ich Hailey zu und setzte mich zu ihr auf das Fensterbrett. Liam stand bei Wade und diskutierte mit ihm.

»Sie haben bei beiden Soldaten eine DVD mit der gleichen Aufschrift gefunden. So, als ob sie geahnt hätten, dass es nicht alle zurückschaffen. Wohl eine Botschaft oder ähnliches«, wisperte sie. Eine Botschaft? Von der Regierung an uns? Die anderen diskutierten leise und ich beobachtete sie.

»Nein, das kann nicht sein, dass uns ein Spark verraten würde!« Es war Wade, der mit Liam diskutierte.

»Aber es kann nur einer von uns sein. Wie sonst ist das alles zu erklären?« Liam ließ sich auf Wades Sofa fallen. Neben ihm saß Eric. Er war still und in sich versunken. Wir wussten beide, dass wir mit der Sprache rausrücken mussten.

Er sah mir lange in die Augen und nickte dann wieder.

»Ich sage es nicht gern, aber Liam hat recht. Wir haben Beweise, dass vermutlich ein Spark auf der Insel die undichte Stelle ist«, warf er ein und augenblicklich war es im Raum totenstill. Wade war der erste, der sich wieder rührte.

»Was meinst du damit, verdammt?«

»Und wen meinst du mit 'wir'?« Das war Liam, der mich intensiv ansah. Vermutete er schon, was gleich kommen würde? Mir war unwohl, aber da musste ich jetzt durch. Wie konnten wir nur so dumm sein und keinem von unserem Fund erzählen. Dafür musste ich nun die Konsequenzen tragen.

Ich stand auf: »Mich.« Entgeistert sahen mich alle an.

»Eric, erzähl uns alles!«, befahl Wade. Alle sahen gespannt zu Eric, nur Liam nicht. Der sah mich an und schüttelte enttäuscht den Kopf.

Eric erzählte die ganze Geschichte, wie wir Schutz im Leuchtturm gesucht hatten und dann das Fach entdeckten. Er beschrieb die Berichte, die er gelesen hatte, und versuchte auch zu erklären, warum wir niemandem etwas gesagt hatten. »Wir wussten nicht, wem wir trauen konnten. Jeder konnte die undichte Stelle sein. Wir wollten die Augen offenhalten und herausfinden, wer es war und ob dieser jemand sich noch auf der Insel befand.« Als Eric fertig war, wurde es unglaublich still. Alle sahen uns geschockt an.

»Ist euch bewusst, dass ihr uns alle in große Gefahr gebracht habt?« Wade lief vor dem Sofa auf und ab. »Ich kann ja verstehen, dass ihr nicht jedem davon erzählen wolltet, aber *wir* sind nicht *jeder*!« Den letzten Satz spuckte er hasserfüllt aus. »Vielleicht hätten wir das alles verhindern können! Und Lucas bezahlt jetzt für euren Fehler!«

Er trat ans Fenster und schaute gedankenverloren nach draußen. Er hatte recht. Es war alles unsere Schuld und ich hatte alle enttäuscht. Vor allem Liam und Hailey. Ihnen hätte ich mich anvertrauen sollen.

»Jake, geh sofort zum Leuchtturm und hol das ganze Zeug hier her!« Einer der Typen, die ich nicht kannte, nickte stumm und verließ sofort das Zimmer. Se-

kundenlang sagte keiner ein Wort. Dann legte Wade
die DVD ein und mein Albtraum nahm so richtig an
Fahrt auf.

»Guten Abend, meine Lieben!« Edward Cunningham erschien im Bild.

Er saß auf einer Couch und machte den Anschein,
als würde er der Moderater einer Talkshow sein. Er
hatte sein Marketinglächeln aufgesetzt und trug einen
dunkelblauen Anzug. »Schön, dass ihr euch meine
Nachricht anseht. Ich mach es auch ganz kurz. Ihr
wisst ja, Zeit ist Geld!« Er lachte über seinen eigenen
Witz.

»Also, wir haben euch heute Abend besucht, wie ihr
wahrscheinlich festgestellt habt und wenn ihr diese
DVD findet, dann haben wir nicht bekommen was wir
wollten.« Ich dachte an Lucas.

»Ich hatte schon befürchtet, dass es soweit kommen
würde, darum ist diese DVD der Plan B. *Tada!*« Er hob
die Hände in die Höhe und grinste. »Also, kommen
wir zur Sache. Ein Vögelchen hat mir gezwitschert,
dass ihr ein ganz besonderes Talent unter euch habt.
Ich mache euch ein Angebot, dass ihr kaum abschlagen
könnt. Ich verspreche euch, dass ihr die nächsten Jahre
keinen Besuch von uns bekommt, wenn ihr mir diese
eine Person aushändigt. Sollten wir das Glück gehabt
haben eine Geisel gefasst zu haben, bekommt ihr diese
anschließend zurück.« Er machte eine wegwerfende
Handbewegung.

»Ist das nicht ein tolles Angebot? Ich biete euch Sicherheit und einen Freund zurück, für den Austausch eines Anderen!« Wir sahen uns alle an. *Wen meinte er?*

»Ihr müsst wissen, ihr seid nicht die einzigen Feinde, die wir haben. Eine meiner großen Leidenschaften ist die Kriegsführung. Und es tut mir im Herzen weh, wenn ich sehe, wie unsere eigenen Soldaten leiden.« Mir schwante Böses und mein Mund fühlte sich ganz trocken an. »Jetzt kommt mein Vögelchen ins Spiel. Es hat mir gezwitschert, dass keiner meiner Soldaten mehr leiden muss, wenn ich die Eine von euch bekomme, die den Schmerz für alle übernehmen kann.«

Liam stand von der Couch auf und kam zu mir herüber.

»Stellt euch das vor. Ein Soldat bekommt eine Kugel, spürt aber keinen Schmerz und kann weiterkämpfen bis er stirbt. Eine ganze Armee kann über das Feld laufen und verspürt keinen Schmerz. Hunderte, tausende Männer könnten befreit werden. Was für ein Gewinn für die Wissenschaft! Was für ein Gewinn für uns!« Er machte eine theatralische Pause. Im Zimmer war es so still, dass man eine Stecknadel hätte fallen hören können. Ich konnte nicht atmen.

»Also Ella Stone!« Er sprach mich direkt an und ich hatte das Gefühl, dass er mich durch den Fernseher ansah. »Komm zu mir ins Labor! Ich erwarte dich schon. Der Gefangene kann dann gehen. Falls nicht, werden wir wiederkommen. Und wieder. Und so weiter. Du verstehst schon.« Er verdrehte die Augen.

»Natürlich wirst du einen Beweis verlangen, dass ich es gut mit euch meine. Hier mein Vorschlag. Ich gebe dir drei Tage Zeit herzukommen. In diesen drei Tagen werdet ihr nicht von uns belästigt.« Er machte ein großmütiges Gesicht.

»Aber, ich muss dir auch zeigen, dass ich es ernst meine. Ist ja nur fair. Deshalb habe ich heute einen Gast eingeladen. Er möchte aber lieber stehen bleiben.«

Die Kamera zoomte zurück, sodass neben dem Sofa, auf dem er saß, ein Galgen erschien. Ein echter Galgen mit einer Falltür wie im Mittelalter. Darauf stand meine Mutter. Eine Schlinge um den Kopf. Ich sprang auf und rannte zum Fernsehgerät.

»Nein!«, schrie ich.

Cunningham sprach noch etwas, aber ich konnte nur in das Gesicht meiner Mutter sehen. Sie weinte und die Angst stand ihr ins Gesicht geschrieben. Alle redeten durcheinander. Ich konnte Cunningham nicht verstehen. Dann zog er an einer Schnur und meine Mutter fiel. Sie hing am Seil und zappelte. Sofort schnürte es mir die Kehle zu.

Ich bekam keine Luft und lag am Boden. Es war, als würde mir jemand die Luftröhre abdrücken und mit jedem Atemzug wurde es enger. Mein Gesicht lief blau an.

»Mach es aus!«, schrie Liam zu Wade. Ich hörte, wie Füße über den Boden trampelten und Hailey, die neben mir kniete, und meine Hand hielt. Alles verschwamm vor meinen Augen. Dann hörte es plötzlich auf. Aber nicht, weil Wade den Fernseher ausgeschaltet hatte, sondern weil ich bei meiner Mutter auch keine Schmerzen mehr sehen konnte. Sie hing am Seil. Leblos. Sie war tot.

»Wie gesagt. Ich zögere nicht meine Absichten deutlich zu machen«, hörte ich Cunningham noch sagen, bevor Liam mich aus dem Zimmer trug.

Neunzehn

Die Sonne schien mir ins Gesicht und ich sah aus dem Fenster. Ich war nicht Zuhause. Ich war nicht bei meiner Mutter.

Meine Mutter war tot. Ich hatte diesen Satz die letzten beiden Nächte immer und immer wieder vor mich hingesagt, weil ich es nicht glauben konnte. Und sie war es nicht erst seit letzter Nacht. Es war eine Aufzeichnung. Ich konnte ihr den Schmerz, den sie gespürt hatte, nicht in der Sekunde abnehmen, in dem sie ihn hatte. Als ihr das Seil in den Hals schnitt. Als sich ihre Luftröhre verengte und sie ihren letzten Atemzug tat. Ich konnte es nicht, weil ich nicht bei ihr war. Sie war allein gewesen. Die ganze Zeit war sie allein gewesen. Sie war nicht auf der Suche nach mir gewesen. Sie war bei Cunningham und ich hatte hier die schönste Zeit meines Lebens mit Liam verbracht. Sie war meinetwegen gestorben.

Liam war mit mir total überfordert gewesen. Ich lief apathisch durch das Zimmer. Hin und Her, zum Fenster, zum Kamin und starrte vor mich her.

»Hol mir Hailey, forderte ich ihn auf. Er nickte und lief sofort los. Nur wenige Minuten später stand sie bei mir. Ich rannte zu ihr und packte sie an den Schultern.

»Bitte mach das rückgängig«, flehte ich sie an. Hailey sah mich verständnislos an, bis ihr dämmerte, was ich meinte.

»Ella. Ich kann die Zeit nicht soweit zurückdrehen!«, sprach sie leise.

»Doch. Du musst es versuchen! Du musst es versuchen!« Sie sah mich mitleidig an und nahm mich in den Arm.

»Es tut mir so leid, aber es geht nicht. Sie ist gegangen.« Das war meine letzte Hoffnung gewesen. Ich weinte an ihrer Schulter, bis ich auf den Boden zusammenklappte und Liam mich ins Bett legte.

Ich weinte den ganzen Tag und wenn ich schlief, dann hielt ich das Foto von meinen Eltern und mir auf der Wildblumenwiese im Arm. Liam machte kein Auge zu. Er beobachtete mich wie ein Blindenhund sein Herrchen. Ich sprach den ganzen Tag kein einziges Wort, bis die Sonne wieder unterging.

»Sie werden wiederkommen. Und Lucas wird tot sein. Meinetwegen!«, stellte ich trocken, ohne jegliche Emotion, fest.

»Das wissen wir nicht. Er blufft. Er weiß genau, dass wir keine leichte Beute sind. Wade ist sich sicher, dass er nur blufft.« Liam nahm mein Gesicht in seine Hände und küsste mich ganz leicht.

»Aber, wenn er nicht blufft, dann bringe ich uns alle in Gefahr.« Ich legte mich wieder auf das Bett und drehte mich von ihm weg. Er rollte mich sofort wieder so hin, dass er mich sehen konnte.

»Ella, mach keine Dummheiten!«, forderte er mich streng auf. Ich hörte seine Stimme und verstand auch was er sagte, aber es hatte keine Bedeutung. Nichts hatte eine Bedeutung. Nur der Tod - der bedeutete alles. Ich wusste, was ich zu tun hatte.

Liam ließ mich nicht aus den Augen. Er schien mir nicht zu trauen und damit hatte er recht. Ich wollte nicht, dass noch jemand wegen mir verletzt wurde. Vor allem er nicht. Ich könnte es mir nicht verzeihen, wenn sie Liam das gleiche antaten wie meiner Mutter. Ich musste irgendwie nach Seattle kommen, bevor die Frist abgelaufen war. Wade besuchte mich und redete auch auf mich ein.

»Ella, wenn wir jetzt nachgeben, was kommt als Nächstes?«, fragte er mich. »Wenn sie von Hailey er-fahren, werden sie sie als nächstes verlangen. Das Spiel wäre nicht zu Ende!« Ich starrte an die Decke und antwortete nicht. Vielleicht hatte er recht. Aber meine einzige Möglichkeit war es, an Cunninghams Ehrge-fühl zu appellieren und sein Versprechen, dass er die anderen die nächsten Jahre in Ruhe lassen würde. Dann würde sich schon alles finden. Ich musste heute Nacht verschwinden und ich musste das tun, was ich geschworen hatte niemals zu tun. Ich würde Liam ver-lassen.

Gegen sechs Uhr stand Liam am Feuer, als ich mich aufsetzte. Ich riss mich zusammen, weil ich unsere letzten gemeinsamen Stunden nicht mit Weinen verbringen wollte. »Sollen wir uns gemeinsam »*One silent night* « ansehen?«

Liam sah zu mir auf, als er die Worte aus meinem Mund kommen hörte.

»Ja klar, wenn du darauf Lust hast.« Er legte die DVD ein und setzte sich neben mich auf das Bett.

»Ich liebe dich über alles, Liam. Es tut mir leid, dass ich dir das mit den Dokumenten nicht erzählt habe. Wir waren getrennt und ich habe dir in dieser Zeit wirklich nicht vertraut.« Ich sah zu ihm auf und küsste ihn.

»Ich liebe dich auch, meine kleine Frostbeule. Versprich mir aber, dass wir ab jetzt keine Geheimnisse mehr voreinander haben.« Ich nickte stumm, setzte mich auf seinen Schoß und begann ihn intensiv zu küssen. Ich sog den Geruch seiner Haut und seiner Haare ein und versuchte mir zu merken, wie sie rochen. Seine Haut unter meinen Fingern war weich und kräftig zugleich. So, als könnte er mich vor allem beschützen. Nur nicht vor mir selbst. Ich zog mein Oberteil aus.

»Ella, ist das eine gute Idee?« Liam hielt kurz inne. Ich griff in seinen Nacken, zog sein Gesicht heran und küsste ihn statt einer Antwort. Ich prägte mir jeden Zentimeter seines Körpers ein. Jede Lachfalte seines Gesichtes, das helle braun seiner Augen. Er strich mir sanft über den Rücken und küsste meinen Nacken. Ein Schauer überzog mich und ich zog ihn näher zu mir heran. Es gab nichts Schöneres, als seine Körperwärme zu spüren. Ich fühlte mich dann unbesiegbar und sicher.

Ich versuchte jede Sekunde in meine Erinnerung einzubrennen, um sie in den entscheidenden Momenten abrufen zu können.

Liam lag neben mir und strich mir sanft über die Wange. Jetzt oder nie.

»Gibt es die Möglichkeit, dass wir hier irgendwie an eine heiße Schokolade kommen?«, fragte ich ihn mit einem leichten Grinsen im Gesicht. Nicht zu sehr, nur ein wenig Grinsen. Nicht zu viel, denn dann hätte er mich direkt durchschaut. Genau das richtige Maß, um ihm Hoffnung zu machen, dass es mir ein wenig besser ging.

»Alles was das Herz begehrt!« Er grinste zurück und stand auf. Ich kam mir schäbig vor. Ich hatte ihn noch nie zuvor angelogen und hatte wieder ein Geheimnis vor ihm. Er öffnete die Tür und drehte sich nochmal zu mir um, die unverkennbare Hoffnung in seinem Blick. »Bin sofort wieder da!« Er schloss die Tür hinter sich und war weg.

»Ja, aber ich werde es dann nicht mehr sein.«

Blitzschnell zog ich mich an und verließ das Zimmer. Ich wusste, dass Liam nur kurz in der kleinen Teeküche unten sein würde. Aber es gab noch einen anderen Ausgang. Nicht durch die Haustür.

Der Wandschrank. Ich schritt leise durch den Flur und schlüpfte lautlos durch die Schranktüren. Die Treppe war steil und dunkel. Ich zog mein Handy heraus, um in dessen Licht ein wenig mehr sehen zu können. Langsames Laufen war keine Option. Liam würde in wenigen Minuten zurück sein und wissen, was ich vorhatte.

Ich kam unten an und rannte den Tunnel entlang. Links, dann rechts. Dann nochmal rechts und wieder links. Ich hatte schon immer einen guten Orientierungssinn gehabt und war blitzschnell am Ausgang. Vorsichtig öffnete ich die Luke und spähte hinaus. Keiner da. Ich schlüpfte hinaus und lief in der Nacht durch den Wald.

Es war bereits Anfang April und die Temperaturen milder. An den Bäumen grünten schon die Blätter und in der Luft lag dieser einmalige Duft von Frühling. Klar und rein.

Meine Uhr zeigte 21:53 Uhr. Fünf Minuten nachdem Liam das Zimmer verlassen hatte. Mir würde übel bei dem Gedanken, wie er vermutlich gerade in diesem Moment ins Zimmer kam und das Bett leer vorfinden würde. Vielleicht würde er noch im Badezimmer nachsehen. Dann bei Wade und Hailey. Und mit jeder weiteren Option, die sich als falsch erwies, würde die Gewissheit, wo ich wirklich war, stärker werden.

Eine Träne rann mir über die Wange. Es tat mir so leid, aber wenn ich ihn und die anderen schützen wollte, gab es keinen anderen Weg.

Ich erreichte den Steg und setzte mich in das kleine Motorboot, startete und fuhr davon, ohne nochmal zurückzublicken. Wenn ich das getan hätte, hätte ich vermutlich erkannt, was ich verlor und wäre umgedreht. Das konnte ich nicht riskieren. In der Stille meinte ich Liam meinen Namen rufen zu hören. Aber ich war schon zu weit weg. Mein Handy vibrierte und zeigte Liams Nummer an. Ich drückte ihn weg und schaltete es aus.

Es war zu spät.

Als ich Seattle erreichte, war es kurz vor elf Uhr. Ich nahm nicht unseren kleinen Bootssteg, sondern legte am normalen Hafen an.

Was sollte mir schon passieren? Ich hatte alles verloren. Meine Mum war tot. Liam würde ich nie wiedersehen. Hailey, Lucas, Eric. Ich würde keinen von ihnen je wiedersehen. Es gab nur noch eines, was man mir noch nicht genommen hatte, und das war ich gewillt noch einmal zu sehen.

Ich nahm die U-Bahn Richtung Lexington Road. Den Kopf nicht gesenkt. Ich beobachtete die Menschen, die mit mir fuhren. Sie waren auf dem Heimweg zu ihren Familien. Vielleicht hatten sie sich heute über die Arbeit geärgert, oder über sonst eine Kleinigkeit. Wie unscheinbar diese Dinge nun schienen, in Anbetracht dessen, was ich vor mir hatte.

Was würde mich erwarten? Ein Leben als Versuchskaninchen? Ein Einsatz im Krieg? Was würde passieren, wenn sie herausfänden, dass meine Fähigkeit nur auf Menschen beschränkt war, die ich liebte? Und die Frage, die mich am allermeisten beschäftigte war, woher sie so genau über mich Bescheid wussten? Hatte Mandy ihnen etwas verraten? Meine Mum? Hatten sie sie so lange gequält, bis sie ihnen alles erzählt hatte?

»Lexington Road« Die automatische Stimme des Zuges zeigte mir meine Endstation an. Im wahrsten Sinne des Wortes. Ich stieg aus der U-Bahn und schritt Richtung Zuhause. Ich sah in die Wohnzimmerfenster der Häuser, an denen ich vorbeilief, und grüßte meine Nachbarn auf der Straße. Viele grüßten zurück, andere sahen mich verdattert an. Es schien sich also doch rumgesprochen zu haben. Keiner hielt mich auf.

Ich marschierte auf unser Haus zu und kletterte durch das zerbrochene Fenster. Das letzte Mal war ich mit Liam hier gewesen. Wegsperren! Ich durfte diese Gedanken nicht zulassen. Musste es tun, wie Liam es mir beigebracht hatte. In einen Tresor sperren und nicht hineinsehen. Ich machte das Licht an und nahm mir ein Glas Wasser aus der Küche. Wie viel Zeit würde mir bleiben? Nicht sehr viel. Meine Schritte führten mich über die Treppe nach ganz oben. Hier war es. Das Einzige, was man mir noch nicht genommen hatte.

Ich öffnete das Fenster und setzte mich auf den Hocker vor dem Klavier - strich mit der flachen Hand über die Abdeckung der Tasten. Das Holz unter meinen Fingern war schwarz und glatt. Ich öffnete den Deckel und atmete den vertrauten Geruch ein. Dann begann ich zu spielen. Ein Stück nach dem anderen. Die Augen hielt ich geschlossen und dachte an Liam. An seine Augen. An seine Haut. An seine Hände, die meine hielten. Ich war auf der Wildblumenwiese und schaukelte. Immer höher. Meine Mutter klatschte begeistert in die Hände.

Unten wurde die Tür aufgebrochen. Mit einem Knall fiel sie zu Boden. Ich konnte das Holz bersten hören. Schritte auf der Treppe. Ich spielte einfach weiter. Jede Sekunde war kostbar. Jede Note ein Geschenk. Dann waren sie da und das Klavier verstummte.

Sie waren zu fünft gekommen. Alle in schwarz gekleidet mit Pistolen in der Hand. Es war aber nicht nötig, davon Gebrauch zu machen. Ich verhielt mich schließlich kooperativ. Sie warfen mich zu Boden, legten mir Handschellen an und zogen mich über die Straße in einen Lieferwagen. Einige Menschen standen auf dem, mit parkenden Autos gesäumten, Bürgersteig und starrten mich an. Dann wurde ich in den Lieferwagen verfrachtet und anschließend in dieses Zimmer gesperrt, in dem ich mich jetzt befand. Es war nicht das Labor, in dem ich damals mit Mandy übernachtet hatte, dafür war die Fahrt zu lang gewesen. Es war ein anderes Gebäude. Ich wusste nicht wo, aber es interessierte mich auch nicht. Das Zimmer sah aber ähnlich aus. Weiß. Alles war weiß. Weiße Fliesen, weiße Bettwäsche. Das Ticken der weißen Uhr an der Wand. Der Geruch von Desinfektionsmittel lag in der Luft. Der einzige Farbklecks war ich mit meiner roten Bluse und meinen verwaschenen Jeans. In den Ecken hingen Kameras und aus einem vergitterten Lüftungsschacht oben an der Wand strömte eine kalte Briese.

Das Warten machte mich verrückt. Ich war hierhergekommen, um mich zu stellen. Um Cunningham auf seinem Versprechen festzunageln. Aber keiner kam. Den ganzen Tag verbrachte ich in meiner Zelle. Ich dachte an Liam. Würde er versuchen mich zu finden? Ich hoffte es nicht.

Auf dem Boden standen einige Flaschen Wasser. Nichts zu essen. Nichts zu lesen. Kein Fernseher. Was wollten sie damit bezwecken? Aber ich hatte sowieso keinen Appetit.

Ich hatte mich geirrt. Ich hatte Appetit. Seit zwei Tagen hatte ich nichts gegessen. Nur getrunken. Die letzte Flasche war bereits leer und ich hatte sie wütend gegen die Wand geworfen. Wie lange konnte ein Mensch nochmal ohne Essen ausharren? Ich war mir sicher, dass ich die Grenze schon fast erreicht hatte.

Die Uhr zeigte acht an. Aber ich konnte nicht mit Sicherheit sagen, ob es Abend oder Morgen war. Mir war übel vor Hunger. Mir war schwindlig. Ich konnte mich kaum auf den Beinen halten um zur Toilette zu gehen. Im Urin hatte ich Blut - ein klares Zeichen meines Körpers, dass ihm etwas fehlte. Essen!

Der Raum machte mich wahnsinnig. Es war trostlos. Das Licht wurde nie ausgeschalten. Es war immer grell. Wenn ich schlief, dann hatte ich Albträume und wenn ich aufwachte, stellte ich fest, dass sie wahr waren. Ich fluchte und schrie. Beschimpfte die Kameras, denn ich war mir sicher, dass jemand dahinter saß und mich beobachtete, wie ich verreckte. Aber eines tat ich nicht. Ich weinte keine einzige Träne. Früher musste ich oft weinen, wenn ich wütend war. Meine Mutter nannte es immer Wutttränen. Aber selbst die verkniff ich mir.

Meine Mutter hatte rote Augen, als sie starb. Sie hatte viel geweint. War ein Abbild ihres gebrochenen Stolzes. Das würde mit mir nicht passieren. Ich vermisste Liam. Nein, das war das falsche Wort. Ich vermisste schließlich auch mein Bett und mein Klavier. Angestrengt versuchte ich ein Wort zu finden, welches das leere schmerzende Gefühl beschrieb, dass sich in meiner Brust ausbreitete, wenn ich an ihn dachte. Unbändige Sehnsucht?

Ich sinnierte gerade darüber, was es heute wohl bei den Sparks zu essen gab, als die Tür aufging.

»Ella, wie schön, dass du dich entschlossen hast zu mir zu kommen!« Cunningham stand in der Tür und verstrahlte seine gewohnte Freude. Er trug seinen dunkelblauen Anzug, den er bei der Hinrichtung meiner Mutter getragen hatte. Bei dem Gedanken wurde mir wieder übel und ich musste versuchen, mich auf das Wesentliche konzentrieren.

»Werden sie ihr Versprechen einhalten? Werden Sie die Sparks in Ruhe lassen?« Ich hielt den Blick starr auf sein Gesicht gerichtet. Er zuckte mit den Augenwinkeln.

»Aber natürlich. Deal ist Deal!« Er log. Schlechte Lügner wie ich es war haben den einen Vorteil, dass sie schlechte Lügen von anderen erkennen. Und ich sah es an seinen Augen. Das Zucken. Das hatte ich auch, wenn ich angestrengt nach einer Ausrede suchte.

Was hatte ich nur getan? Wie konnte ich nur glauben, dass er sein Wort halten würde? Wade hatte recht gehabt. Er würde nie aufhören. All diese Gedanken kosteten mich etwa zwei Sekunden. Das waren exakt die beiden Sekunden, die nötig waren, damit zwei in Arztkittel bekleidete Männer mich an meinem Bett festschnallen konnten. Ich versuchte mich zu wehren.

»Ella, Schätzchen. Du solltest dich nicht verausgaben. Du hast schon länger nichts mehr gegessen. Wir wollen doch nicht, dass du dir noch weh tust«, säuselte Cunningham vor sich her. Das war also der Grund für den Essensentzug. Ich sollte schwächer werden. Und das war ich. Wie eine Puppe wurden meine Beine und Arme rechts und links festgeschnallt, sowie mein Kopf mit einem Metallbügel fixiert. »So. Ella. Wir werden jetzt ein paar Routinetests mit dir durchführen. Wir benötigen ein bisschen Blut von dir, eine kleine Gewebeprobe und wir müssen wissen, wie schmerztolerant zu bist.«

»Fahren Sie zur Hölle!« zischte ich. Ich konnte ihn nicht mehr sehen, sondern hatte nur den einen Blick an die Decke. »Irgendwann werden sie für all das hier bezahlen, Cunningham!« Er beugte sich über mich und ich konnte seinen widerlichen Atme riechen.

»Nein, Ella. Ich trage damit zu einer besseren und stärkeren Gesellschaft bei. Weißt du, ein Krieg kann offiziell mehrere Gründe haben. Humanitäre Angelegenheiten, Sicherheit der eigenen Gesellschaft. Aber in Wirklichkeit geht es nur um drei Dinge, das würde aber nie jemand zugeben. Aber ich verrate es dir.« Er sah mich mit seinen schlammbraunen Augen an, die sich so sehr von Liams unterschieden, dass ich es *Matschfarbe* taufte. Schweiß tropfte ihm von der Stirn auf meine Liege und er spuckte die Wörter förmlich aus: »Macht, Geld und Ehre. Es geht immer um genau diese drei Dinge. Und ich will sie alle haben. Für mich und für unser Volk und dafür brauche ich unschlagbare Waffen und eine davon wirst du sein. Also sei eine brave Patientin und halte still.«

Sein letzter Satz brachte mich zum Grübeln. Er erinnerte mich an etwas. Ich kramte in meinem Gedächtnis, kam aber nicht darauf und ließ den Gedanken auch gleich fallen, als sich die Nadel erbarmungslos in meinen Arm bohrte. Ich schrie, konnte mich aber nicht bewegen. Sie legten mir einen Zugang, was bedeutete, dass weiterhin eine Nadel in meinem Arm steckte. Einer der Ärzte schnitt mir ein kleines Loch in die Hose an der Seite und nahm ein Skalpell. Der Schnitt brannte und erinnerte mich an den Schmerz der Kugel, die ich mir damals eingefangen hatte. Jemand grub sich mit den Fingern in mein Fleisch und schnitt weiter. Sie schnitten wohl das Knochenmark heraus.

Tränen schossen mir in die Augen und ich versuchte sie wegzublinzeln. Ich schmeckte Blut im Mund. Vermutlich hatte ich mir aus Versehen auf die Zunge gebissen. Die nächste halbe Stunde war die Hölle auf Erden und ich wünschte mir nichts mehr, als sterben zu können.

Sie nähten die Wunde am Oberschenkel ohne Betäubung zu. Als ich dachte, es wäre endlich vorbei, spürte ich etwas Warmes auf meinem Fußrücken. Es wurde immer wärmer und wärmer. Es wurde heiß. Ein Arzt hielt ein brennendes Feuerzeug an meinen Fuß. Ich schrie erneut auf: »Bitte hört auf!«, flehte ich. Es nutzte nichts. Mir wurde in den Magen getreten, und ins Gesicht geschlagen. Mein Auge pochte, als es getroffen wurde.

»Sei eine brave Patientin!«, hörte ich erneut, kurz bevor ich bewusstlos wurde. Eine Erinnerung regte sich ganz leicht in meinem Gedächtnis, doch ich konnte sie nicht zu fassen bekommen. Sie entglitt mir, genauso wie mein Lebenswille.

Zwanzig

Ich erwachte in einem anderen Raum. An meinem Arm war immer noch der Zugang und an meinem Kopf einige Sensoren geklebt, deren Drähte zu einem Monitor führten. Ich saß auf einem Stuhl und war festgeschnallt. Konnte mich nicht bewegen. Ich hob den Kopf und sah, dass vor mir ein Tisch stand, an dem vier Ärzte in ihren Unterlagen blätterten. Cunningham saß in ihrer Mitte und lächelte mich an.

»Ella! Wie schön, dass du endlich wach bist. Da will dich dringend jemand sehen.« Ich kniff die Augen zusammen und funkelte ihn an. So wie sie alle dasaßen machte es den Anschein, als würden sie zu einer Jury für eine Castingshow gehören.

Plötzlich ging eine Tür hinter mir auf und Lucas wurde an Handschellen hereingeführt. Ich war entsetzt als ich ihn sah. Er hatte überall blaue Flecke und deutlich abgenommen. Seine blonden Haare hingen ihm in Strähnen von der Stirn. Seine Kleidung war verdreckt. Vermutlich sah ich nicht besser aus. Doch was ich empfand als ich ihn sah, war Erleichterung und Enttäuschung zugleich.

In dem Moment als er sagte es würde mich jemand sehen wollen, dachte ich an Liam. Ein Angstschauer überfiel mich bei der Vorstellung er wäre hier und müsste das Gleiche durchmachen wie ich. Ich war erleichtert, als es nur Lucas war. Trotzdem war ich enttäuscht und dafür hasste ich mich. Ein kleiner Teil von mir hatte sich gewünscht Liam nochmal zu sehen und wäre es auch unter diesen Umständen gewesen.

Lucas blinzelte mich an. »Ella? Was machst du denn hier?«, keuchte er, als er mich erkannte. Ich sah ihn nur mit leeren Augen an. ‚Aus einer Dummheit heraus‘ wäre die richtige Antwort gewesen, aber ich schwieg besser.

»Also, Ella. Ich bin neugierig, wie das mit der Schmerzabsorption funktioniert. Mein Vögelchen hat mir gezwitschert, dass es nur mit geliebten Menschen funktioniert. Was für ein Glück, dass dein guter Freund Lucas hier ist.« Cunningham klatschte begeistert in die Hände. »Na dann, zeig uns was du kannst!«, forderte er mich auf.

Lucas wurde auf einem Stuhl festgeschnallt und blickte wie ein scheues Reh um sich, das irgendwo einen Jäger fürchtete. Er war nur meinetwegen hier. Woher wusste Cunningham das alles? Weder meine Mutter noch Mandy wussten Details über meine Fähigkeit. Aber mit dieser Frage musste ich mich später befassen. Jetzt gab es Wichtigeres.

»Lucas. Sieh mich an!«, forderte ich ihn auf. Ich wartete, bis er Augenkontakt zu mir hergestellt hatte. »Es ist alles OK. Egal was sie dir antun. Du wirst nichts spüren.« Er sah mich an und schüttelte heftig mit dem Kopf.

»Nein, Ella. Tu das nicht!« Ich sah, wie sich ihm von hinten einer der Ärzte näherte mit einem Seil in der Hand. Lucas blickte mich gehetzt an. Dann schlang der Arzt das Seil um seinen Hals und würgte ihn. Ich würde nicht zulassen, dass er etwas spürte. Meiner Mutter konnte ich es nicht abnehmen, aber ihm konnte ich helfen. Also sah ich genau hin. Sein Kopf wurde von dem Zug nach hinten gedrückt. Meine Luftröhre verengte sich. Ich hustete und hechelte. Instinktiv wollte ich an meinen Hals fassen, aber meine Hände waren festgeschnallt. Ich war wehrlos.

Dann war der Schmerz fort und mein Kopf schellte zu Lucas um. Er lebte noch. Sie hatten ihn nicht umgebracht. Noch nicht.

Als nächstes brachen sie ihm die linke Hand. Ich hörte es bei ihm knacken und schrie auf. Als Kind war ich mal mit meinen Inlineskates einen Berg heruntergefahren und konnte noch nicht richtig bremsen. Als ich mich dann nach vorne fallen ließ, weil ich zu schnell wurde, hatte ich mir auch das Handgelenk gebrochen. Meine Mutter kam angerannt und tröstete mich. Hier war ich allein. Niemand kam, um mich zu trösten.

»Wie machst du das?«, wollte Cunningham wissen. Ich hatte immer wieder das Bewusstsein verloren und vergeudete damit seine wertvolle Zeit, wie er es nannte. Mein Kopf hing nach unten und ich konnte die Augen nicht richtig öffnen. Ich war zu schwach. Trotzdem lächelte ich.

»Das werden sie nie verstehen. Und so wie es aussieht kann ihr Vögelchen es ihnen auch nicht sagen!« Trotzig hob ich den Kopf. Er kam zu mir, schlug mir mit der Faust ins Gesicht und packte mein Kinn, um meinen Kopf anzuheben. Ich sah ihm direkt in seine Matschaugen.

»Wenn man jemanden so sehr liebt, dass man eher seine Schmerzen ertragen möchte, als zusehen zu müssen, wie er sie selbst trägt, kann man sie auch genauso gut übernehmen. Aber das werden Sie eben nie verstehen. Denn dabei geht es weder um Macht, Geld, oder Ehre. Es geht nur um die reine Zuneigung, die man für jemanden empfindet.« Er ließ mein Gesicht los und ich lachte laut auf. Vielleicht war ich ein wenig verrückt, aber es war zu lustig. »Ihnen wird langsam klar, dass ich Ihnen nicht helfen kann, stimmts?« Er drehte sich zu mir um und zog meinen Kopf an meinen Haaren wieder nach oben.

»Jetzt hör mir gut zu. Ich werde schon herausfinden, wie ich das für meine Zwecke nutzen kann. Und wenn ich dich dazu lebendig ausweiden muss!« Ich starrte ihm trotzig ins Gesicht. Er hatte mich gedemütigt, geschlagen und hungern lassen. Aber er hatte mich nicht gebrochen. Noch nicht. Ich versteckte meine Angst vor seinen Worten.

»Keine Tränen? Weißt du, deine Mutter hat viel geweint!« Geschockt blickte ich ihm ins Gesicht. »Sie rief immer wieder nach dir. Aber du warst nicht da.« Er grinste mich bösartig an. »Für heute ist Schluss. Achtet darauf, dass sie uns nicht verreckt bevor ich es genehmige!« Mit diesen Worten verließ er den Raum und ich verlor wieder das Bewusstsein.

Ich träumte von der Wildblumenwiese. Die Sonne schien und erwärmte mein Gesicht. Es duftete nach Blumen und nach Sonnencreme. Liam war dort. Er saß auf einer Schaukel neben mir und reichte mir die Hand.

»Ella, warum hast du mich verlassen?«, wollte er wissen. Ich schaukelte mich mit den Beinen hin und her.

»Weil ich dich liebe!«, sagte ich zu ihm und nahm seine Hand. Plötzlich saß Cunningham auf Liams Schaukel und quetschte meine Hand.

»Ich werde dich ausweiden!«, lächelte er und hielt eine Spritze in die Höhe. Ich wollte mich abwenden, doch er drehte meinen Kopf wieder zu sich herum. Lucas saß an seiner Stelle.

»Du kannst ja weggucken. Sei eine brave Patientin!« Ich fuhr hoch und schlug mit dem Oberkörper an den Riemen, der mich auf der Liege festschnallte. Ich wusste wieder, wo ich diesen Satz schon einmal gehört hatte. Benommen sank ich wieder auf die Liege.

Es knackte. Ein dumpfes Geräusch erreichte mein Unterbewusstsein. Ich war gefangen zwischen Schlaf und Wachsein. Es knackte noch einmal. Gleich würden sie mich wieder abholen. Die nächsten Tests. Die nächsten Schmerzen. Ich wusste nicht, wie ich das noch einen weiteren Tag aushalten sollte. Viel mehr belastete mich aber eine ganz andere Sache. Eine Vermutung – mehr war es nicht.

Es knackte erneut. Diesmal lauter und etwas fiel zu Boden. Ich blinzelte in das grelle Licht. Es war eine kleine silberne Schraube. Sie rollte über die weißen Fliesen und blieb in einer Rille liegen. Wieder dieses Knacken und ein leises Klirren. Noch eine Schraube rollte über den Boden. Dann ein dumpfes Geräusch. Schuhe, die auf dem Boden aufkamen. Mein Kopf war so schwer und ich konnte den Blick nicht in die Richtung des Geräusches wenden. Ich malte mir aus, was man mir alles mit Schrauben antun konnte. Jemand berührte meine Hand und ich zuckte instinktiv zurück.

»Ella, ich bin es. Sei leise!« Diese Stimme. Ich kannte sie aus meiner Erinnerung. Liam. Er löste die Schnallen an meinen Händen und Füßen.

»Liam!«, flüsterte ich. Er zog mich vorsichtig auf, nahm mein Gesicht in seine Hände und legte den Finger auf meine Mund. Dann küsste er mich. Meine Lippen waren aufgesprungen und brannten, aber das war mir egal. Er war hier - alles andere war nebensächlich. Liam legte seine Stirn an meine und atmete tief durch.

Dann deutete er auf den Lüftungsschacht. Er hatte die Schrauben herausgedreht und war so in mein Zimmer gekommen. Fast zu einfach, nur nicht für mich. Ich zeigte auf den Schacht und dann auf mich. Anschließend schüttelte ich den Kopf. Ich würde da niemals hochkommen. Ich kam nicht einmal auf die Füße. Die fehlende Nahrung und meine Verletzungen im Gesicht, an den Füßen und die Wunde an meinem Oberschenkel forderten ihren Tribut. Liam sah mich mit großen Augen an und nickte heftig, so als ob er mir sagen wollte ,*Und ob du da reinkletterst und wenn ich dich reindrücken muss.*'

Er nahm mich an die Hand und ich stand langsam auf. Der Schacht lag etwa zwei Meter über dem Fußboden. Ich stieg auf Liams Hände und versuchte mich hochzuziehen. Meine Arme waren zu schwach. Ich kam nicht hoch.

»Du schaffst das! Ella, bitte!« Liam flehte mich an. Er war hergekommen, um mich zurückzuholen. Er war wegen mir hier. Es war wie ein Mantra, das ich mir immer wieder in Gedanken vorsagte. Er war meinetwegen hier. Liam stieß mich nach oben und ich zog mich mit letzter Kraft in den Schacht und krabbelte ein Stück weit hinein. Liam schwang sich mit Leichtigkeit hinein und setzte das Gitter wieder ein, dass er im Schacht abgelegt hatte. »Weiter!« Er deutete in den Schacht hinein. Mein Oberschenkel schmerzte noch und ich zog mich mit den Händen vorwärts. Es war dunkel und stickig. Die Luft war warm und brannte in meinen Lungen. Meine Augen begannen zu tränen. Dann sah ich endlich Licht. Am Ende des Schachts war wieder eine vergitterte Tür. Die Schrauben aber waren bereits lose. Liam hob das Gitter wieder in den Schacht und drückte sich an mir vorbei.

Vorsichtig streckte er den Kopf hinaus. Dann sprang er mit einem Satz runter. Als ich nach unten sah, stellte ich fest, dass es viel tiefer war als eben. Mindestens drei Meter. Wir befanden uns in einer Art Tiefgarage. Überall standen Autos auf ihren reservierten Parkplätzen. Die Luft war erfüllt von Abgas. Wenn man nur die Tiefgarage sehen würde, könnte man denken, es wäre ein ganz normaler Arbeitsplatz. Die Wahrheit lag Meilen davon entfernt.

»Spring! Ich fang dich auf!«, flüsterte Liam. Und ich sprang ohne zu zögern. Ich wusste, er würde mich fangen. Sachte landete ich in seinen Armen. Er legte den Arm um mich und schleifte mich quer durch die Tiefgarage, bis wir eine kleine Tür erreichten. Wie ein gejagtes Tier sah ich mich immer wieder um. Er öffnete sie geräuschlos und zog mich in den kleinen Abstellraum. Regale voller Kisten mit Aktenordnern.

Als er die Tür hinter uns schloss, sah er mich an. Sein Blick war traurig, wütend, vorwurfvoll und voller Sorge. Er betrachtete mich von oben bis unten. Dann zog er mich in seine Arme und ich schluchzte.

»Es tut mir so leid!« Ich wiederholte diesen einen Satz immer und immer wieder. Liam legte eine Hand an mein Gesicht und strich sanft über mein geschwollenes Auge.

»Ich dachte du wärst tot. Wie konntest du mir das antun? Du bist einfach weg!« Eine Träne rann ihm über das Gesicht. Es war schrecklich ihn so zu sehen. Er sah mitgenommen aus. Tränensäcke hatten sich unter seinen Augen gebildet, er hatte Schürfwunden an den Händen und sein Shirt war voller Blut. Jetzt hatte ich eine Vorstellung davon, wie es ihm ging, wenn er mich ansah.

»Oh mein Gott, bist du verletzt?«, ich versuchte sofort sein Oberteil hochzuziehen, um nachzusehen. Doch er hielt mich davon ab.

»Nein, das ist nicht mein Blut.« Er sah mir tief in die Augen »Warum, Ella?«

»Ich wollte nur, dass du in Sicherheit bist«, wimmerte ich. Liam schüttelte den Kopf.

»Hast du denn immer noch nicht verstanden, dass ich nicht ohne dich leben kann? Auch nicht, wenn ich sicher wäre! Wenn Wade mich nicht aufgehalten hätte, wäre ich zum Haupteingang rein.« Schmerzerfüllt sah er mich an. »Ich musste zusehen, wie sie dich abgeholt haben. Weißt du wie es war nur zwei Minuten zu spät an deinem Haus anzukommen? Eric und Wade haben mich im Auto zurückgehalten. Ich konnte nur zusehen!« Bei der Erinnerung rann ihm wieder einer Träne über das Gesicht.

»Du warst da? Woher wusstest du?«

»Ella, ich kenne dich in- und auswendig. Ich wusste genau, dass du nach Hause gehen würdest!«

Ich dachte an die Autos, die am Straßenrand geparkt hatten. In einem dieser war Liam gewesen. Bei dieser Vorstellung bekam ich eine Gänsehaut.

»Weißt du was passiert, wenn man stirbt? Man ist einfach weg. Es bleibt nichts übrig, nur schmerzhafte Erinnerungen.« Ich nickte. Liam küsste mich. Diesmal länger und leidenschaftlicher. Dieser Kuss drückte all die Sehnsucht aus, die ich nach ihm die letzten Tage verspürt hatte. Und seine nach mir. »Gott, du hast mir so gefehlt!« Er umschloss mich und ich sog seinen bekannten Duft ein.

Liam kramte in seiner Tasche ein Handy hervor und tippte eine Nachricht an Wade. Ich sah mich um und zog einige Akten hervor. Jede von ihnen war beschriftet mit Namen.

»Bonny Davis«, murmelte ich und klappte den ersten Ordner auf. Vor mir lag ein Protokoll einer langen Leidensgeschichte. Bonny Davis war laut Aufzeichnungen ein Spark gewesen. Man hatte sie gefoltert, bis sie schließlich an den Folgen körperlicher Erschöpfung starb. Ich stellte die Akte wieder zurück und fuhr mit der Hand am Einband der anderen Ordner entlang. Es waren Dutzende. Dutzende Unschuldige, die für nichts und wieder nichts gestorben waren. Unter dem Regal stand ein alter Umzugskarton. Ich zog ihn leise hervor und entdeckte eine weitere Akte darin mit der Aufschrift 'Lupinus texensis'. Der Titel irritierte mich. Ich wollte sie gerade aufschlagen, als Liam sich zu mir auf den Boden kniete.

»Und jetzt?«, fragte ich ihn.

Er sah zur Tür: »Jetzt gehen wir nach Hause.«

Ich schob die Akte zurück und verließ mit ihm den Raum. Es ist verwunderlich, wie eine einzige Handlung alles verändern hätte können. Wenn ich die Akte aufgeschlagen hätte - aber ich sollte erst später erfahren, wie wichtig sie gewesen war. Nun war es zu spät.

Wir schlichen aus dem Abstellraum und verließen die Tiefgarage durch einen Notausgang. Liam hatte mir versichert, dass der Mittelsmann der Sparks dafür gesorgt hatte, dass alle Kameras, inklusive der in meinem Zimmer, nur ein Standbild zeigten. Also schlichen wir im Dunkeln durch den Notausgang und über eine Treppe in die Freiheit.

Draußen angekommen, wurde mir schwindlig. Ich hatte seit mehreren Tagen nichts gegessen und keine frische Luft geatmet. Jetzt kam ich mir vor, wie eine Betrunkene, die nach einem stundenlangen Saufgelage aus der Bar ins Freie tritt. Liam packte mich an den Armen, bevor ich zusammensackte. »Alles klar?«

Ich nickte. Ich würde mich zusammenreißen. Um uns herum war nur Wald. Kein Licht. »Wo sind wir?«, wisperte ich.

»Etwa drei Kilometer nördlich vom eigentlichen Labor. Wir müssen etwa fünf Kilometer durch den Wald, dann kommen wir ans Ufer. Dort wartet Hailey mit dem Boot auf uns.« *Hailey!* Bei dem Gedanken an sie, wurde mir warm uns Herz.

Ich war froh, dass Liam bei mir war, aber Erics Fähigkeit wäre uns gerade recht gut gekommen. Es war stockdunkel und wir wagten es nicht das winzigste Licht anzumachen. Wir standen mitten im Wald, als wir plötzlich die Sirenen hinter uns hörten. Starr vor Angst standen wir da, bewegungslos - atemlos. Dann zog mich Liam vorwärts.

»Wir müssen weiter!« Im Laufschritt quälte ich mich über den unebenen Waldboden. Die Bäume raschelten im Wind, rechts und links beobachteten uns die funkelnden Augen der Tiere. Ich dachte an mein erstes Training bei Liam. Wir mussten zehn Kilometer laufen. Ohne, dass ich gehandicapt war. Am helllichten Tag und ohne die Angst zu haben verfolgt zu werden. Die Erinnerung kam mir wie ein gemütlicher Spaziergang vor.

Immer tiefer liefen wir in den Wald und mein Bein schien bei jedem Schritt, den ich weiter machte, mehr zu schmerzen. Ich weiß nicht wie lange wir schon gelaufen waren, als ich endlich die Baumgrenze sah. Das Wasser spiegelte sich im Mondlicht und wenige Meter vor dem Ufer lag ein kleines Ruderboot. Die Luft war kühl, aber man konnte noch den Frühling riechen. Wir passierten die Baumgrenzen und liefen darauf zu.

»Gleich haben wir es geschafft!« Liam sah mich hoffnungsvoll an. Ja, er hatte recht. Gleich hatten wir es geschafft. Es waren nur noch wenige Meter bis zum Ufer und ich konnte nun drei schemenhafte Gestalten erkennen, die dort standen. Hailey, da war ich mir sicher, und Wade. Er würde sie nicht allein lassen.

»Wer ist die dritte Person?«, fragte ich Liam. Der grinste mich zufrieden an.

»Wade konnte auch Lucas befreien!« Lucas. Nun erkannte ich ihn. Er stand bei Hailey und Wade. Abrupt blieb ich stehen und starrte ihn an.

‚*Sei eine brave Patientin*‘, dröhnte es in meinem Kopf. Eine Vorahnung, die mich nicht losließ, lief mir wie ein Schauer über den Rücken. Wir waren keine zehn Schritte entfernt und Hailey wollte mir bereits in die Arme fallen, hielt aber inne, als sie meinen Blick sah. Ich klammerte mich an Liams Arm.

»Ella, was ist los?« Er schaute mich verständnislos an. Ich sah Lucas an und Lucas sah mich an.

»Wie kommt er hier her?«, flüsterte ich in die Runde. Wade und Liam sahen sich fragend an.

»Ich habe ihn aus seiner Zelle befreit, während Liam dich geholt hat«, erklärte Wade. Lucas sagte kein Wort. Seine blonden Haare wehten mit dem Wind und seine braunen Augen waren auf mich gerichtet. Nein, nicht braun. Matschfarben!

»Sei eine brave Patientin«, flüsterte ich. Ich wusste wieder, wann ich diesen Satz schon einmal gehört hatte. Es waren exakt die Worte von Lucas gewesen, als er mir damals Blut abnehmen wollte. Damals als ich erkältet gewesen war. Keiner hatte verstanden, was ich genuschelt hatte - nur Einer und der grinste mich an. Das Grinsen, das ich schon aus einem anderen Gesicht kannte mit blonden Haaren und matschfarbenen Augen. Cunningham. Liam wollte erneut wissen, was ich gesagt hatte, doch da zog Lucas seine Waffe.

Einundzwanzig

»Lucas, was soll das?« Wade stellte sich demonstrativ vor uns und Liam schob mich hinter sich. Lucas zitterte und sah immer wieder wie ein gehetztes Tier zur Waldgrenze.

»Wir gehen jetzt wieder schön gemeinsam zurück!« Er deutete mit der Waffe in die Richtung, aus der Liam und ich gekommen waren.

»Rede nicht so einen Mist!« Wade schien zu denken, dass er den Verstand verloren hatte und machte einen Schritt auf ihn zu. Ein Schuss landete knapp neben Wade im Sand, der sofort wieder einen Schritt zurückging. »Verdammt, Lucas! Warum?«, brüllte er und sprang einen Meter zurück. Die Antwort war schon die ganze Zeit dagewesen, ich hatte sie nur nicht gesehen, oder wahrhaben wollen.

»Weil er sein Sohn ist«, sagte ich. Alle sahen mich verdutzt an, sogar Lucas. »Cunningham, stimmt's Lucas? Er ist dein Vater. Du hast seine Augen!« Ich versuchte neben Liam zu treten, damit ich Lucas besser sehen konnte, doch der hielt mich zurück.

Lucas sah mich intensiv an und flüsterte dann: »Ich frage mich wie du das rausgefunden hast, aber ja.

Cunningham ist mein Vater. Und sobald ich dich wieder bei ihm abgeliefert habe, kann ich in mein altes Leben zurück!«

»Lucas, wir sind doch Freunde!« Hailey streckte eine Hand nach ihm aus. Eine winzige Sekunde hatte ich das Gefühl, dass er weich wurde. Sein Blick wurde klarer und er ließ die Waffe einen Millimeter sinken - nur um sie dann wieder in meine Richtung zu halten.

»Das hat nichts mit euch zu tun. Ganz ehrlich. Ich mag euch alle und es tut mir wirklich leid, was du alles durchmachen musstest. Ich wollte nicht, dass sie dir das alles antun!« Er sah mitleidig in meine Richtung.

»Du widerliches Schwein!«, brüllte Liam. »Wie kannst du uns das nur antun? Wir waren immer für dich da! Wir sind dein Zuhause. Dein Altes hat dich davongejagt und du hast uns verraten!« Liams Worte ließen Spuren bei Lucas zurück, doch er starrte weiterhin leer vor sich hin. Die Waffe auf uns gerichtet. Ich schob mich schnell an Liam vorbei.

»Hast du gewusst was sie meiner Mutter antun?« Ich sah ihn direkt an. Die Waffe spielte keine Rolle in diesem Moment. Ich musste die Wahrheit wissen.

»Nein!«, brüllte er. »Damit hatte ich nichts zu tun. Der Deal war, dass du durch mich hierhergelockt wirst und sie ein paar Tests machen. Die Art und Weise wie du hierhergelockt werden solltest, kannte ich nicht. Es tut mir leid, was sie getan haben. Aber ich wusste das nicht.«

»Was hast du geglaubt, wie sie sie dazu bringen würden herzukommen?« Hailey ließ die Frage offenstehen. Lucas haderte mit sich.

»Das wäre alles anders gelaufen, wenn Eric den Polizisten damals am Bahnhof nicht überwältigt hätte! Sie hätten dich mitgenommen und keiner wäre in Gefahr gewesen!«

Er hatte uns also verraten. Er war derjenige gewesen, der die Regierung mit Informationen versorgt hatte. Und er wurde auch nicht verschleppt nach dem Überfall. Der Schock stand uns allen ins Gesicht geschrieben. Immer wieder sah er zum Waldrand und ich vermutete, dass er bereits Verstärkung gerufen hatte. Sie würden jeden Moment da sein.

»Wir haben auf Blake Island keine Zukunft!«, murmelte er vor sich hin. Es schien sein Mantra zu sein. »Charlotte und ich haben die Möglichkeit ein neues Leben zu beginnen. Frei von der Angst geschnappt zu werden. Mein Vater hat mir versprochen, dass wir zurückkehren können. Wir könnten eine Familie haben. Und das hat nun mal seinen Preis!« Lucas Blick schweifte in die Ferne und dann drückte er ab.

Der Knall hallte noch lange nach. Der Schmerz würde es länger tun. Liam zog mich in letzter Sekunde zur Seite und die Kugel streifte somit nur meinen Arm.

Ich lag im Sand und wartete auf den nächsten Schuss. Hailey schrie und weinte. Liam lag über mir und verdeckt mit seinem Körper meinen. Würde Lucas auch auf seinen langjährigen Freund zielen? Die Sekunden strichen vorbei und der Sand unter mir bekam rote Tupfer. Kein erneuter Schuss. Es blieb still. Nur mein schnellpochendes Herz und der Atem von Liam traten an mein Ohr.

Ich setzte mich auf und sah Lucas an. Er wirkte genauso geschockt von dem Schuss wie Hailey. Sie saß im Sand und weinte. Wade stand vor ihr. Ich stand mit wackligen Beinen auf.

»Lucas, weißt du noch im Labor? Als sie dich fast erwürgt hätten? Als sie dir die Hand gebrochen haben? Du hast nichts davon gespürt und das hat einen Grund.« Ich holte tief Luft. »Du bist mein Freund. Du bist unser Freund. Du musst das hier nicht tun. Du kannst mit Charlotte auch woanders neu anfangen. Egal was du getan hast, ich verzeihe dir und würde jederzeit wieder deine Schmerzen in Kauf nehmen.«

Lucas trat eine Träne aus dem Auge. Ich wusste, dass wir nur diese eine Chance hatten. Wir mussten ihn überzeugen, dass es noch Auswege gab. Wege zurück. Ich sah es in seinen Augen - er schwankte!

»Du bist zwar Cunninghams Sohn. Aber du bist nicht er. Du bist unser Freund. Du bist unser Mediziner. Du bist die erste Person gewesen, der ich auf Blake Island vertrauen konnte. Ich kann nicht glauben, dass du das hier alles willst!« Ich machte einen Schritt auf ihn zu. Mein Arm brannte wie Feuer. Liam wollte mich zurückhalten.

»Vertrau mir, bitte!«, flehte ich ihn an. Hin- und hergerissen ließ mich Liam schlussendlich los. Ich machte einen weiteren Schritt auf Lucas zu.

»Bitte, gib mir die Waffe!« Lucas schüttelte energisch den Kopf.

»Ich kann nicht!« Tränen liefen unablässig über sein Gesicht.

»Doch, du kannst.« Nun stand ich direkt vor ihm und auch ich musste eine Träne verdrücken. Sachte legte ich eine Hand auf die Waffe. »Lucas. Du bist mein ältester Freund auf der Insel. Das kannst du nicht wollen.« Er starrte zu Boden und konnte mir nicht in die Augen sehen. Schließlich nickte er kaum merklich und gab mir die Waffe. Ich lächelte ihn an und wollte ihn gerade in die Arme nehmen, als erneut ein Schuss fiel.

»Ella!« Liam kam angelaufen.

»Es geht mir gut«, hauchte ich und hielt mir die Brust. Ich spürte den Schmerz, aber es war nicht mein eigener. Ich sah zu Liam, Hailey, Wade. Alle standen sie da. Dann sah ich zu Lucas, der in diesem Moment zusammenbrach und die Wellen am Ufer rot verfärbte.

Eine Sekunde. Ein Moment, der so vieles ändern kann. Alles was bisher sicher gewesen war, war es nicht mehr.

Lucas lag in den schäumenden Wellen und Blut strömte über seine Brust in das Wasser. Ich sank zu Boden und hatte Mühe zu atmen. Ich wurde nicht angeschossen - sondern Lucas.

Reflexartig duckten wir uns. Lucas Augen waren weit aufgerissen, aber er hatte keine Schmerzen. Ich hatte nicht gelogen, als ich sagte, ich würde seine Schmerzen für ihn übernehmen. Und das tat ich. Jede einzelne Schmerzwelle durchflutete meinen Körper, aber ich riss mich zusammen und hielt seinen Kopf aus dem Wasser und legte ihn auf meinen Schoß. »Es ist alles OK. Wir bekommen das wieder hin«, flüsterte ich.

Hektisch sah ich mich um, genau wie die anderen. Woher war der Schuss gekommen?

»Wir müssen hier weg!«, sagte Wade mit zusammengekniffenen Zähnen. Ich schüttelte den Kopf.

»Wir können ihn nicht hierlassen!« Hailey kam zu uns und sah sich die Wunde an. Dann schüttelte sie gequält den Kopf.

»Wir können nichts tun«, wisperte sie, sodass ich es hören konnte. Eine neue Schmerzwelle überkam mich, aber ich biss die Zähne zusammen. Ich wandte mich wieder an Lucas, der schon die Augen geschlossen hatte und nur noch flach und unregelmäßig atmete.

»Es ist alles OK. Wir sind bei dir. Du wirst nichts spüren. Du bist nicht allein.« Die Sekunden verstrichen und ich redet auf Lucas ein, damit er wusste, dass jemand bei ihm war. Immer wieder versuchte er etwas zu sagen, bekam aber doch kein Wort heraus. Wie ungerecht die Welt doch sein konnte. Von einer Sekunde zur anderen diese Welt verlassen zu müssen, ohne einen Moment zu haben um noch sagen zu können, was einem wichtig war.

Dann war es vorbei. Der Schmerz verebbte und ein leichtes Gefühl machte sich in meiner Brust breit. Lucas war gegangen.

»Ella, lass und sofort gehen!«, drängte Wade. Ich hob meinen Blick von Lucas Gesicht und nickte. Es waren bereits mehrere Minuten seit dem Schuss vergangen. Egal woher er gekommen war und warum es keinen Zweiten gab, man sollte das Schicksal nicht herausfordern.

»Wir müssen ihn mitnehmen!« ich sah Liam an. Er nickte und legte mir eine Hand auf die Schulter. Ich erhob mich und Wade trug den toten Körper von Lucas. Mit eiligen Schritten liefen wir auf die Boote zu, als ein Schuss direkt neben mir ins Wasser traf. Vor Schreck wäre ich fast ausgerutscht.

»Sofort stehen bleiben!« Der Wind trug die Stimme vom Ufer zu uns. Das Wasser stand uns bis zu den Knien und das Boot war nur noch wenige Meter entfernt. Langsam drehten wir uns um und sahen zwei Gestalten am Ufer stehen. Eine davon hatte eine Waffe auf uns gerichtet.

Ich erkannte Cunningham. Er stand daneben und hatte die Hände lässig in seiner Jackentasche. Es war keine Überraschung, dass er hier war. Was mochte wohl in ihm vorgehen, wenn er seinen toten Sohn sah? Aber die Person, die danebenstand, verblüffte uns dann doch. Charlotte.

Sie hielt die Waffe in der Hand und zielte direkt auf mich.

»Ihr kommt jetzt wieder schön zurück und wir unterhalten uns eine Sekunde«. Cunninghams Stimme war wie Gift. »Alle!«, befahl er. Zögernd liefen wir zurück zum Ufer. Keiner sagte ein Wort. Liam hielt meine Hand und versuchte sich vor mich zu schieben.

»Charlotte. Nimm die Waffe runter!«, forderte er sie auf, als wir wieder in der Brandung standen. Sie funkelte ihn böse an.

»Die Waffe runternehmen? Wohl eher nicht!« Sie blickte in meine Richtung. »Du hast alles kaputt gemacht!«, giftete sie zu mir. Ihre Augen funkelten mich böse an, so wie am ersten Tag, als ich sie kennenlernte. Es war nichts Gutes darin. Kein Mitgefühl. Nichts.

»Das hätte alles anders laufen sollen!«, schrie sie nun Liam an. Sie war wütend. Wade, der Lucas auf dem Arm trug, wandte sich an sie.

»Warst du das?« Ich merkte ihm an, dass er versuchte, sich zu beherrschen. Cunningham hob leicht den Kopf und sah zu Lucas. Sein Blick war undurchdringlich wie eine Mauer - keiner konnte dahinter sehen. Dann hob er die Hände.

»Schuldig im Sinne der Anklage!«, er grinste in die Runde. Mir klappte der Mund auf.

»Sie haben ihren eigenen Sohn erschossen?«, murmelte ich.

»Er war eine Belastung und nur solange zu etwas zu gebrauchen, bis er dir die Waffe gegeben hatte. Mit Verrätern arbeite ich nicht zusammen. Aber nett von dir, dass du ihm den Tod erleichtert hast. Eigentlich wollten wir gleich wieder schießen. Aber zuzusehen, wie du leidest, hatte auch etwas Betörendes.« Cunningham lachte. Charlotte sagte kein Wort, sondern sah mich unverwandt an. Mein Arm schmerzte und ich verlor immer mehr Blut. Ich wunderte mich, dass ich nach all den Tagen überhaupt noch welches übrig hatte. Ich sah Liam an, der mir besorgt den Arm um die Schultern legte. Ein erneuter Schuss. Er landete direkt neben mir im nassen Sand.

»Aufhören!«, schrie Charlotte. »Ich kann das nicht mehr mitansehen. Schon am ersten Tag am Waldrand habe ich es euch angesehen. Bevor ihr es selbst wusstet, wusste ich es. Ihr habt euch geliebt.« Sie spuckte den letzten Satz wütend aus. Cunningham wandte sich an Charlotte.

»Liebes, nicht mehr schießen. Du weißt, dass ich Ella haben will. Ihre Fähigkeit wird mir sehr nützlich sein, wenn ich mit ihr fertig bin.« Er lächelte mich verheißungsvoll an und streckte mir die Hand entgegen. »Ihr anderen könnt gehen. Ihr wart nicht Teil des Deals!«

Liam stellte sich vor mich und sah Cunningham wütend an.

»Sie geht nirgendwo hin,« spuckte er in seine Richtung. »Und du, Hexe!«, er wandte sich an Charlotte. »Was glaubst du was passiert, wenn er Ella mitnimmt? Ich gehe wieder los und hole sie mir zurück!« In seinem Blick lag Verachtung.

Charlotte kippte den Kopf erst auf die eine Schulter und sah zum Himmel, dann auf die andere Schulter. »Ja, du hast vermutlich recht. Ich hatte das alles so schön geplant. Lucas der verliebte Trottel war das Lockmittel und Ella sollte für immer bei Dad bleiben. Du und ich wir hätten wieder zusammengefunden, das weiß ich genau!«

Sie sagte noch einige Dinge, die in meinem Hirn aber nicht mehr ankamen.

»Wen meinst du mit Dad?« Hailey schien an der gleichen Stelle hängen geblieben zu sein wie ich. Charlotte grinste und sah zu Cunningham.

»Na ihn. Meine Mutter war seine Sekretärin und hatte ein kleines Techtelmechtel mit ihm. Als ich dann mit Liam im Labor war und sich herausgestellt hat, dass ich eine Spark bin, hat er mir erzählt wer er ist und wir haben einen Deal gemacht.« Sie sah Liam an »Alles nur für dich. Ich liebte dich damals schon, obwohl ich dich erst wenige Stunden kannte. Er ließ uns gehen und ich habe ihm dafür über all die Jahre Informationen geliefert. Ich habe ihn abends im Leuchtturm getroffen. Irgendwann hätten wir gemeinsam zurückkehren können!« Sie flüsterte und sah ihn leidend an.

Liam schüttelte den Kopf. »Wie konntest du das Lucas antun? Er war dein Bruder!« Charlotte verzog das Gesicht.

»Das ist also alles, an was du denkst?« Sie holte tief Luft und machte einen genervten Gesichtsausdruck. »Er kam gerade recht und wusste nichts von unserer Vergangenheit. Aber er war hilfreich. Hat mir zum Beispiel erzählt, dass der kleinen Schlampe unser winziges Licht im Leuchtturm aufgefallen war, wenn ich mich mit Dad getroffen habe. Hätte böse enden können, wenn uns jemand entdeckt hätte.« Sie schüttelte den Kopf.

Das Licht. Ich hatte Lucas an meinem ersten Tag davon erzählt. Wir waren gerade auf dem Weg zur Halle gewesen und es war so dunkel auf dem Pfad. Er hatte mich an der Hand gehalten und hindurchgeführt. Nun lag er tot in Wades Armen.

»Nun ja, aber das Spiel scheint vorbei zu sein.« Charlotte zuckte mit den Schultern. »Es bringt mir nichts, wenn du der Schlampe bis ins Labor hinterherjagst.«

Cunningham runzelte die Stirn und wollte gerade etwas sagen, als Charlotte sich zu ihm umdrehte. »Wie gesagt. Es bringt mir nichts, wenn sie irgendwo ist, wo er ihr nachjagen kann. Sie muss an einen anderen Ort. Und bei dieser Forderung wären wir uns nie einig geworden.« Dann drückte sie ab und schoss ihm eine Kugel in den Kopf. Cunningham war sofort tot.

Charlotte sah auf ihn herab und hatte einen gleichgültigen Ausdruck in den Augen. Es war eine Ironie des Schicksals. Die Menschen hatten Angst vor den Sparks, weil sie ihnen etwas antun könnten. Und nun standen fünf davon am Strand und keiner konnte mit seiner Fähigkeit den anderen irgendwie verletzen. Die einzige Bedrohung war die Waffe.

»Charlotte, tu nichts Dummes!« Liam hatte einen sanfteren Ton angeschlagen und ich wusste warum. Ich sah von Cunningham auf und starrte direkt in die Mündung der Pistole, die wieder auf mich gerichtet war. »Wir können das alles klären. Du bist mir immer noch wichtig.« Sogar ich konnte die Lüge in seiner Stimme hören. Eine Träne rollte über Charlottes Wange und sie rieb sich den Arm.

»Du vergisst, dass ich deine Gefühle sehen kann. Und die für mich unterscheiden sich nicht sonderlich von Cunninghams zu Lucas - Verachtung! Wir haben keine Chance, die Sache aus der Welt zu schaffen, solange sie da ist.«

Ich hörte noch wie sie die Waffe nachlud und Liam schrie. Dann der Schuss. Blitzschnell. In weniger als einer Sekunde traf mich die Kugel mitten ins Herz. Ich spürte noch wie ich rückwärtsfiel und ins Wasser platschte. Hörte Hailey schreien. Dann wurde alle schwarz. Ich war tot.

Zweiundzwanzig

Fünf Minuten zuvor:

»Schuldig im Sinne der Anklage!«, Cunningham grinste in die Runde.

»Sie haben ihren eigenen Sohn erschossen?«, murmelte ich.

»Er war eine Belastung und nur solange zu etwas zu gebrauchen, bis er dir die Waffe gegeben hat. Mit Verrätern arbeite ich nicht zusammen. Aber nett von dir, dass du ihm den Tod erleichtert hast. Eigentlich wollten wir gleich wieder schießen. Aber zuzusehen, wie du leidest, hatte auch etwas Betörendes« Cunningham lachte. Charlotte sagte kein Wort, sondern sah mich unverwandt an.

Mein Arm schmerzte und ich verlor immer mehr Blut. Ich sah in die Wellen. Sie rauschten über meine Füße und umspülten sie mit Wasser. Mir war schlecht und meine Brust schmerzte. Ich sah Liam an, der mir besorgt den Arm um die Schultern legte. Ein erneuter Schuss. Er landete direkt neben mir im nassen Sand. Er erinnerte mich an etwas, aber ich kam nicht auf was.

»Aufhören!«, schrie Charlotte. »Ich kann das nicht mehr mitansehen. Schon am ersten Tag am Waldrand habe ich es euch angesehen. Bevor ihr es selbst wusstet, wusste ich es. Ihr habt euch geliebt!« Sie spuckte den letzten Satz wütend aus.

»Liebes, nicht mehr schießen. Du weißt, dass ich Ella haben will. Ihre Fähigkeit wird mir sehr nützlich sein, wenn ich mit ihr fertig bin.« Er lächelte mich verheißungsvoll an und streckte mir die Hand entgegen. »Ihr anderen könnt gehen. Ihr wart nicht Teil des Deals.«

Liam stellte sich vor mich und sah Cunningham wütend an. »Sie geht nirgendwo hin,« spuckte er in seine Richtung. »Und du, Hexe!«, er wandte sich an Charlotte. »Was glaubst du was passiert, wenn er Ella mitnimmt? Ich gehe wieder los und hole sie mir zurück!«

Ich stand wie ein Zuschauer dabei, der sich einen Kinofilm ansah, der einem anderen Film sehr ähnelte - ich kam nur nicht auf den Titel.

Charlotte kippte den Kopf erst auf die eine Schulter und sah zum Himmel, dann auf die andere. Hatte sie das schon einmal getan? Die Geste kam mir bekannt vor.

»Ja, du hast vermutlich recht. Ich hatte das alles so schön geplant. Lucas der verliebte Trottel war das Lockmittel und Ella sollte für immer bei Dad bleiben. Du und ich wir hätten wieder zusammengefunden, das weiß ich genau!«

Sie sagte noch einige Dinge, die in meinem Kopf aber nicht mehr ankamen.

»Wen meinst du mit Dad?« Hailey sah gequält aus und die Worte, die aus ihrem Mund kamen, entsprachen nicht dem, was ihr Gesicht aussagte. Keine Verwunderung, sondern Leid.

»Cunningham, er ist ihr Vater!«, flüsterte ich. Woher wusste ich das? Hailey sah mich an. Was war hier los? Charlotte grinste und sah zu Cunningham.

»Schlaues Mädchen! Meine Mutter war seine Sekretärin und hatte ein kleines Techtelmechtel mit ihm. Als ich dann mit Liam im Labor war und sich herausgestellt hat, dass ich eine Spark bin, hat er mir erzählt wer er ist und wir haben einen Deal gemacht.« Sie sah Liam an »Alles nur für dich. Ich liebte dich damals schon, obwohl ich dich erst wenige Stunden kannte. Er ließ uns gehen und ich habe ihm dafür über all die Jahre Informationen geliefert. Ich habe ihn abends im Leuchtturm getroffen. Irgendwann hätten wir gemeinsam zurückkehren können!«

Der Leuchtturm. Ich erinnerte mich. Ich kannte die Antwort bevor sie sie ausgesprochen hatte. Das Licht. Sie wusste von Lucas, dass ich das Licht gesehen hatte. Aber woher wusste ich das?

Ich rieb mir erneut die Brust. Der Schmerz wurde immer schlimmer und ich sah zu Lucas hinüber. Er war tot und fühlte nichts mehr. Von ihm kamen sie definitiv nicht. Und sie fühlten sich nicht fremd an. Nicht wie von jemand anderem. Aber auch nicht wie meine eigenen. Es fühlte sich an, wie wenn man sich daran erinnert, sich als Kind den Arm beim Skaten gebrochen zu haben. Erinnerungsschmerz. Aber dieser Schmerz war nicht bloß eine Erinnerung. Er war echt. Es tat weh. Schrecklich weh. Die ganze Szene, kam mir vor wie ein Déjà-vu… Déjà-vu.

Da fiel der Groschen. Hailey! Ich sah zu ihr und sie starrte mich an. Sie konnte mir nicht helfen, aber sie hatte mir eine Chance gegeben.

»Wie konntest du das Lucas antun? Er war dein Bruder!« Charlotte verzog das Gesicht.

»Das ist also alles an was du denkst?« Ihre Worte holten mich wieder zurück.

Was war weiter passiert? Konzentrier dich, Ella! Ich kramte in meinem Gedächtnis und wusste, dass mir nicht viel Zeit blieb. Hailey drehte nie an der Zeit und sie musste einen guten Grund gehabt haben. Aus ihren Erzählungen wusste ich, dass ich nur noch wenige Minuten hatte.

»Er kam gerade recht und wusste nichts von unserer Vergangenheit. Aber er war hilfreich. Hat mir zum Beispiel erzählt, dass der kleinen Schlampe unser winziges Licht im Leuchtturm aufgefallen ist. Hätte böse enden können, wenn uns jemand entdeckt hätte.«

Denk nach, denk nach! Eine Welle überspülte meine Schuhe. Ich blickte in den Sand, der sich darüber festgesetzt hatte. Sand an meiner Wange. Bilder einer Erinnerung kamen an die Wasseroberfläche. Ich liege im seichten Wasser. Ich höre Hailey und Liam schreien. *Der Schmerz in meiner Brust... Sie hat mich erschossen.*

Plötzlich wusste ich wieder alles.

»Nun ja, aber das Spiel scheint vorbei zu sein.« Charlotte zuckte mit den Schultern und rieb sich wieder am Arm.

Ich wusste, dass ich nur noch wenige Momente hatte. Was sollte ich tun? Wie konnte ich die Zukunft ändern? Ich starrte immer noch auf die Wellen, die mit dem Sand um meine Schuhe spielten. Da sah ich sie. Lucas Pistole. Sie lag nur zwei Meter von mir entfernt im knöcheltiefen Wasser. Sie musste mir aus der Hand gefallen sein, als er erschossen wurde.

»Es bringt mir nichts, wenn du der Schlampe bis ins Labor hinterherjagst.« Langsam und möglichst unauffällig machte ich einen Schritt nach rechts. »Wie gesagt. Es bringt mir nichts, wenn sie irgendwo ist, wo er ihr nachjagen kann. Sie muss an einen anderen Ort. Und bei dieser Forderung wären wir uns nie einig geworden.«

Der Schuss, den Cunningham traf, war wie ein Weckruf für mich. Noch einen Schritt.

»Charlotte, tu nichts Dummes!«

Ein weiterer Schritt.

»Wir können das alles klären. Du bist mir immer noch wichtig.«

Ich kniete mich hin und berührte den Lauf der Waffe. »Du vergisst wohl, dass ich deine Gefühle sehen kann. Und die für mich unterscheiden sich nicht sonderlich von Cunninghams zu Lucas. Wir haben keine Chance solange sie da ist« Ich hörte noch, wie sie die Waffe nachlud und Liam schrie. Der Wald gab ein Echo des Schusses wieder.

Ich lag rücklings im Wasser und die Pistole lag unter mir auf dem Grund. Der Himmel war klar und ich sah die Sterne funkeln. Sie spiegelten sich im Wasser um mich herum. Es waren hunderte. Meine Ohren waren unter Wasser und ich hörte in die Stille. Nur das Rauschen der Wellen. Dann aufgewühltes Wasser. Schreie, die von oben kamen.

Liam beugte sich über mich und zog mich nach oben. Der Schmerz in meiner Brust war weg. Charlotte lag am Boden und hielt sich den einen Arm. Ihre Waffe hielt Wade auf sie gerichtet. Ich hatte es geschafft. Der Rückstoß des Schusses hatte mich unerwartet nach hinten geworfen. Aber nicht ich war es, die getroffen wurde - sondern ich hatte Charlotte angeschossen.

»Ella!« Liam hielt meinen Kopf und sah mir in die Augen. »Sag was. Geht's dir gut?«

Ich nickte stumm und er schloss mich in die Arme, doch ich drückte mich sanft von ihm weg. »Liam, ich bin noch nicht fertig mit ihr!«, flüsterte ich. Er hielt mich auf Armlänge von sich weg und sah mich an.

»Lass es gut sein. Lass uns nach Hause gehen.« Ich schüttelte energisch den Kopf und zog ihn hinter mir her - direkt auf Charlotte zu.

»Nimm die Waffe runter, Wade«, bat ich ihn. Charlotte saß im Sand und funkelte mich böse an. Ich hatte sie nicht schlimm getroffen. Ein Streifschuss - genauso viel, wie es gebraucht hatte, dass sie ihre Waffe fallen gelassen hatte. Ich wollte sie nicht töten, sondern hatte andere Pläne für sie.

»Du bist der schlimmste Mensch, den ich kenne!«, flüsterte ich. Sie sah mich herausfordernd an. »Es gibt niemanden, den ich mehr hasse! Deinetwegen haben sich Eric und Liam geprügelt und ich habe jeden Tritt gespürt. In den Magen! Ins Gesicht!«

Charlotte wurde plötzlich grün im Gesicht und hielt sich den Bauch und die Wange. Es funktionierte!

»Du hast uns verraten und man hat mir ins Bein ge-schossen!« Charlotte schrie auf und hielt sich an den Oberschenkel. Exakt an die Stelle, an der Lucas damals die Kugel des Polizisten bei mir entfernt hatte.

»Was passiert hier?« Liam sah mich von der Seite an.

»Ich lasse sie spüren, was sie anderen angetan hat!« Er sah mich verblüfft an und auch Wade und Hailey standen wie erstarrt an meiner Seite. Liam nickte und ich wandte mich wieder an Charlotte.

»Mir wurde der Fuß mit einem Feuerzeug ver-brannt und ohne Narkose Knochenmark entnommen«, sprach ich ruhig und monoton weiter. Charlotte wälzte sich im Sand und hielt sich den Fuß. »Ich habe Lucas Handgelenk brechen gespürt. Ich habe keine Luft be-kommen, als sie ihn gewürgt haben«, fuhr ich fort. Charlotte war nun ganz leise und man hörte nur noch ein Röcheln.

»Ich habe Lucas sterben gespürt«, flüsterte ich und kniete mich neben sie. »Wie der letzte Atemzug seine Lungen verlassen hat und sein Herz das letzte Mal Blut in seine Venen gepumpt hat. Wie langsam alles dunkel um ihn wurde.« Sie kroch im Sand und heulte. Ich hatte jedoch kein Mitleid, denn es gab einen Grund, warum ich ihr nie verzeihen würde. Warum ich nie etwas Gutes in ihr sehen würde.

»Du hast dafür gesorgt, dass meine Mutter stirbt«, drohte ich.

»Bitte nicht«, bettelte sie. Doch es regte sich kein Funken Gnade in mir. Sie sollte das spüren, was meine Mutter gefühlt hatte.

»Sie haben sie auf die Falltür gestellt«, begann ich. »Die Schlinge um den Hals gelegt. Sie hatte Angst. Panische Angst. Sie war ganz allein. Und dann haben sie die Falltür geöffnet. Sie stürzte in die Tiefe und die Schlinge zog sich um ihren Hals.« Charlotte lag mit dem Rücken auf dem Sand und röchelte.

»Mit jedem Atemzug zog sich die Schlinge fester und fester!« Ich kämpfte mit den Tränen. »Dann wurde alles schwarz und sie starb. Allein in der Dunkelheit.«

Stille. Charlotte lag auf dem Boden und es war vorüber. Sie weinte noch, aber nicht mehr vor Schmerzen. »Jetzt weißt du ganz genau, was du anderen angetan hast.«

Ich wandte mich ab und griff Liams Hand. »Lass uns bitte nach Hause gehen.« Liam legte den Arm um mich und zog mich näher. Wade entlud die Waffe und warf sie in den Sand neben Charlotte.

»Wenn du je wieder einen Fuß auf Blake Island setzt, werde ich nicht zögern dir deine Sehkraft für immer zu nehmen! Verschwinde von hier und lass dich nie wieder blicken! Du bist jetzt auf dich allein gestellt!« Er spuckte in den Sand neben sich und blickte sie verachtend an.

Ich ging zu Hailey und legte ihre Stirn an meine »Danke!«, sagte ich aus tiefstem Herzen. Sie nickte und eine Träne tropfte auf den Sand.

»Ich hatte so Angst, dass du es nicht merken würdest.« Noch eine Träne.

»Habe ich aber!« Ich sah sie ernst an. »Es geht mir soweit gut!«, versicherte ich ihr. Liam runzelte die Stirn, als ich mich wieder bei ihm einhakte. »Erklär ich dir später.« Wir gingen zum Boot und stiegen ein. Ich sah, wie Charlotte auf ihren Knien zu Cunningham rutschte. Vielleicht suchte sie sein Portemonnaie. Sie würde das Geld darin brauchen. Liam und Wade setzten sich gerade ans Ruder, als sie gefunden zu haben schien, was sie gesucht hatte.

Sie hielt etwas Schwarzes in der Hand und deutete auf uns. Nein, sie deutete nicht. Sie zielte. Sie hielt Cunninghams Waffe, mit der er vermutlich Lucas erschossen hatte, auf uns.

Ich wollte gerade die anderen warnen als ein Schuss fiel und ein Loch in unser Boot riss. Sie hatte den Bug getroffen. Nur knapp an Hailey vorbei.

»Verdammt!« Wade zog den Kopf ein und wir gingen in Deckung. Dann noch ein Schuss. Dieser platschte ins Wasser neben uns.

»Wir müssen hier weg«, schrie Liam. Ein weiterer Schuss. Jedoch nicht in unser Boot und nicht ins Wasser.

Es war still. Totenstill. Vorsichtig hob ich den Kopf und sah an den Strand. Charlotte lag bewegungslos auf dem Boden. Die Arme rechts und links von sich gestreckt.

»Sie ist tot!«, hauchte ich. Wir suchten mit unseren Blicken den Strand ab. Wer hatte uns geholfen? Am Waldrand konnte ich eine Gestalt ausmachen. So sicher wie diese sich in der Dunkelheit bewegte, wusste ich, wer es war.

»Eric!«, flüsterte ich.

»Hey, nehmt ihr mich mit, nachdem ich euch den Arsch vor der Verrückten gerettet habe?«, rief er uns über das Wasser zu. Wir warteten und luden ihn ein. Dann umarmte er mich.

»Ich bin so froh, dass es dir gut geht, Ella!« Ich legte meinen unverletzten Arm um ihn und drückte ihn fest an mich.

»Was tust du hier?«, fragte ich und setzte mich wieder hin.

»Naja, ich kannte den Plan von Watson.« Er deutete auf Liam, der ihn missmutig ansah. »Aber ich war nicht sicher, ob das alles so klappt, wie er sich das vorgestellt hat. Berechtigt, wie man nun sieht.« Er machte eine ausladende Armbewegung Richtung Strand. »Da dachte ich mir, ich bleibe mal in der Nähe und überlege mir eine Alternative, falls es nicht geklappt hätte!«, gab er an.

Liam grunzte »Und wie sah der Alternativplan aus, du Held?«

»Naja, ich wollte durch die Betriebskantine rein, aber die ist heute geschlossen und ich habe die Tür nicht aufbekommen.« Beschämt sah er zu Boden. »Ich habe mich dann darauf beschränkt euch zu retten!« Eric legte den Arm um mich und grinste verschmitzt.

Der alte Eric war wieder zurück. Und ich war froh darum. Seine unverblümte und schwerelose Art nahm der Situation die Düsternis. Er hatte uns gerettet und das wusste auch Liam. Insgeheim war er ihm dankbar, das wusste ich genau. Aber die Grenze war erreicht, als Eric begann meinen Oberarm zu streicheln.

»So, du bist dran mit rudern.« Er warf ihm das Ruder zu und zog mich zu sich auf den Schoß. Hailey grinste mich an und ich musste ein wenig lächeln. Still

glitten wir über das Wasser. Nach nur wenigen Minuten war ich eingeschlafen.

Dreiundzwanzig

»Woher wusstest du, dass du deine Schmerzen und Gefühle auf Charlotte übertragen konntest?« Liam saß am Bett und strich mir sanft über den verletzten Arm, bei dem Hailey gerade den Verband gewechselt hatte. Sie sah auf, als sie sich meinem verbrannten Fuß widmete.

Wir waren gerade von der Beisetzung zurückgekommen. Lucas wurde am Waldrand begraben. Auch wenn er uns verraten hatte, war er ein Freund geblieben. Er war nur ein Opfer eines gemeinen Komplotts seiner Halbschwester und seines Vaters, die sich einen Dreck um ihn geschert hatten. Sein einziger Fehler war es, das nicht erkannt zu haben und er starb mit der Gewissheit, dass er nicht geliebt wurde. Charlotte und Cunningham vergruben wir an der Waldgrenze beim Leuchtturm. Liam wollte die beiden nicht auf der Insel haben, aber Wade setzte sich durch.

»Wenn die Regierung Cunninghams Leiche findet, werden sie nicht lange warten und erneut bei uns einfallen«, hatte er damals gesagt. Und er hatte recht. So war Cunningham nur verschwunden. Wir ließen keine

Spuren zurück. Die Wellen hatten das Blut wegge-
spült, als ob nie etwas gewesen wäre.

Meine Wunden wurden von Hailey versorgt und
heilten schon langsam. Aber die Erinnerung blieb. Jede
Nacht hatte ich Albträume der schlimmsten Sorte - Ich
stehe neben meiner Mutter und versuche nach dem
Seil zu greifen, bevor sie fällt, doch es gleitet mir durch
die Finger. Ich liege auf der Trage und warte auf die
nächste Folter. Im Traum weiß ich, dass es ein Traum
ist. Ich sage es mir immer und immer wieder. Aber die
Angst ist trotzdem so groß, dass der kleinste Zweifel,
dass es doch echt sein könnte, mich lähmt. Liam rüttelt
mich dann immer wach, wenn ich schreie und ich
muss das Licht einschalten, um mich zu vergewissern,
dass es nur ein Traum war. Wenn ich mich dann wieder hinlege, wird mir klar, dass es nicht nur ein normaler Traum war, sondern dass alles wirklich so oder so
ähnlich passiert ist. Ich glaube, ich werde nie wieder
richtig schlafen können.

»Woher wusstest du es?« Liam wiederholte seine
Frage und riss mich aus meinen Gedanken.

»Gar nicht. Ich hatte eine Vermutung. Als sie auf
uns gezielt hatte, rieb sie sich immer wieder am Arm.
Genau an der Stelle, an der ich von Lucas getroffen
wurde.« Ich zeigte auf meine Narbe. »In dem Moment
habe ich sie wahnsinnig verachtet. Sie hatte mir alles
genommen. Es konnte Zufall sein, aber Lucas hatte mir
mal gesagt, dass Fähigkeiten sich entwickeln können.
Irgendwie hatte ich es im Gefühl.«

Lucas. Bei der Erinnerung wurde mir wieder
schwer ums Herz.

»Ich frage mich, ob das bei uns allen so funktioniert«, murmelte Hailey leise vor sich hin.

»Was hast du gemeint?«, fragte Liam.

»Ach nichts. So, ich bin fertig. Schone dich, junge Dame. Ich will keine Klagen hören, dass du nicht im Bett bleibst. Trink viel Wasser und versuch endlich etwas mehr zu essen. Du siehst so dürr aus!« Sie zwinkerte mir zu.

»Ich werde mich bemühen«, versicherte ich ihr. Daraufhin verließ sie das Zimmer und ich blieb mit Liam zurück.

»Willst du mir nun endlich erzählen, warum du Hailey am Strand so verheißungsvoll gedankt hast?« Liam setzte sich auf und sah mir direkt ins Gesicht. Ich war dem Gespräch bisher aus dem Weg gegangen. Nicht, weil ich ihm nicht vertraut hätte. Schließlich kannte er Haileys Gabe und ich konnte mit ihm darüber sprechen. Es gab einen anderen Grund.

Die Erinnerung an den Tod eines geliebten Menschen ist schrecklich. Es zerreißt einen von innen. Aber ich hatte eine Erinnerung an meinen eigenen Tod. Jede Sekunde, die ich jetzt und hier erlebte, hatte ich nur Hailey zu verdanken. Das wurde mir immer bewusst, wenn Liam mich küsste, ich Hailey umarmte, oder Eric schmunzeln sah. Jeder dieser Momente waren Geschenke. Geschenke, die es eigentlich nicht geben durfte und bei denen ich mir jedes Mal an die Brust fasste. Sie tat nicht weh - Es war Erinnerungsschmerz, aber nicht real. Aber das war nicht der Grund, warum ich Liam bisher nichts davon erzählt hatte. Sondern es war eine andere Erkenntnis.

»Du hattest recht.« Ich sah ihn an und eine Träne rann mir über die Wange.

»Mit was, mein Schatz?« Er nahm meine Hände und streichelte meinen Handrücken.

»Na damit!« Ich deute auf unsere Hände und er sah mich unverständlich an. »Du hast meinen Tod gesehen. In deiner Version wurde ich erschossen. Aber nicht von dem Polizisten. Sondern vor zwei Tagen unten am Strand.« Meine Stimme zitterte.

»Ella, du wurdest nur angeschossen.« Liam verstand nicht was ich ihm sagen wollte.

»Nein!« Ich holte tief Luft. »In einer anderen Version der Szene wurde ich erschossen und bin gestorben.« Ich rieb mir die Brust und schwieg. Ich kannte Liam gut und wusste, dass er gerade versuchte, meinen Worten einen Sinn zu geben. Die kleine Ader über seinem linken Auge pochte dann immer stark. Und ich kannte auch den Gesichtsausdruck, den er machte, wenn er endlich verstand. Den, den ich jetzt sah.

»Hat Hailey etwa…?« Ich nickte, bevor er weitersprechen konnte und eine weitere Träne rollte aus meinem Augenwinkel.

»Charlotte hat mich in die Brust getroffen und ich bin gestorben. In einer anderen Zeit. Hailey hatte mir vor einigen Monaten erzählt, wie Wade damals bemerkt hatte, dass sie die Zeit zurückgedreht hatte. Nur deshalb habe ich es überhaupt erkannt. Kurz bevor Charlotte mich wieder erschießen konnte habe ich selbst geschossen.« Liam starrte auf meine Brust. Minuten vergingen und er sagte kein Wort.

»Ein Königreich für deine Gedanken«, flüsterte ich, in der Hoffnung, die Situation auflockern zu können. Es wurde unbehaglich, weil ich nicht wusste was er dachte.

Liam blickt auf »Warum erzählst du mir das erst jetzt?« Ich zuckte mit den Schultern.

»Es hätte nichts geändert und ich wollte dich nicht damit belasten.«

»Natürlich hätte es etwas geändert!«, zischte er und sah mich verärgert an, schlug aber sofort wieder einen sanfteren Ton an, als er noch eine Träne sah. »Tut mir leid. Aber ich will wissen, was in dir vorgeht. Du bist mein Leben und ich bemitleide die Version von mir in der anderen Zeit, die ohne dich sein muss. Allein der Gedanke ist unerträglich.« Ich nickte.

»Da ist noch was«, flüsterte ich und er sah mich skeptisch an. »Seither frage ich mich, warum du es nicht sofort wusstest? Im ersten Moment als du mich berührt hast, müsste sich die Vision von meinem Tod geändert haben.« Die Frage lag mir schon zwei Tage im Magen. Ich hatte wirklich gedacht, dass ich Liam nichts erklären müsste. Dass er sofort meinen nächsten Tod sehen würde. Er runzelte die Stirn und dachte darüber nach.

»Ella, ich unterdrücke die Visionen und das hat einen guten Grund. Du wurdest zweimal angeschossen und obwohl ich von vornherein wusste, dass das passieren würde, konnte ich dir nicht helfen.« Er legte eine Hand an meine Brust. »Seit ich wusste, wie du sterben würdest, trug ich diese Bürde mit mir. Ich denke, es ist besser, wenn wir in der Gegenwart leben und jeden

Moment genießen, anstatt zu versuchen zu verhindern, was nicht in unserer Macht liegt. Naja, zumindest nicht in meiner. Hailey hat da mehr Möglichkeiten, so wie es aussieht.« Er grinste mich ein wenig an. Ich versuchte mich in seine Lage zu versetzen. Wenn ich wüsste wie er sterben würde, wie könnte ich da noch unbeschwert an seiner Seite durchs Leben gehen? Ich nickte und gab ihm einen langen fordernden Kuss.

Vierundzwanzig

Es war September. Die Wälder begannen sich schon langsam zu verfärben und die Blätter erstrahlten in allen Farben. Der Wind wurde langsam kühler und abends wurde es schneller dunkel. Ich mochte den Herbst. Ich liebte die Sonne in dieser Jahreszeit. Sie stand immer sehr tief und tauchte die Welt in ein sanftes Licht. Ich atmete die frische Luft ein.

Über den Sommer hatte ich mich erholt. Meine Albträume wurden weniger, aber noch immer konnte mich die kleinste Erinnerung an das, was geschehen war, an das, was meiner Mutter angetan wurde, zum Weinen bringen. Aber das war in Ordnung. Liam und Hailey verstanden das und waren für mich da, so wie noch kein Mensch für mich da gewesen war. Sie waren es, wegen denen ich mich jeden Tag aufs Neue stellte. Aber nicht nur die zwei trugen zu meiner Genesung bei.

Wade vermittelte mir ein sicheres Gefühl. Er bezog mich in Gespräche ein, die er mit unseren Mittelsmännern in Seattle führte. Er wusste, dass ich Kontrolle brauchte und die gab er mir damit.

Zurück in den Alltag brachte mich Eric. Bald nachdem ich gesund war, begann ich wieder mit ihm einzukaufen. Gegen Liams Willen, aber ich setzte mich durch. Seine unbeschwerte Art tat mir gut. Ich hatte zwar immer noch die Vermutung, dass er mehr für mich empfand als ich für gut hielt, aber ich brauchte ihn. Ich konnte mit ihm lachen und ich vertraute ihm voll und ganz. Liam sah das schließlich ein, ließ es sich aber nicht nehmen mich immer zum Boot zu bringen und wieder abzuholen. »Nur damit er weiß wohin du gehörst«, hatte er einmal gesagt. Ich musste lächeln.

»Als ob das nicht jeder wüsste«, grinste ich.

Nun standen sie alle hier. Eric, Wade, Hailey und Liam. Einmal in der Woche liefen wir gemeinsam zu Lucas Grab. Standen einfach da und hingen unseren Gedanken nach. So wie jetzt.

Das Leben war weitergegangen. Jedoch ohne ihn. Er hatte keine zweite Chance bekommen. Es gab keine zweiten fünf Minuten für ihn. Ich kramte in meiner Handtasche die über an meiner Schulter über meinem Sommerkleid hing und zog ein gerahmtes Bild heraus. Vorsichtig legte ich es neben die Blumen, die ich mitgebracht hatte. Wade starrte darauf.

»Was ist das für ein Foto?«, wollte er wissen. Das Bild zeigte eine Wiese. Eine Wildblumenwiese.

»Lucas hat mir mal erzählt, dass er als Kind in Texas County gewesen war und die Landschaft, die ich kenne, so geliebt hat«, erklärte ich ihm. Er kniete sich hin und begutachtete schweigend das Bild.

»Wisst ihr woher die Blumen kommen?« Er sah in die Runde. »1969 wurde in Texas County das Johnson

Wildflower Center mit über 600 verschiedenen Arten gegründet. Daraufhin verteilten sich die Blumen am Wegesrand der langen Highways und zogen sich über die Wiesen.« Irgendetwas klopfte wieder an mein Unterbewusstsein. Eine Erinnerung.

»Woher weißt du das alles?« Ich sah ihn verwundert an.

»Bevor meine Mutter meinen Vater kennenlernte, war sie Biologin und absolvierte ein Praktikum in dem Wildflower Center, um die außergewöhnlichen Arten zu erforschen. Sie hat mir oft davon erzählt und auf unserem Kamin stand immer ein Foto von ihr, auf dem sie vor dem Center zu sehen war. Die meisten Blumen auf dem Bild sind Lupinus texensis«, erklärte er und starrte verträumt auf das Foto.

»Mein Dad kommt aus Austin und hat mir auch von den Wiesen erzählt. Sie sind damals als Kinder oft dorthin gefahren um zu picknicken «, warf Eric ein. Wade sah ihn an. Was mochte er wohl denken?

»Meine Mutter hat dort meinen Vater kennengelernt«, wisperte Hailey.

»Ich kenne dieses Gebiet auch.« Liam trat hinter mich und legte mir die Hand auf die Schulter.

Hier standen wir nun. Wade kniete noch immer und zeichnete gedankenverloren mit dem Zeigefinger Kreise in die aufgelockerte Erde. Dachte er das gleiche wie ich? Dass das ein wahnsinniger Zufall war? Fünf Personen, deren Eltern alle mehr oder weniger aus dem gleichen Gebiet stammten oder schon besucht hatten.

»Komischer Zufall«, staunte Eric. Er sprach aus, was wir alle dachten.

»Was hast du gesagt, wie diese Blumen heißen?«, wollte ich von Wade wissen. Er sah mich an.

»Texanische Blue Bonnets«, antwortete er.

»Nein, nein, das war nicht der Name, den du vorhin benutzt hast!«, drängte ich. Ich spürte, dass da noch was war. Die Erinnerung klopfte an, aber ich konnte sie noch nicht fassen.

»Ach, du meinst Lupinus texensis. Das ist der Fachname dafür.« Den Rest konnte ich nicht mehr hören, denn in meinem Kopf machte es Klick.

»Der Ordner«, flüsterte ich zu mir selbst.

»Was meinst du?«, fragte Liam.

»Als wir in dem Abstellraum der Tiefgarage waren habe ich mir einige Aktenordner angesehen, während du Wade eine Nachricht geschrieben hast.« Ich redete hektisch und Liam nahm meine Hand. »In den meisten waren Steckbriefe und Notizen von anderen gefolterten Sparks. In einer Kiste lag ein Ordner, der einen anderen Titel trug. Ich hatte aber keine Zeit mehr ihn zu öffnen.« Ich machte eine Pause und traute mich kaum es auszusprechen: »Lupinus texensis!«, stotterte ich. Stille.

Wade sah mich mit offenem Mund an. Als er seine Sprache wiedergefunden hatte, sagte er: »Wie wahrscheinlich ist es, dass wir alle schon mal etwas mit diesem Gelände zu tun hatten und die Regierung einen Aktenordner mit diesem Titel versteckt hält?« Keiner sagte ein Wort, denn die Antwort war unnötig. Es war mehr als unwahrscheinlich.

Still liefen wir nebeneinander zurück. Ich an Liams Hand. Sanft hielt ich ihn zurück und ließ die anderen vorrausgehen.

»Was ist los?«, fragte er mich. Ich legte meine Hände in seinen Nacken und zog ihn zu mir herunter.

»Wofür war das?«, flüsterte er nach dem Kuss.

»Weil ich dich liebe, seit ich dich das erste Mal gesehen habe. Du bist mein Leben.«

Liam zog mich näher. »Ich liebe dich auch, meine kleine Frostbeule.« Er strich mit seiner Hand von meinem Hals über meinen Brustkorb. »Ich würde gerne eine Sache ausprobieren, die Hailey vor einigen Monaten erwähnt hat«, flüsterte er. Ich runzelte die Stirn.

»Was hat sie denn gesagt?«, wollte ich wissen und überlegte angestrengt, was ich nicht mitbekommen hatte.

»Sie hat sich gefragt, ob jeder von uns mit der richtigen Motivation in der Lage ist, seine Fähigkeit, die er hat, umzudrehen. Wie du es getan hast«, erklärte er und nahm meine Hand.

»Aha. Und was wäre das dann bei dir, wenn du normalerweise den Tod siehst?« So richtig konnte ich mir das nicht vorstellen. Aber Liam legte den Finger an meinen Mund und bedeutete mir still zu sein. Dann schloss er die Augen. Was tat er da?

Die Minuten vergingen und das einzige Geräusch war mein nervöser Atem, bis er schließlich mit geschlossenen Augen lächelte und flüsterte: »Das Leben.« Dann öffnete er die Augen und ich sah ihn ungläubig an.

»Welches Leben?«, hauchte ich.

»Das, an dem wir jetzt arbeiten sollten.«

»Meinst du damit...« Liam nickte und küsste mich, sodass meine letzten Worte untergingen. Nun musste ich auch lächeln. Vielleicht würde ich eines Tages doch wieder normal schlafen können. Denn in diesem Moment, in dem ich unsere Zukunft durch seine Augen sah, dieser Moment, der so wertvoll war, fasste ich mir nicht an die Brust. Es gab keinen Schmerz. Es gab nur Glück. Das Glück mit dem Menschen, den man liebt, den Rest seines Lebens verbringen zu können. Ich zog Liam an mich heran und flüsterte

»Man kann nie zu früh anfangen daran zu arbeiten.« Als er mich ansah, wusste ich genau, dass - egal was kommen würde - er war an meiner Seite.

Epilog

Liam

Vorsichtig kroch ich hinter dem Gebüsch hervor und machte zwei lange Schritte bis ich dicht an der Wand stand. Das Labor, in dem Ella gefangen gehalten wurde, war von außen ein unscheinbarer Komplex. Niemand würde darauf kommen, welche grauenhafte Dinge man ihr hier antat. Bei diesem Gedanken musste ich schlucken und eine Übelkeit, wie ich sie zuvor noch nicht gekannt hatte, stieg in meinem Magen auf. Ich betete, dass sie noch lebte. Es konnte nicht sein, dass sie bereits tot war. Denn was würde dann mit mir sein? Obwohl sie erst wenige Wochen auf der Insel war, hatte sie in der ersten Sekunde mein Leben komplett umgekrempelt. Wade hatte recht als er mir damals sagte, dass Liebe eine Schwäche ist und man für sie Dinge tut, die man andernfalls nicht tun würde. Und Ella war diese Schwäche. Aus welchem anderen Grund würde ich hier sonst mein eigenes Leben riskieren, nur für einen Funken Hoffnung sie retten zu können.

Vor dem Nebeneingang stand eine Wache. Ein Mann Mitte dreißig, würde ich schätzen, und körperlich nicht in schlechter Verfassung. Seine Haltung war aufrecht und obwohl er eine dicke Winterjacke trug, erkannte ich seine breiten Schultern. Irgendwie musste ich an ihm vorbeikommen. Ich linste um die Ecke und registrierte die Pistole, die er an einem Halfter um die Hüfte befestigt hatte.

»Verdammt«, fluchte ich leise. Wenn hier geschossen wurde, würde es keine zehn Sekunden gehen, bis Verstärkung kam. Mir blieb also nichts anderes übrig als ihn zu überwältigen. Vorsichtig schlich ich mich an der Wand entlang. Er hatte mich noch nicht entdeckt.

Noch fünf Meter.

Er suchte mit seinen Augen den Waldrand ab.

Noch drei Meter. Er hielt inne und stand starr da.

Dann drehte er plötzlich den Kopf zu mir herum. Ich hechtete auf ihn zu und drehte ihm den Arm auf den Rücken. Sofort versuchte er sich aus meinem Griff zu befreien und schlug mit seinem Ellenbogen in meinen Magen. Ich ließ ihn aber nicht los. In all der Zeit hatte ich gelernt, dass man manchen Schmerz überwinden musste, um ans Ziel zu kommen. Mit der freien Hand griff ich in sein Halfter und nahm die Pistole heraus.

»Schön still halten, Freundchen«, flüsterte ich. »Wenn ich einen Mucks von dir höre, wird es das Letzte sein, das du von dir gegeben hast.« Ich hatte noch niemals jemanden umgebracht. Aber in dieser Sekunde wusste ich, dass ich es tun würde, sollte er versuchen mich daran zu hindern Ella zu retten. Der Wachmann nickte stumm. Ich nahm die Pistole und zog sie ihm mit einem kräftigen Schlag über den Kopf. Sofort sackte er zusammen. Ich band ihn mit dem Kabelbinder, den ich in der Tasche hatte, an eine Metallstange, die in der Gasse, in der ich mich versteckt hatte, vom Dach herunterkam. Der würde so schnell nicht mehr aufwachen. Dort ließ ich ihn zurück und eilte zum Nebeneingang.

Ich wollte gerade die Klinke herunterdrücken, als ich den Lauf einer Waffe an meinem Hinterkopf spürte.

»Hände dahin wo ich sie sehen kann und langsam umdrehen!«, befahl eine raue Männerstimme.

Wo kam der auf einmal her? Ich hatte das Gelände mehrere Minuten ausgekundschaftet, bis ich mich entschlossen hatte über die Tiefgarage einzudringen. Vorsichtig hob ich die Hände und drehte mich um, als ich einen dumpfen Schlag hörte und die Waffe neben meinen Füßen zu Boden fiel.

Blut spritze mir ins Gesicht und auf die Kleidung. Der Wachmann lag am Boden mit einer faustgroßen Platzwunde am Hinterkopf und unter ihm breitete sich bereits eine riesengroße Blutlache aus. Seine Augen starrten leer vor sich hin. Er war tot.

Ich kniete neben ihn und sah vor mir ein paar dunkle Turnschuhe stehen. Blitzschnell richtete ich mich auf und zielte mit der Waffe auf die Person vor mir.

Es war eine Frau in etwa meinem Alter. In der Hand hielt sie eine große Rohrzange, an der Blut auf den Asphalt herabtropfte.

»Nimm die Waffe runter, oder willst du etwa deine Retterin erschießen?« Sie warf sich die Rohrzange locker über die Schulter und grinste mich schief an. Ihre langen blonden Haare hatte sie zu einem Pferde-

schwanz gebunden und ihrer schmalen Statur hätte ich
so einen harten Schlag niemals zugetraut.

»Wer zum Teufel bist du?«, fragte ich, nahm die
Waffe aber noch nicht runter. Das konnte schließlich
auch ein Trick sein. Die Frau sah mich prüfend an und
ließ dann die Rohrzange scheppernd fallen.

»Ich heiße Kate und bin deine bessere Seite.«

»Was zum Teufel quatschst du da für einen Müll?
Und mach mal schnell. Ich hab noch was vor!«, drängte ich. Was sollte dieses Theater? Missmutig kräuselte
sie die Nase und drehte sich mit dem Rücken zu mir.
Mit ihren Händen griff sie ihr Sweatshirt und zog es
hinten hoch, damit ich ihren nackten Rücken sehen
konnte.

Und was ich da sah, verschlug mir den Atem. Ein
riesengroßer Engel, der fast den ganzen Rücken bedeckte. Ein Branding. Das Gegenstück zu mir. Aber
das war nicht alles. Die Flügel des Engels waren in
einem Blauton gehalten.

Ella und Eric hatten recht gehabt mit dem, was sie
im Leuchtturm gefunden hatten. Schnell zog sie ihr
Sweatshirt wieder runter und drehte sich wieder um.
In der Zwischenzeit hatte ich die Waffe sinken lassen.

»Woher weißt du wer ich bin?«, fragte ich sie. Langsam zog sie ein Handy aus der Tasche und tippte eine
Nachricht an irgendjemanden.

»Das spielt keine Rolle. Aber du musst jetzt mit mir
mitkommen. Was auch immer du hier vor hast, «sie
deutete auf das Gebäude »solltest du lassen. Sie ist
vermutlich bereits tot.« Noch immer tippte sie auf dem
Handy. Was dachte sie sich eigentlich?

»Nein, danke. Ich weiß nicht was das hier soll, oder woher du das alles weißt, aber ich muss jetzt los und du solltest verschwinden.« Ich drehte mich um und öffnete die Tür, als sie mir eine Hand auf die Schulter legte.

»Sei vernünftig. Ich kann dir viel über uns erzählen. Über das Branding und über unsere Fähigkeiten. Aber wir beide!« sie machte eine Pause, legte mir eine Hand sanft in den Nacken und zog meinen Kopf nahe an ihren. »Wir gehören zusammen! Wenn du mich lässt, werde ich dir alles erklären.« Ich riss mich von ihr los und gab ihr einen kleinen Schubs nach hinten.

»Du solltest hier verschwinden. Was auch immer du zu wissen glaubst, vergiss es wieder. Ich gehöre nicht zu dir, sondern zu einer anderen und die werde ich mir jetzt zurückholen!« Ich trat in das Gebäude und sah nicht mehr zurück.

»Wir werden uns wiedersehen, Liam!«

Danksagung

Von der Idee ein Buch zu schreiben, bis zu dem Moment, in dem ich eben dieses Buch auch wirklich in den Händen halten konnte, ist einige Zeit vergangen. Viele Leute haben mich bei diesem Prozess begleitet, denen ich danken möchte:

Meinem Mann Thomas, der von Anfang an an mich geglaubt hat.

Meiner Tochter Sophie, die mir immer wieder neue Wunder in dieser Welt zeigt.

Meiner ersten Testleserin Sabine, die auch gleichzeitig mein erster Fan war. Ohne ihre Tipps und ihren unbändigen Glauben an das Buch, hätte ich nie den Mut gehabt, dieses zu veröffentlichen.

Selina, die nicht nur meine tolle Schwester ist, sondern auch die beste Fotografin und Social-Media-Beraterin.

Meiner ganzen Familie, die mich immer unterstützt und ermutigt hat weiterzumachen.

Meinen Freundinnen, die mich mit ihrem Enthusiasmus immer wieder mitgerissen haben.

Meiner Lektorin Kim Heinz, die das Manuskript überarbeitet hat. Wenn sie nicht wäre, würde hier die ein oder andere alemannische Redewendung stehen, die nicht in ein gutes deutsches Buch gehört.

Meiner Grafikerin Casandra Krammer, in deren Cover ich mich tatsächlich auf den ersten Blick verliebt habe.

Und zum Schluss danke ich allen Lesern dafür, dass sie diesem Buch eine Chance gegeben haben. Ihr seid unglaublich!